¡NOSOTROS!

José Donoso
Contos Completos

TRADUÇÃO
Bruno Cobalchini Mattos

*mundaréu

Título original
Cuentos reunidos

A tradução desta obra recebeu apoio financeiro do Ministerio de Cultura de España.

GOBIERNO DE ESPAÑA | MINISTERIO DE CULTURA | DIRECCIÓN GENERAL DEL LIBRO, DEL CÓMIC Y DE LA LECTURA

EDIÇÃO
Silvia Naschenveng

CAPA
Estúdio Pavio (José Donoso em sua casa em Vallvidrera, 1970. Cesar Malet/Album// Fotoarena)

DIAGRAMAÇÃO
Luís Otávio Ferreira

PREPARAÇÃO
Silvia Massimini Félix

REVISÃO
Vinicius Barbosa

Edição conforme o Acordo Ortográfico da Língua Portuguesa (1990).

Dados Internacionais de Catalogação na Publicação (CIP)
(Câmara Brasileira do Livro, SP, Brasil)
Livia Dias Vaz - Bibliotecária - CRB-8/9638

Donoso, José
Contos completos / José Donoso ; tradução Bruno Cobalchini Mattos. -- São Paulo : Editora Mundaréu, 2025.
Título original: Cuentos reunidos
ISBN 978-65-87955-45-2
1. Contos espanhóis I. II. Título.
25-288715 CDD-863

Índices para catálogo sistemático:
1. Contos : Literatura espanhola 863

Sumário

Para Teresa Vergara,
que não sabe ler

Veraneio

1.

— E o que ela disse? — perguntou, enquanto tricotava, a mais velha das duas babás sentadas numa canga na parte seca da praia. Com o olhar, percorreu a beira do mar à procura de Raulito, que não estava com os primos. Logo o avistou acocorado ao lado do buraco que estava cavando. Só então respondeu, imitando a patroa.

— "Como aquela carcamana indecente se atreve a alugar uma casa aqui?! Como se as pessoas não soubessem o tanto que ela é sem-vergonha!" Estava tão irritada, Juanita, meu Deus! O patrão não queria nem olhar para ela. Precisava ter ouvido as coisas que ela disse! Uma que fosse! Não sei como a patroa não engole o ciúme e deixa por isso. Claro que a outra é bonita. Loira. Parece atriz.

Para ficar mais perto da colega, que era jovem e usava brincos de argola tilintantes, Juana se recostou na canga, dizendo:

— Conheço. É tingida. Mas será que sua patroa tem motivo para acreditar nisso, Carmen, por Deus?

— Pode ser que sim e pode ser que não — Carmen tinha refletido sobre a pergunta. — Mas é bem coisa dessa gente rica. Não têm nada para fazer e passam o dia imaginando. Claro que antes da outra chegar aqui, duas noites atrás, don Raul sempre tinha muito o que fazer em Santiago. Vamos ver como se comporta agora.

Juana não tinha dúvidas de que Carmen contaria tudo. Depois de um breve silêncio, questionou-a de novo:

— Como será que essa rixa começou, hein?

— Dizem... bem, isso eu sei de ouvir por aí. Dizem que foi antes da última Páscoa, num baile. É uma briga recente. Lembra quando contei que a patroa mandou fazer um vestido preto que por sorte a fazia parecer mais magra? Foi nessa época. Dizem que don Raul estava mamado e dançou a noite inteirinha com a italiana. A patroa voltou para casa cedo, sozinha, e ele chegou, e se perguntarem digo que não sei de nada, às oito da manhã.

— Tem uns homens que meu Deus — suspirou Juana. — Boa como é a dona Adriana. Tão dedicada à casa, tão fiel e tal.

— Mas veja bem, Juanita, eu não saberia dizer de quem é a culpa — disse Carmen. Tinha uma pinta perto do lábio e os cabelos longos cobriam os brincos pela metade. Uma revista de cinema repousava em seu colo. — Entendo o lado dele. Ela também não se cuida, mesmo tendo tempo e dinheiro de sobra. Não sei como! E as bobas como nós precisam se virar com as quatro peças que conseguimos comprar! A patroa passa o tempo todo incomodada, às voltas com as coisas da casa, sendo que nem precisa. E não ache que ela é do tipo que se preocupa muito com o garoto. Não. Às vezes fica com ele, mas outras nem olha direito na cara dele. Não gosta de sair e fica toda amuada porque ele leva o menino ao clube. Daí o que mais ele pode fazer? Arranjar uma platinada, ué!

Carmen se deitou na canga e abriu a revista. Juana ficou pensativa, olhando para ela. Não sabia o que pensar daquelas mocinhas jovens sem princípios, empregadas um mês aqui, outro ali, preocupadas apenas em fumar às escondidas e ir ao cinema. Seria capaz de apostar que a pinta de Carmen era falsa.

As silhuetas das crianças começaram a escurecer contra o céu e o mar, que ainda não tinham avermelhado. Dispersos pela areia, grupos de empregadas conversavam e tricotavam. Mas não perdiam de vista as crianças que corriam no rasinho ou faziam castelos na areia úmida. Atrás delas, as casas do balneário familiar e tranquilo se ocultavam parcialmente em meio aos pinheiros, ou reluziam entre cercas vivas de gerânios e buganvílias ao sopé da colina. No extremo oposto da grande praia, a vários quilômetros de distância, divisavam-se as colinas de outro balneário, grande, movimentado e vulgar, coroado por seus hotéis e torres de fajutas.

— Vai passear em Santa Cruz neste domingo? — Juana perguntou à colega. Carmen ergueu a cabeça e, olhando para o tricotado, distante, disse:

— Não tenho com quem ir.

Antes de voltar à leitura, o olhar de Carmen deparou com uma empregada jovem que caminhava de mãos dadas com um menino. Ao vê-los, sussurrou:

— Veja, Juanita, veja. É falar no diabo que ele aparece. Esse é o filho da carcamana. Sou amiga da empregada.

Acenou para sua conhecida e ficou de pé para recebê-la. Juana observou o abraço. Pensou consigo mesma "tal e qual", já que a recém-chegada era mais jovem que Carmen e de aspecto ainda mais jovial. O garoto que a acompanhava era alto e moreno, muito forte para os nove anos que devia ter. Enquanto sua babá cumprimentava Carmen, o rapaz fazia assoviar no ar uma vara recém-descascada, ainda reluzente e úmida. Sentou-se na areia para tirar os chinelos. Carmen apresentou a recém-chegada a Juana, e em poucos minutos as três conversavam animadas.

— Imagino que você vá pedir folga aos domingos, né, Rosa? — disse Carmen.

— Claro, né, menina, nem precisa perguntar. Foi a primeira coisa que disse à patroa quando soube que era perto de Santa Cruz.

— Ótimo, então. Falei agora há pouco para a Juanita que eu não tinha com quem ir. Vamos neste domingo sem falta.

O garoto havia sentado na areia, a poucos passos delas. Com o corpo muito ereto, mantinha o perfil fixo no horizonte. Enchia os chinelos de areia seca e os erguia, deixando-a escorrer em jorros pelas muitas frestas e orifícios.

— Jaime, vá molhar os pés antes que esfrie. Está ficando tarde — disse Rosa.

— Não quero.

— Como é bobo este menino...

— É que não conhece os outros e não gosta de brincar sozinho — murmurou Juana, sorrindo para ele.

— Vou chamar o Raulito para brincar com ele.

Ao se levantar para chamá-lo aos gritos, Carmen lançou para Juana um olhar de cumplicidade.

— Brinque com este menininho, Raúl — disse ao garoto de olhos azuis grandes e confiantes que se aproximava com as pernas molhadas e de balde na mão. — Empreste a pazinha para ele.

Os garotos se sentaram sem se cumprimentar. O reflexo do sol, horizontal sobre o mar, fazia os dois franzirem o cenho, de modo que quem os visse diria que estavam emburrados.

— Quer brincar com minha pazinha? — perguntou Raúl.

— Não.

— Pegue meu balde para fazer um montinho — insistiu.

— Não quero.

Jaime ficou de pé. Fez a vareta assoviar no ar.

— Por que você está fazendo isso?

— Faço isso no campo — foi a resposta de Jaime. Em seguida, esclareceu: — Para cortar brotos de amoreira.

— Mas por quê?

— Porque sim. A amora é ruim.

— Quem foi que disse?

— Ninguém. Eu sei o que é ruim.

Raúl parecia frágil e manso, muito jovem, ao lado do porte robusto do recém-chegado. Queria voltar para o mar, para o castelo que estava construindo com os primos Pía e Antonio.

— Conhece o palácio das dunas? — perguntou Raúl.

Jaime fez que não com a cabeça.

— É na praia, para lá — explicou o garoto, esticando o lábio inferior em direção a Santa Cruz. — Fiz um igualzinho na areia. A Pía até me ajudou, mas não muito. Ela só fez o jardim. Vamos lá ver?

— Não estou com vontade.

O perfil de Jaime lembrava um pouco um gavião, como se visse tudo sobrevoando a uma grande altura, abarcando distâncias imensas. O rosto do homem que se tornaria estava precisamente registrado em seus traços de garoto e na escuridão fixa de seus olhos sérios, encovados.

— Não estou com vontade — repetiu.

— Vai lá, seu bobo — disse Rosa, que escutou um pouco da conversa. Contudo, Raúl já tinha saído. Dava para vê-lo brincando e correndo pela beira da praia com as outras crianças. Jaime sentou-se na areia e tirou um estilingue do bolso. Contemplou-o, esticou-o diversas vezes. Depois guardou-o e retomou a brincadeira com os chinelos e a areia seca. De vez em quando olhava para a beira do mar.

— Tem um palácio de verdade aqui perto? — perguntou Rosa.

— Ah, não é um palácio — respondeu Juana. — Besteira dos meninos. É uma casa todinha caindo aos pedaços, um pouco mais adiante na praia.

— Perto de Santa Cruz? — perguntou Rosa.

— Seguindo pela praia nessa direção. Mas é pertinho daqui. Amanhã à tarde podemos levar os meninos — propôs Carmen.

— Claro — assentiu Juana, que estava encantada com Rosa.

Quando o sol desapareceu, mergulhando o balneário num líquido bruxuleante, as empregadas chamaram as crianças. O vento já começava a soprar e era hora de partir. Enquanto reuniam seus pertences, Pía quis puxar conversa com Jaime, mas ele não prestou atenção. Enquanto colocavam os calçados, sentados nos degraus que levavam da areia para a calçada, Jaime se aproximou de Raúl e mostrou seu estilingue.

— O que é isso? — perguntou Raúl, tocando com um dedo.

— Um estilingue — respondeu Jaime.

— E para que serve?

— Amanhã te conto.

— Beleza.

Na hora de se despedir, Jaime disse no ouvido de Raúl:

— Sabe cantar?

— Não.

— Eu sei. Vou te ensinar.

— Tá.

— Mas com uma condição — continuou Jaime, enquanto as empregadas terminavam de se despedir.

— Qual?

— Tem que ouvir tudo que eu disser, e não andar com mais ninguém.

Todo receio se desvaneceu de Raúl. Não queria mais se separar do amigo.

Naquela noite, quando Carmen estava penteando o menino para que descesse e ficasse com os pais, Raúl lhe perguntou o que era um estilingue.

— Um graveto com elástico — foi a explicação da babá.

— Mas para que serve?

— As crianças más usam para matar pássaros.

Depois, ao secar as mãos, Raúl voltou a questioná-la:

— E você sabe cantar, nana?

Carmen respondeu que sim, mas não muito bem.

— E todas as crianças más cantam?

— Deixe de ser chato seu bobo! É melhor você descer e ver sua mãe, chega de perguntas — exclamou Carmen, beijando-o. Eram ótimos amigos.

A mãe de Raúl estava com dor de cabeça. O pai ainda não havia chegado. Comeram sozinhos, sem esperar por ele.

Naquela noite, Raúl não conseguiu pegar no sono. Pensava no estilingue. Quando contou onze badaladas no sino da igreja, viu a mãe abrir suavemente a porta do quarto e apagar um cigarro antes de entrar. Ao senti-la avançando rumo à escuridão que rodeava sua cama, Raúl murmurou:

— Mamãe...

— Shhhh... Durma, que já está tarde.

— O papai ainda não chegou.

Ela não respondeu. Cobriu-o e deu-lhe boa-noite. Raúl viu sua silhueta, um pouco espessa, recortada contra a luz da porta.

No dia seguinte, a caminho do palácio, Jaime e Raúl ficaram mais atrás. Os outros, ladeados pelo mar branco, sob um céu claro e limpo, saltavam na água, enquanto gaivotas giravam no alto sobre presas visíveis apenas para seus olhos. Com os pés descalços, os garotos caminhavam esmagando lesmas que jaziam junto à renda de espuma que a maré deixava.

— Minha babá disse que os estilingues são ruins — disse Raúl.

— Bobagem. Tem que matar os pardais — rebateu seu companheiro.

— Mas por quê?

— Eu sei o que é ruim.

— E como se faz?

— Se prometer me obedecer em tudo, eu mostro.

— Tá.

Aproximaram-se da beira do mar e caminharam pelo raso. Com um golpe de sua vareta, o garoto mais alto desfez um montinho de espuma. Os olhos pretos, como duas pedras pesadas, recaíam sobre todas as coisas, sobre o mar, sobre Raúl, sobre pedaços de conchas e seixos, apoderando-se de tudo. Andava de punhos bem cerrados, de modo que as juntas reluziam.

— Eu sei duas canções — explicou ao companheiro. — Quando cantar a primeira, você precisa rir, quer?

Raúl aceitou.

Jaime segurou com força o braço do menor e começou a cantarolar. A melodia entoada por sua voz era muito monótona, quase sem altos ou baixos. De início, Raúl tentou soltar seu braço, mas depois, aproximando-se mais de Jaime, escutou. Um sorriso roçou o contorno de seus olhos claros enquanto a linha melódica, leve e curta, repetia-se e repetia-se. Jaime fixou nele as duas pedras negras de seus olhos, que o aprisionaram. Sem conseguir se conter, Raúl irrompeu em risos. Ria, ria e ria. Jaime, que havia aliviado o amigo de seu olhar sério, fixou-o no horizonte, repetindo a cantilena. Raúl ainda estava rindo quando acabou.

— Tá — ele disse. — Agora, o estilingue.

— Não — respondeu Jaime. — Ainda falta uma. Agora você tem que chorar.

— Tá.

Raúl se aproximou do amigo, não sem antes reparar que chegavam ao palácio. A nova melodia era um trá-lá-lá lento, mais tenso que triste. Seus olhos se encheram de lágrimas, e sua mão avermelhada subiu até eles como se quisesse contê-las. À medida que o trá-lá-lá se repetia, tornando-se cada vez mais lento, o pranto do garoto se transformou em soluços.

— Tá — disse Jaime —, tá bem. — Mas o pranto do amigo continuava. — Pare de chorar, seu bobo. Olhe, sua babá está ali olhando. Vai vir perguntar se te vir chorando. Olhe, pegue o estilingue.

O pranto de Raúl amainou. Secou as lágrimas e indicou a casa para Jaime.

— Olhe. O palácio.

Ficava no alto de uma pequena duna. Tinha sido, talvez no início do século, um grande casarão de madeira, com um corredor imponente e duas torrezinhas na fachada, de frente para o mar. Mas de casa lhe restava pouco. Os pássaros haviam se aninhado durante anos entre as vigas plúmbeas, voando pelo que antes tinham sido a sala de jantar, a sala de estar, os dormitórios. Era apenas um esqueleto. Não devia fazer nem trinta anos que não era habitada, que o vento circulava por aqueles cômodos onde antes soaram vozes; que a areia havia se encarregado de soterrar o espectro dos jardins; que os temporais do inverno fizeram voar seus tetos; que a necessidade dos pobres de se aquecerem a despojaram de portas, paredes, janelas; e, sobretudo, que as deslealdades do gosto e da moda a haviam transformado numa coisa ridícula. Embora absurda, pobre e inútil, havia sido resgatada pela compaixão daqueles garotos, que no balneário vizinho viviam em casas limpas e bonitas, e revestida com matizes de lenda. Nas janelas das torrezinhas, em ambas as extremidades da fachada, restavam alguns pedaços de vidro colorido em que, em outros tempos, brilhavam laços, braceletes, contas. À tarde, na hora encantada do palácio, o sol se partia nesses pobres restos de vidros. Então, fugazmente, as duas torrezinhas ardiam de glória, partindo a luz em mil resplendores e mergulhando em penumbra os melancólicos e enlameados ossos da casa que ainda restavam.

— Vamos brincar de procurar tesouros?

— Tá — exclamou Pía, deixando-se cair ao lado de Jaime.

— E como se brinca? — perguntou este.

— Você também quer brincar? — Pía falava como se ele fosse um bobinho debochado. Não esquecera sua falta de interesse por ela no dia anterior. — Pensei que você já era grande.

— Tem a mesma idade que eu — Raúl defendeu o amigo.

— Precisa procurar vidrinhos coloridos na areia — explicou Pía —, dos que caíram do palácio. Os verdes são os que valem mais, porque são esmeraldas. Juntamos tudo no balde.

— Não tenho balde — disse Jaime. Raúl propôs fazer dupla com ele.

— Comigo, amigo, comigo — chiou Antonio, irmão mais novo de Pía, que tinha sardas no nariz e joelhos ossudos nas pernas magras.

— Cale a boca — disse Raúl. — Jaime vai procurar comigo.

— Não — rebateu ele —, vou junto com o mais novo.

Os lábios de Raúl se franziram num gesto de desagrado. Jaime começou a cantarolar. Tinha o olhar frio cravado no mar, e, entretanto, também cravado em Raúl. À medida que o canto subia de tom, os olhos de Raúl começaram a se encher de lágrimas. Mas antes que os demais pudessem notar, o garoto partiu em disparada em busca de tesouros. Os outros se dispersaram atrás dele. Depois de um tempo, concluída a busca, os meninos saíram do meio das tábuas. Tranquilos, sentaram-se para contemplar seus tesouros transparentes contra o sol. Comparavam formas, tamanhos, cores. Num dos que Jaime encontrara havia a metade do rosto e do olho de uma mulher. Outros eram cor em estado puro. Constataram que Jaime havia encontrado mais vidros que os outros, o que pareceu natural. Depois de ensinar os outros a fazerem figuras na areia com eles, distribuiu seus tesouros, dizendo que não os queria. Depois, os quatro se sentaram calados, enfileirados diante do mar. Uma lâmpada, uma garrafa, um barco, uma casa: o sol gasto mudava de forma caindo no horizonte.

Chegou a hora de ir embora. Juana esfregou o rosto avermelhado de Pía com unguentos especiais. Ela aquiesceu, muito envaidecida com o privilégio. Jaime e Raúl percorreram juntos o caminho de volta, apartados do resto. Raúl pediu que o amigo cantasse e ele concordou, fazendo o menor rir ou chorar, conforme a melodia. Depois o ensinou a usar o estilingue.

2.

O tempo passou e o verão ia pela metade. Jaime e Raúl se reuniam na praia todas as tardes. Mas as manhãs eram diferentes. A essa hora, os garotos desciam para a praia muito embonecados e em companhia dos pais, instalando-se nas tendas familiares: era o horário de cumprir com os deveres, já que, com os pais por perto, quase não podiam brincar uns com os outros. Certa manhã, a mãe de Raúl o viu em companhia de Jaime. Proibiu-o terminantemente de voltar a falar com ele. Raúl não se importou muito com isso, pois ela jamais descia para a praia à tarde, e as horas encantadas eram sobretudo essas. Juntos, costumavam se afastar em busca de caracóis e seixos. Quando o ar da tarde começava a se inquietar e o sol alisava as colinas cobertas de pinheiros, os dois garotos sentavam-se na areia e Raúl dizia que queria rir. Jaime cantava e o garoto gania de tanto rir. Depois de falar sobre muitas coisas e brincar com o estilingue, Raúl dizia que queria chorar. Então Jaime entoava a outra melodia e seu companheiro soluçava desconsolado.

Certa tarde, ao descer para a praia, Raúl perguntou à babá:

— Por que não querem que eu ande com o Jaime?

— Como você sabe disso?

— Porque minha mãe estava brigando com meu pai. Meu pai conhece o Jaime, mas minha mãe não gosta dele.

— Acho que não é isso...

— Por que não querem que eu ande com ele?

— Porque brinca de estilingue, que nem os meninos pobres.

— Mentira — replicou Raúl, subitamente indignado. — Não é por isso. É porque ele canta para mim. Você me dedurou. Não gosto de você.

Correu morro abaixo para se reunir com a prima. Instalados na praia, Jaime e Raúl permaneceram ao lado das empregadas. Jaime tinha levado doces e insistia em compartilhá-los com Juana e Carmen.

— Aconteceu uma coisa terrível, Rosa — exclamou Carmen. — Veja só, a patroa decidiu ir para o campo este domingo. Não vou poder ir a Santa Cruz. Bem quando tínhamos combinado de encontrar os rapazes. Mas que pena, justo agora que convidaram a gente para ir ao teatro e tudo. E o pior é que vão embora na segunda.

— Meu Deus, Carmen, o que vamos fazer? — exclamou Rosa, consternada. — Não me atrevo a ir sozinha e não sabemos o endereço deles em Santa Cruz.

— Nem em Santiago — acrescentou a outra.

— Muito cuidado com esses malandros, meninas — admoestou Juana.

Na tarde seguinte, não houve praia para Raúl. Nem na seguinte, nem na seguinte. Por alguma razão que ele não compreendia, mandavam-no para passear pelos morros com os primos todas as tardes.

Certa noite, após o jantar, Carmen se inclinou sobre Raúl para beijá-lo depois de tê-lo posto na cama. Ele mordeu a orelha dela, que chorou.

— Malvada — ele disse —, você me dedurou. — Carmen jurou que não tinha sido ela. Chorando, garantiu que era inocente, e no fim fizeram as pazes. Beijou a testa de Raúl e apagou a luz do abajur. Quando, na escuridão, a moça se levantava para sair, o garoto segurou sua mão.

— Fique... — murmurou.

Lá fora a noite estava muito clara. Um galho fino cruzava a janela aberta, e nos cantos do quarto as sombras brincavam, agachando-se ao lado dos móveis infantis. O mar juntava tudo no emaranhado de seu som insistente. Raúl não soltou a mão de Carmen: acariciou seu braço descoberto, em seguida pôs a mão da moça em seu peito, que se agitava sob o pijama listrado. Segurou-a ali.

— Você quer ir a Santa Cruz este domingo, não é? Para ir ao teatro com os rapazes?

Carmen se sobressaltou. Não gostaria nada se a patroa, com todas as suas missas e discursos morais, ficasse sabendo de suas andanças dominicais. Perguntou a Raúl:

— Como sabe?

— Ouvi você falando.

Raúl conduziu a mão da mulher de modo que, na penumbra, ela acariciasse seu pescoço cálido, suas orelhas, seus cabelos salgados. Na transparência do ar, as cortinas faziam um leve e doce vaivém. O garoto prosseguiu:

— Se quiser, fico doente domingo e aí não vai ter passeio e você pode ir ao teatro com os rapazes.

Carmen não respondeu logo. Sentia o azul dos olhos de Raúl fixos nos seus em meio à escuridão. Acariciava-lhe lentamente o pescoço enquanto ele roçava seu braço descoberto. Era o garoto mais encantador do mundo. Mas não era difícil adivinhar que queria alguma coisa. Perguntou. Apertando o braço de Carmen até machucá-la, disse:

— Que me leve na praia segunda de tarde.

Houve um silêncio. No fundo dele, o mar continuava quebrando tranquilo muito perto dali. Carmen assentiu. Do andar de baixo subia o som de vozes. A mãe de Raúl tinha convidados naquela noite.

— Preciso ir servir as bebidas.

— Boa noite — murmurou Raúl.

— Boa noite — respondeu ela. Quando se inclinou na escuridão para beijá-lo, Raúl passou os braços ao redor do pescoço de Carmen e sentiu a forma morna dos lábios dela junto aos seus.

— Lindo — sussurrou Carmen ao afastar os braços do garoto. Saiu, e ele pegou no sono no mesmo instante.

No sábado, Raúl mostrou para a mãe um grande corte sangrando no pé. Consternada, ela disse que seria melhor ele ficar em casa no dia seguinte. O passeio estava suspenso. Naquela noite, Carmen, amedrontada com o que o garoto tinha feito, subiu até o quarto para falar com ele. Encontrou-o dormindo pacificamente, com um grande sorriso ao redor dos olhos fechados.

No domingo, a mãe de Raúl o acordou tarde e o mandou passar o dia inteiro quieto. O pai tinha viajado de repente a Santiago e ela, desgrenhada e de mau humor, passou a tarde tricotando ao lado de Raúl.

O ferimento do pé estava quase curado no dia seguinte. Raúl disse que, embora não estivesse doendo, preferia ir para a praia de manhã e aproveitar a tarde para colher pinhas no bosque.

À tarde, muda e um pouco irritada, Carmen levou Raúl à praia. No caminho, ele perguntou a ela:

— Como foi lá, nana?

Carmen franziu o cenho e não respondeu.

Na praia, tiveram de procurar Jaime, que não estava no lugar de costume. Rosa estranhou ao vê-los chegar, cumprimentando a amiga com pouca simpatia. Disseram para os garotos não se afastarem, já que a tarde estava fria e precisariam voltar para casa cedo. Juntos, os garotos começaram a atirar pedrinhas com o estilingue. Raúl tinha aprendido a manejá-lo, mas lhe faltava destreza. Falavam muito pouco.

— Cante para mim — disse Raúl.

Jaime começou a entoar sua cantilena. Alçava e baixava a voz monotonamente, diversas vezes, com o perfil concentrado no horizonte. Soprava um vento frio, e o balneário, opaco, aguardava a chuva. Quase não havia gente na praia. Raúl, com as mãos enterradas na areia seca mas dura pelo frio, começou a chorar. A canção de Jaime se tornava mais melancólica a cada instante, enquanto o pranto de Raúl se convertia em soluço. Soluçava como nunca havia feito antes. Carmen, que estava pensativa e pouco concentrada na leitura de sua revista, viu e foi atendê-lo imediatamente.

— O que aconteceu? — perguntou. — Está doendo o pé?

A canção de Jaime continuava. Fechou os olhos, e seu rosto adquiriu uma expressão hermética. Não via, não sentia. Os soluços de Raúl se tornaram gemidos, com uma força, com uma urgência antes desconhecidas. Indignada, Carmen gritou para Jaime:

— Você está fazendo o Raulito chorar, moleque porcaria — e segurou-o para castigá-lo. Rosa foi até eles e, ao ver que Carmen ia bater em Jaime, puxou-o para junto de si, dizendo:

— Que direito você tem de vir e bater no garoto?

— Olhe só como está fazendo o menino chorar. É bom que veja, moleque brigão. Só podia ser filho daquela carcamana asquerosa. Mas foi você quem ensinou ele a ser briguento assim. Eu tinha razão ontem quando disse que, depois da merda que fez comigo, não queria mais falar com você.

— Vamos embora, melhor irmos, filhinho — Rosa disse a Jaime.

O menino se levantou e partiu com Rosa, sem olhar para trás. Raúl ainda gemia quando chegou em casa. Estava um pouco febril. A mãe o deitou e permaneceu a seu lado depois de vê-lo naquele estado. O garoto custou a dormir.

No dia seguinte, depois de uma noite agitada, a febre e os prantos continuaram. Perguntavam a ele o que estava sentindo, mas o garoto estava mudo.

Carmen foi despedida quando, amedrontada pelo que estava acontecendo, confessou tudo. Conforme o verão avançava, a mãe se dedicou cada vez mais aos cuidados com o filho. A febre foi baixando e os soluços amainaram. Ficaram apenas inchaços leves sob os olhos encarnados. Na semana seguinte, quando já estava recuperado, o garoto pediu por favor à mãe que fossem à praia de tarde. A tarde estava particularmente agradável. O ar mal se fazia sentir por meio de uma brisa que acariciava as bochechas e o contorno dos braços. Os fachos de gerânios e buganvílias ardiam nas cercas e nas sacadas. O horizonte era nítido e leve, como se tivesse sido cortado com um único golpe de faca, e o mar morria sossegado na praia. Mãe e filho se instalaram na areia quente. Antonio, que tinha visto os dois chegarem, aproximou-se para cumprimentar a tia e depois sentou-se ao lado do primo. Este começou a cantarolar, e Antonio a rir, até que Juana o chamou ao longe. Raúl pensou que talvez tivessem proibido Antonio de andar com ele. Então brincou de jogar areia nos chinelos, deixando-a escorrer docemente pelos orifícios.

— Seu pai vem daqui a pouco. Vamos sair nós três para caminhar um pouquinho... — disse sua mãe.

Raúl não respondeu. Ela estava sorridente e, coisa inusitada, tinha se penteado com esmero. Mas o garoto não olhava para ela. Sabia, simplesmente. Sabia, como agora sabia tantas coisas. Havia emagrecido e suas feições se manifestavam firmes como as de um homem. Tinha o perfil, os enormes olhos azuis cravados no horizonte. Quase não falara após melhorar.

Sem se virar, disse para a mãe:

— Meu pai vem porque o Jaime foi embora, não é?

— Como sabe que eles foram embora?

Ajudou-o a começar um montinho de areia.

— E por isso você está tão contente, não é verdade?

— Sim — respondeu a mulher, jovem, mas já um pouco murcha. — A família dele estava entediada aqui.

O garoto falou pouco pelo resto do verão. Os pais estavam ocupados com outras coisas e não perceberam. Só notaram como tinha crescido. Às vezes, Raúl cantava para seu primo Antonio, mas ele se distraía: na realidade, preferia brincar de cavalo. Pía disse que aquelas músicas não estavam na moda, e além disso preferia canções com palavras. Todos tinham gostos muito definidos, eram muito "pessoas", como diziam os adultos. Raúl passou quase todo o resto do verão sentado na areia, sozinho, cantarolando algo que ninguém conhecia. Com o perfil fixo no horizonte, parecia esperar alguém, algo.

Xarás

Naquele inverno, Juan Acevedo não andava com dinheiro no bolso, pois estava sem trabalho. Mas não se amargurava, já que existia uma chance de arrumar emprego como mecânico, e com isso pretendia se manter durante os meses que faltavam até entrar no exército. Além disso, todos gostavam dele. Era baixo, atarracado e de pele morena, o cabelo preto penteado com gel, bem alto sobre a testa, e se esmerava para andar sempre o mais arrumado possível. Aparecia com frequência no estabelecimento do senhor Hernández, que lhe oferecia algumas cervejas enquanto jogavam dominó. Juan ia embora logo, pois era sério e não gostava de aproveitar a vida às custas dos outros.

O estabelecimento do senhor Hernández era uma lanchonete numa rua de bastante movimento perto da estação. Um recinto pequeno pintado de azul-celeste, um balcão, quatro mesas com cadeiras também em azul-celeste. As tortas azedavam sob o candeeiro, pois as pessoas pareciam pouco afeitas aos doces. Atrás do balcão, numa peça minúscula escondida por uma cortina de percal, havia uma pia ao lado de uma privada. Juana preparava os sanduíches de lombo apimentado na chapa fumegante ao lado da prateleira de bebidas. O problema era a luz. O dono estava economizando com o intuito de comprar uma casa para a mãe, e de momento não podia financiar a instalação de uma lâmpada fluorescente como a dos estabelecimentos maiores da mesma rua.

— Eu ficaria rico se instalasse uma dessas luzes fluorescentes aqui. Encheria de gente — ele comentava com Juan Acevedo.

— Claro. E por que não usa o dinheiro que tem guardado? Ficaria cheio da grana, e depois comprava uma casa para sua mãe rapidinho.

— Não, homem, não é uma boa. O dinheiro da entrada vai sumir num instante se eu começar a gastar. Primeiro compro a casinha, depois guardo para a luz.

O senhor Hernández estava acostumado a ver Juan Acevedo aparecer mais ou menos uma vez por semana, perto da hora de fechar. Gostava do rapaz, de sua cabeça no lugar, da tranquilidade dele e do sorriso sempre à espreita. Juana também havia se acostumado a vê-lo. Tão logo o avistava através de respiração condensada na divisória de vidro, pegava o jogo de dominó, pois sabia que ele com certeza ficaria jogando com o patrão até passada a hora de fechar. Quando o rapaz chegava, o senhor Hernández muitas vezes permitia que Juana saísse mais cedo, e às vezes ela ia, mas em outras ficava lavando pratos e copos só pelo gosto de ouvir Juan Acevedo falar.

Juana era pequena e branca e indiferente. Não tinha mais que dezessete anos. Estava contente com o emprego que a madrinha lhe tinha arranjado quando foi morar na casa dela, após a mãe se juntar com um bêbado imprestável. O patrão era delicado com ela, e a lanchonete ficava perto, de modo que não ficava tão exposta à falta de respeito dos homens que à noite assoviavam nas esquinas. Além disso, no estabelecimento se falava de muitas coisas interessantes. Mas acima de tudo gostava de escutar Juan Acevedo.

Ele tinha um jeito diferente de falar. Uma vez tentou explicar para Rosa, filha de sua madrinha, e ela opinou que era argentino. Juana riu porque lhe parecia impossível. Só se convenceu quando foi ver um filme argentino e, intrigada, perguntou a Juan assim que pôde.

— Não — respondeu o rapaz. — Mas meu maior desejo é conhecer Buenos Aires. Não gostaria de ir, xará?

Juana não soube o que responder, não tinha pensado naquilo. Por outro lado, o fato de que a chamasse de xará fez com que se sentisse estranha, como se a palavra fosse quentinha e deliciosa e houvesse se instalado debaixo de seus cabelos, na nuca. Depois esperou que Juan voltasse a chamá-la de xará, mas se passaram duas semanas sem que ele aparecesse na lanchonete.

Confidenciou sua impaciência a Rosa, que diagnosticou que ela estava apaixonada. Foi uma descoberta maravilhosa, porque era seu primeiro amor, como nos filmes. Rosa relatava com frequência suas experiências amorosas, e Juana sentia muita inveja, ansiosa para que chegasse o dia em que poderia contar não só que estava apaixonada, mas que tinha um "caso". Compreendia a gravidade da diferença. E não deixou de ser humilhante que Rosa definisse seus sentimentos antes que ela soubesse que nome dar a eles. Mas não era estranho, pois Rosa era três anos mais velha e loira.

Quando Juan Acevedo voltou, depois de duas semanas, não a chamou de xará durante todo o tempo em que permaneceu no estabelecimento. Na verdade, quase não lhe dirigiu a palavra, embora a tratasse com a simpatia de sempre. Juana, entretanto, observava as grandes mãos morenas do rapaz revirando as peças do dominó sobre a mesa. Imaginou aquelas mãos sobre seu corpo redondo e liso, ou tocando suas mãos frias. Sentiu medo, mas não pôde deixar de imaginá-las. O patrão se viu obrigado a pedir as cervejas duas vezes para que Juana escutasse. Quando colocou uma garrafa na frente de Juan, ele pegou sua coxa por baixo da mesa. Juana estremeceu. Não sabia se era realidade ou se acontecia em sua imaginação.

O patrão autorizou que fosse embora. Dessa vez, Juana não ficou. Vestiu um blusão e foi para casa. Sentia um calor especial, movediço e insistente, que localizava de repente nos pontos mais insuspeitos de sua pessoa.

Naquela semana, mal conseguiu dormir. Embora não pensasse muito em Juan, de repente sentia que ele estava por perto, na esquina, por exemplo, ou debaixo de sua cama, e que iria tocar nela.

Quando o rapaz enfim voltou ao estabelecimento, tinha as mãos manchadas de graxa e um sorriso imenso no rosto. Exclamou:

— Tragam para mim um sanduíche de lombo no pão prensado! E deixem meia dúzia de cervejas na mesa! Senhor Hernández, dessa vez é por minha conta!

Estava contente porque no fim tinha conseguido o trabalho na oficina. Conversou com os homens da mesa ao lado e pagou para eles uma rodada de cerveja. Ria seguro de si, e o sorriso de ouro jamais brilhou daquele jeito em seus dentes, debaixo da barba que, mesmo jovem, já se insinuava.

Quando Juana lavava uns copos no pequeno quarto adjacente, as cortininhas se ergueram e Juan entrou.

— Licença, sabe como é, a cerveja... — disse.

— Pode entrar, já estava de saída — ela respondeu.

Contudo, não se moveu. Na pia, o jato d'água corria com força sobre os copos. Para além da cortininha se ouviam vozes e o som das peças de dominó na mesa. O quartinho era estreito e escuro. Acevedo agarrou Juana pela cintura, apertando-a. Na rua uma buzina atravessou a noite, e a moça, assustada, lutou para se soltar. Mas só por um segundo. Depois, vendo que um fiozinho de luz cortava o rosto de Juan como uma ferida, acariciou essa ferida. Ele, com a mão grande, quente e engraxada, fuçou no decote de Juana. Ela o sentiu duro e perigoso apertado contra seu corpo, e sentiu medo outra vez.

— Não, não, por favor.

— Mas, ora, Juana, não seja boba.

Não a chamou de xará. Ela desprendeu-se com violência e voltou para o balcão. De lá, escutou Juan urinando.

Estava furiosa ao voltar para casa. Furiosa, mas com vontade de rir sozinha e tocar coisas. Naquela noite, debaixo das cobertas, apalpou as desnudezes de seu corpo, mas suas mãos não eram como as mãos ásperas e quentes do rapaz. Demorou muito para dormir.

Depois disso, Acevedo ia menos ao estabelecimento. O patrão, sentimental como bom gordo e solteiro que era, disse que agora que ele tinha salário e pagava o que consumia, preferia ir a estabelecimentos mais alegres e concorridos.

Contudo, embora já não fosse tanto como antes ao estabelecimento do senhor Hernández, ele ainda aparecia. Dava as caras ali pelas onze, quando restava pouca gente e a noite repousava lisa e fria ao redor dos semáforos da rua. Chegava, bebia uma cerveja ou comia um sanduíche, conversava um pouco com o patrão e depois partia. Quase não olhava para Juana. Mas ela não deixava de observá-lo: tinha comprado um terno usado cor de café. O paletó lhe caía bem, mas as calças eram largas, de modo que o cinto as embolava na cintura. No entanto, não ficava mal, principalmente quando chegava de echarpe azulada em volta do pescoço.

Uma noite chegou mais contente que nunca, dizendo que dentro de dois dias iria a Los Andes para servir. Hernández lhe desejou felicidade e Juana sorriu para ele do balcão, mas depois a garota entrou no quarto de serviço para chorar um pouquinho.

Quando Juana caminhava de volta para casa naquela noite, Acevedo foi ao seu encontro numa esquina. Ela apertou o passo, cobrindo a cabeça com um jornal para se proteger do chuvisco. Ele a abordou dizendo:

— Não tenha tanta pressa. Por que ter medo de mim?

Juana caminhou mais devagar, sem responder. Seguiram em silêncio alguns passos. Mais adiante, segurando-a pela cintura, ele a conduziu até uma rua sem luz.

— Venha — disse, e levou-a até o umbral de uma casa. — Queria me despedir de você.

Abraçou-a, beijando-a na boca. Ela deixou, sentindo toda a força do rapaz tensa contra seu corpo. Mas não se moveu, pois não sabia o que fazer depois. Estava com medo. Tremia de frio quando Juan abriu sua blusa. Da porta, um cachorro espiou balançando o rabo, e depois foi embora. Mas se não fizessem aquilo que ela desconhecia e que a fazia tremer, morreria de desespero.

Não desejava, e, todavia, não teria suportado a ausência daquelas mãos ávidas e molhadas de chuva que acariciavam a pele morna de seus seios, seus mamilos diminutos prestes a explodir. Na rua passou um carro, o rapaz se deteve até a luz desaparecer, e então continuou. Quando soube que o momento se aproximava, Juana começou a se queixar dizendo:

— Não, não, por favor, não seja mau, me solte...

No entanto, acariciava-o enquanto ele explorava o calor de seu ventre e de suas pernas. Repentinamente, uma dor feroz, mas deixou, porque se lutasse seria pior. Seria pior e não teria mais Juan. Além disso, ele a prensava contra a maçaneta da porta. Juan ofegava e ofegava, mas não a chamava de xará. Depois desabou sobre o corpo da companheira, que choramingava por se sentir dolorida e úmida. Entre o conjunto de sensações, buscava qual chamar de prazer. O rosto de Juan havia caído sobre o pescoço da moça e ela acariciou sua nuca.

Quando sentiu junto ao ouvido as piscadas de Juan, que reagia assim à sua carícia, Juana murmurou:

— Xará...

Ele riu, e seu riso foi um sopro morno no pescoço de Juana.

— Xará... — respondeu.

E ficaram imóveis por um instante, os dois cansados e doloridos e incômodos.

Depois Juan Acevedo acompanhou a amiga até sua casa, na quadra seguinte. Ela perguntou quanto tempo ele ficaria em Los Andes e ele respondeu que pelo menos um ano. Estava contente. Juana se alegrou com ele. Na porta de casa, desejou-lhe boa sorte e deram as mãos ao se despedirem. A de Juan estava morna porque ele caminhava com as mãos no bolso da calça. A dela era muito pequena e fria e macia.

Ao se deitar, Juana sentiu uma dor terrível, mas como estava cansada pegou no sono rápido, pensando na cara de Rosa no dia seguinte quando lhe contasse que finalmente tinha um "caso".

Güero

Nem bem desci do trem na estação de Veracruz, fiquei desconcertado com aquele mundo barulhento e agitado, tão diferente de tudo que eu conhecia. Tive o desagradável pressentimento de que tudo daria errado naquele caos de coisas e gente. De fato, foi o que aconteceu, de início, porque ainda na plataforma perdi parte de minha bagagem. Depois, o taxista demorou demais para encontrar o hotel onde eu me hospedaria, e uma vez lá me irritei com o recepcionista porque o chuveiro pelo qual eu tão ansiosamente esperara durante a viagem só funcionou após uma visita do encanador.

Resolvidos os problemas de primeiro momento, fui para a rua e, com o intuito de beber algo fresco, sentei-me numa mesinha na varanda que se abre para a praça principal de Veracruz. Meu desassossego se desvaneceu como que por encanto, e fiquei maravilhado com tudo que meus sentidos descobriam. Durante minha viagem pelas cidades da meseta mexicana, eu me impacientara para terminar tudo logo e enfim descer ao trópico. Era ele que eu via de minha mesa. Numa onda, retornou minha fé — a fé dos que são muito jovens e só conhecem latitudes temperadas — de que nestas paragens cheias de excesso eu encontraria, sem dúvida, experiências definitivas, muito mais ricas que as que eu conhecia até ali. Estavam ao alcance de minha mão, quase podia tocá-las, assim como meus dedos tocavam o copo alto e fresco.

O sol já havia deixado de se refletir na cúpula da imensa paróquia cor de salmão da calçada em frente. Como todas as tardes, as nuvens irrompiam sobre a enseada, enviando do golfo um sopro que umedecia e queimava ao mesmo tempo. À medida que ia escurecendo, mais gente chegava à praça, que logo ficou repleta de tumulto e algazarra. Cresceu a música das marimbas ambulantes. As moças vestidas de cores estridentes passeavam sem pressa, respondendo ou não aos olhares de homens de camisa e calças brancas que vagabundeavam em grupos, lustrando os sapatos ou discutindo o preço de uma fatia de abacaxi com o vendedor. A uma quadra de distância, atrás dos portões, as gruas rangiam nos moles, carregando barcos que partiam ou chegavam da Jamaica e do Belize, de Mérida e Tampico, Havana e Puerto Limón.

Embora não fique de frente para a parte mais animada da praça, o Café de la Parroquia é o que há de mais nativo em Veracruz. À tarde é frequentado por industriais e políticos da cidade, com ou sem a família, para conversar com qualquer conhecido disposto de bom grado a perder um tempinho enquanto saboreia um refresco. Também é costume ver grandes fazendeiros de pele amarelada que, de passagem pela cidade a caminho de seus engenhos de quinquina ou açúcar, aguardam o avião que os levará a Tabasco, Chiapas ou Quintana Roo. Muitos turistas dos Estados Unidos chegam a Veracruz, mas são poucos os que vão até o Café de la Parroquia, porque em geral preferem as varandas dos hotéis mais cosmopolitas do lado oposto da praça.

Eu sabia de tudo isso, e, portanto, me dirigi a esse café quando saí do hotel. No entanto, pouco depois de me instalar, fiquei desapontado ao ouvir na mesa do lado sotaques anasalados tipicamente ianques. Eram três mulheres. Nada nelas chamava a atenção à primeira vista, pois tinham idade avançada e careciam de beleza. Mas, no instante em que me dispunha a mudar de mesa, reparei de repente numa delas. Não estava vestida com o pseudoexotismo das saias floridas e joias bárbaras que tantas norte-americanas de certa idade acreditam ser a norma ao viajarem pelo México. Era a mais velha das três e vestia saia cáqui. O rosto era apenas uma pele bronzeada presa a ossos finos, coroado por um emaranhado de cabelo grisalho curto. No instante em que nossos olhos se cruzaram, fez uma coisa estranha: sorriu para mim. Depois, como se não fosse nada de mais, ajeitou os óculos, tirou lã e agulhas de uma bolsa e começou a tricotar sem interromper a conversa. Não mudei de mesa e prestei atenção.

Falava com simplicidade e autoridade sobre coisas mexicanas, sobre cidades e plantas e pessoas. Era botânica de formação e morava havia muitos anos no país. Suas companheiras eram turistas que o acaso da viagem reunira a Mrs. Howland, a mulher de cabelo grisalho.

— Traga outra coca-cola, güero — disse ao garçom.

— Para já, güera — respondeu.

No México, a palavra güero significa loiro, mas em tom amistoso designa quem parece não ter sangue índio ou negro. O garçom era qualquer coisa menos loiro, mas como não tinha a pele excessivamente escura, a palavra soava natural. Eu gostaria de conhecer Mrs. Howland. Aquele sorriso e a tranquilidade que sua pessoa emanava me indicavam que vivia e sabia das coisas como eu gostaria de viver e saber. O rapaz trouxe a coca-cola para Mrs. Howland, que depois de bebê-la disse que já estava na hora de ir, pois madrugaria na manhã seguinte. Suas amigas perguntaram aonde ela ia. Respondeu que iria a Tlacotlalpan, um povoado rio Papaloapan acima, a cinco horas de barco saindo de Alvarado.

Falou um instante sobre o povoado antiquíssimo às margens do “Rio das Borboletas”, isolado em meio à selva. Evocou-o com tal força que as imagens suscitadas em mim por suas palavras de repente fizeram com que todas as coisas que eu via de minha mesa parecessem banais: as palmeiras da praça, as marimbas nas varandas cheias de gente, os sorrisos lentos que empalideciam sob os guarda-sóis claros não eram senão parte de um cartaz qualquer feito para atrair turistas. Eu era muito jovem e tinha vergonha de minha condição de turista, desejava me tornar um dos escolhidos sem consciência disso. Talvez as palavras de Mrs. Howland mostrassem um caminho.

Ela sorriu para mim outra vez antes de tirar os óculos e guardar o tricô para partir. Despediu-se de suas companheiras e eu a vi se afastando debaixo da chuva que despencou sobre a cidade, deixando a praça deserta. Voltei para o hotel, e após averiguar que Alvarado fica alguns quilômetros ao sul de Veracruz, pedi para me acordarem cedo na manhã seguinte a fim de pegar o ônibus.

A primeira imagem que vi ao chegar a Alvarado, no pequeno píer ao lado das vendinhas de fruta e peixe frito, foi a de Mrs. Howland. Sentada em sua mala, entretinha-se observando descarregarem tartarugas dos barcos. Ninguém parecia reparar nela, o que não deixava de ser curioso, porque no México se olha muito o estrangeiro, e aquela mulher de calça cáqui e capacete safári valia uma olhada. Pelo menos era mais estranha que eu, que, embora pouco espetacular de aspecto e simples nas indumentárias, fazia muita gente do povoado virar e dizer com desembaraço: “Até logo, güero...!”. Talvez fosse porque eu olhava demais, deslumbrado com a cor e os movimentos da manhã, e com a perspectiva do rio aberto que estendia sua lentidão até o horizonte.

O barco atracou e logo se encheu de passageiros, que sentaram-se atrás das sujas cortinas de tela que pendiam do teto para proteger do sol. Carregaram caixotes de refrescos, e Mrs. Howland se instalou em meio a pessoas com sacos e crianças e cestos.

Subi no teto porque não queria que as cortinas me privassem de ver a paisagem. Tinha certeza de que meu belo chapéu de palha, de abas largas e flexíveis, era defesa suficiente contra a brutalidade do sol.

O barco partiu. Recostei-me, apoiando a cabeça na mochila, e vi como ia desaparecendo o povoado que balizava os morros com suas casas brancas e suas mechas de palmeiras e mangueiras. Logo restava apenas o céu pesado, o calor fervente no ar úmido e as ásperas linhas escuras das ribanceiras. Avançávamos lentamente, deixando uma esteira de cheiro de gasolina ao passarmos por cima dos bancos de aguapés.

A voz de Mrs. Howland turvou minha contemplação:

— Senhor, senhor, desça. Vai pegar uma insolação.

Espiei pela borda do teto e respondi:

— Não se preocupe, senhora, estou acostumado com o sol. Além do mais, esse chapéu...

— Garoto — interrompeu sua voz impaciente —, nem quem nasceu nessa região se atreve a fazer isso. Não seja bobo, desça agora mesmo...

Abriu espaço para mim a seus pés em meio aos viajantes abarrotados dentro da embarcação. Mrs. Howland tricotava, tricotava algo cuja forma não entendi, tricotava com calma, como se nada acontecesse.

— A cerveja é o ideal para o calor — ela disse de repente. — Vou pedir uma.

Pedi duas ao funcionário. Erguemos nossas garrafas e, depois de limpar a boca, Mrs. Howland disse:

— Eu te vi ontem no Café de la Parroquia...

— Sim, estive lá à tarde. A senhora me deu a ideia de vir a Tlacotlalpan...

— Nunca tinha escutado o nome? — perguntou, tirando os óculos e fazendo uma pausa no tricô. — É um povoado maravilhoso. Existe há séculos nas margens deste rio e nada foi capaz de perturbá-lo. Cercado pela selva e pelas plantações de coqueirais, seu único contato com o mundo é essa embarcação e os barcos que chegam na safra para transportar a colheita.

— A senhora mora lá?

— No momento, não, mas em outra época morei em Tlacotlalpan. Faz anos que não volto. Dizem que não mudou nada.

— E por que nao voltou? — perguntei, correndo o risco de parecer intrometido.

— Meu marido morreu há poucos meses e só agora tenho liberdade para vir. Ele odiava Tlacotlalpan. Estava tão cheio de lembranças dolorosas que nunca me permitiu voltar. Com a morte de meu marido, tudo terminou para mim... Agora venho para ver se consigo encontrar no povoado que testemunhou a parte mais importante de minha existência alguma intensidade para os anos que ainda me restam viver. Meu marido, assim como eu, era botânico...

Ficou em silêncio por alguns instantes, e vi que em sua mente se organizavam ideias e emoções distintas. As cortinas mal se moviam ao lado de seu rosto escuro. De repente, como se houvesse mergulhado em seu passado, levantou-se trazendo à tona a pergunta:

— Você conhece gente do tipo que vive de acordo com teorias, teorias que estipulam o nome exato e o peso exato de cada coisa, eliminando assim qualquer possibilidade de mistério?

Pareceu esgotada com a força da pergunta, porque houve um novo silêncio. Contudo, a pergunta de Mrs. Howland se repetia sem parar em meus ouvidos, como se o barco arrastasse suas palavras. Não soube como, tampouco julguei necessário, responder. O tom de sua voz estava mais tranquilo quando continuou:

— Meu marido e eu éramos espécimes perfeitos desse tipo humano. Ambos pertencíamos a famílias ricas, ligadas aos melhores círculos científicos e intelectuais de nosso país. Nos conhecemos quando fomos colegas numa universidade pequena mas de grande prestígio. Admirei Bob desde que o conheci. Era o estudante mais distinto da faculdade, além de ser alto e loiro, belíssimo até seus últimos dias. Durante nossos anos de estudo, trabalhamos juntos e pensamos em perfeita comunhão. Estávamos convencidos de que não existia gente mais esclarecida, mais sã e mais inteligente que nós. Os laços de família eram absurdos, os preconceitos de raça e classe, uma imbecilidade, a ciência, a única coisa que importava, e as pessoas em geral, vulgares e entediantes. Nos casamos ao receber o diploma. Tínhamos tudo: beleza (não ria, jovenzinho, fui bonita em outros tempos), cultura, inteligência, saúde e, portanto, não cabiam surpresas desagradáveis em nossa vida planejada com tanta clareza. Interessava-nos determinado ramo especialíssimo da botânica experimental. Nossos pontos de vista eram novidade e ao mesmo tempo acadêmicos, e a universidade nos contratou como ajudantes de cátedra.

"Conhece a vida numa universidade pequena dos Estados Unidos? Bem, então sabe que é o ambiente mais propício para pessoas como nós. Trabalhávamos apaixonadamente durante o dia, e à tarde saíamos para caminhar sob árvores antigas, dando migalhas de pão para os esquilos das pradarias e cumprimentando conhecidos enquanto víamos se iluminarem uma a uma as janelas dos dormitórios. De vez em quando participávamos de reuniões, sempre vestidos com nossos melhores tweeds. Falávamos de política, de ciência, de livros, ou comentávamos as últimas fofocas daquele universo limitado. Uma vez por semana nossos alunos prediletos nos visitavam e servíamos chá, para mostrar a eles que também éramos humanos.

"Nossa vida na universidade durou uns bons anos felizes. Mais tarde nos mudamos para Nova York e assumimos cargos que nos ofereceram por lá. No início nos sentimos muito sozinhos na imensa cidade, e nos unimos como nunca em torno de nosso trabalho. Mas Nova York é um monstro que devora até o último resquício de humildade. Bob realizou uma pesquisa de grande escala, cujos resultados só seriam verificados mais tarde, coisa séria, profunda, difícil, enquanto eu cedi à tentação de escrever artigos de divulgação em revistas pseudocientíficas, com os quais obtive fama imediata. Cheguei a ser considerada uma mulher brilhante casada com um homem opaco, um rato de laboratório, incapaz de produzir. Também comecei a me convencer disso e a me entediar com meu marido. Abandonei meus bons tweeds acadêmicos e provincianos para frequentar costureiros de renome. Era uma aventura contemplar minha beleza envolta em tecidos suntuosos e nos olhares de admiração de todos. Afastei-me cada vez mais de Bob e ele de mim, mas antes de uma ruptura definitiva senti que estava grávida. O menino nasceu, mas morreu uma semana depois.

Com isso, aumentou a distância entre mim e meu marido, e caí no que chamávamos de "a vida". Achava que estava satisfeita com meu modo de existir, levando em conta que, por sermos civilizados, não podíamos refrear nossos impulsos. Julgava-me livre porque joguei todas as obrigações para o alto, mas no fundo me atormentava saber-me incapaz de um trabalho à altura do que Bob realizava.

"Nove meses depois de Bob chegar bêbado em casa uma noite, tive outro menino, filho dele. Mais ou menos na mesma época meu marido foi convidado para ser professor titular na Universidade do México. Eu estava desorientada, mas, aferrando-me aos laços um tanto fictícios que aquele filho criava entre nós, fui junto. Bob levou a cabo um trabalho brilhantíssimo; no meio-tempo, uma inveja perigosa me afastou totalmente dele durante os dez primeiros anos no México, sem que eu jamais me decidisse a dar algum passo definitivo.

"Enquanto isso, imagino que para entreter meu ócio, decidi que meu filho seria um grande homem. Deveria conseguir raciocinar por conta própria desde cedo e agir conforme seus impulsos, livre de qualquer obscurantismo que pudesse entorpecer aquela que haveria de ser a mais plena de todas as vidas. Era um garoto lindo. Seus olhos imensos eram do mais profundo azul, os mais transparentes que já vi, e sua cabeça de formato perfeito era de um dourado liso, brilhante, sedoso.

"Mike tinha nove anos quando Bob se viu obrigado a buscar reclusão absoluta para escrever um livro baseado na vasta coleta de material acumulada em seus anos de ensino e experimentos. Precisava de um lugar tranquilo para isso, e um amigo nos sugeriu a aldeia de Tlacotlalpan como o mais indicado. O livro seria a obra essencial de sua vida, e embora eu não estivesse interessada em me enfiar na selva com um homem que não amava, acho que a perspectiva da glória que a obra lhe traria e o desejo de não ser excluída daquele feito tão majestoso me impeliram a ir com ele.

"Acho que esse é o mesmo barco em que fizemos a primeira viagem, vinte anos atrás. Embora tivéssemos viajado muito pelo

México, era espantoso encontrar uma imensa catedral pintada de azul-marinho num povoado de dois mil habitantes perdido na selva. As ruelas, onde crescia grama, eram ladeadas por sólidas casas térreas com varandas que davam para a rua, pintadas de rosa, amarelo, azul e verde. O rio se arrastava quase mudo ao lado do embarcadouro feito de troncos, debaixo de bananeiras, palmeiras e mangueiras, carregando ilhas de aguapés azuis. Os coqueirais, e atrás deles a selva, cercavam o povoado às margens do rio. Nos pátios das casas cresciam tulipas vermelhas, pendendo como lanternas dos arbustos que à noite borbulhavam de vaga-lumes. E havia gaiolas com papagaios, e corredores, e mulheres que arrastavam tamancos de madeira pelo piso fresco e polido dos cômodos.

"Ah! Aqueles primeiros tempos! A beleza que lembrada fere mais que vista pela primeira vez! E Amada Vásquez! Aquela antiguidade em seus olhos de índia, mescla de magia e de religiões confusas e de terror. É um deboche do tempo que ainda esteja viva e que eu volte para sua casa como se nada tivesse acontecido. Aquele pátio cor-de-rosa, aquela cadeira de balanço em eterno movimento, as telas de mosquito delicadas como neblina, os lençóis tesos de goma e limpeza ainda existem. Dentro de poucas horas voltarei a vê-los. Ainda estará vivo o papagaio para o qual meu filho Mike ensinava palavras em inglês? Ainda estará se balançando em seu poleiro perto de onde lavavam roupas no pequeno píer particular atrás da casa, aberta para o rio?

"No exato momento em que saltamos no embarcadouro, os que foram até lá por verem a barca chegando se aproximaram de nós e, vendo Mike, exclamaram maravilhados: 'O güero, o güero...!'. Uma mulher passou a mão escura na cabeça dourada do garoto. Constatei orgulhosa que ele não se assustou.

"Meu marido disse que havia se apaixonado por Amada Vásquez à primeira vista. Era minúscula e escura como uma barata, e caminhava muito rápido e quase sem se mexer. Era velha como o tempo, de corpo diminuto, com tranças finas e compridíssimas ligeiramente grisalhas, o rosto rugoso como casca de árvore.

Arrendava quartos para hóspedes seletos. Mas gostamos tanto da casa dela que imploramos para que nos alugasse inteira, incluindo seus serviços pessoais. Amada, que era solteira, trabalhava fazendo alvas para as alfaias da paróquia. Não sei quantas vezes a veria desfiando, bordando desenhos complexos, acrescentando franjas e floreios com as mãos escuras em imaculadas peças de linho. Nas tardes densas de calor, costumava sentar-se numa cadeira de balanço de palha na varanda de casa, e quem passava sorria para ela com respeito. Herdara a casa de umas senhoritas de sobrenome De Lara, muito antigas e muito puras, como prêmio por ter dedicado a vida ao conforto de seus parentes. Após a morte de Amada, a casa passaria para o controle da paróquia.

"Demoramos um pouco para nos instalar na casa de Amada. Mike adorou nossa anfitriã desde o primeiro momento e a acompanhava em todas as suas tarefas. Na Cidade do México, jamais aceitamos mandar nosso filho para o colégio, pois temíamos que lá ele se enchesse de preconceitos. Ensinávamos a ele tudo o que nos parecia necessário para sua educação. No entanto, completaria dez anos em breve, e começar os estudos na escola pública de Tlacotlalpan, com o resto das crianças do povoado, era uma boa ideia. Assim deveria adquirir o senso de justiça e igualdade que tanto nos interessava que tivesse.

"Levei-o para a escola na semana seguinte à nossa chegada. A preceptora, a senhorita Hidalgo, sentiu-se muito honrada por receber o 'güero' como um de seus alunos. Naquela manhã eu mesma o acompanhei até a sala. Quando Mike se instalou num dos bancos vazios no meio da sala, a professora ordenou que um garoto que ocupava o primeiro banco trocasse de lugar com ele. Não permiti. Indiquei especificamente à senhorita Hidalgo que desejava, acima de tudo, que meu filho não recebesse tratamento diferenciado.

"É a memória mais bela que guardo dele. Vejo-o naquela sala, em meio àqueles garotos lindos, de pele morena e olhos inquietos e experientes como insetos negros, que se viravam para fitá-lo enquanto ele sorria de sua inocência: era um ser distinto, perfeito, destacado.

"Quando Mike voltou para casa naquela tarde, surpreendi-me ao ver que a primeira coisa que fez foi ir para o quarto tirar os sapatos.

"— O que está fazendo? — perguntei, estranhando.

"— É que sou o único que vai de sapatos para a escola — respondeu. Havia humilhação em sua voz. — Me incomodaram."

"— Tentaram roubar?"

"— Não. No começo não se atreviam a chegar perto de mim e passei o primeiro recreio inteiro sozinho. Depois ficaram meus amigos e queriam que eu emprestasse os sapatos para experimentarem...

"Mike me contou que tocavam seu cabelo, e um mais atrevido até tentou enfiar um dedo em seus olhos para tocar o azul. Tudo isso me incomodou. Por mais estético que fosse ver meu filho ir descalço a uma escola pública num povoado perdido na selva, aquilo não era possível. Expliquei ao garoto que nós éramos diferentes, que as pessoas de nossa raça são mais delicadas porque não estão acostumadas ao clima da região como seus coleguinhas de escola, cuja raça foi se adaptando ao meio lentamente através dos séculos. Mas Mike insistiu em ir descalço à escola. Expliquei que pelo mesmo motivo só bebíamos água fervida, por exemplo, e preparávamos nossos alimentos de maneira diferente. Com suma paciência, convenci-o de que seus pés não resistiriam às asperezas do chão nem ao calor que acumulava durante o dia.

"Na manhã seguinte, não vi Mike sair. Qual não foi minha surpresa quando, após o meio-dia, enquanto conversava com Amada na varanda de casa, vi dobrar a esquina a professora que, seguida por um grupo de garotos, carregava Mike nos braços.

"Fui correndo ao seu encontro. A senhorita Hidalgo explicou que achava que tinha sido nossa a ideia de mandar Mike descalço para a escola. O garoto estava choroso em seus braços, os pés feridos e cheio de hematomas. As aulas haviam sido suspensas, e grande parte dos alunos acompanhava o 'güero' até sua casa.

"Pedi a Mike uma explicação. Disse que na escola o haviam desafiado a caminhar pelas lajotas do pátio que ardiam ao sol, e depois sobre espinhos. Este era o resultado. Queixei-me com a senhorita Hidalgo, e ela me garantiu que aquilo não se repetiria.

"À medida que o tempo passava, o garoto gostava cada vez mais de seguir Amada por todos os cantos. Muitas vezes escutava-os conversando no quarto ao lado, e depois Mike vinha comentar as histórias que a velha lhe contava. Eram histórias de pássaros e de animais maravilhosos, de deuses bons que protegiam o mundo desde sua morada na fonte do rio. Mas aconteceu uma coisa estranha: à medida que passava a gostar mais das histórias, foi deixando de me procurar para contá-las. No entanto, eu gostava de vê-los juntos. Lavando roupa de joelhos na beira do rio, Amada se inclinava e se erguia, se inclinava e se erguia, conversando com Mike, que, sentado ao seu lado no píer, salpicava água com os pés.

"Desde nossa chegada a Tlacotlalpan, o que mais fascinava Mike eram as embarcações. E não sem motivo. Eram mágicos os botes coloridos que balançavam amarrados ao píer dia após dia; e aqueles a bordo dos quais, ao cair da tarde, sob o céu ruborizado dos crepúsculos em que não havia chuva, os trabalhadores voltavam da labuta na margem oposta; e os que, caídos entre as raízes de alguma mangueira gigante, eram como animais cansados buscando refúgio na sombra. Mike ia muito ao píer. Acompanhavam-no nessas excursões os irmãos Santelmo. Eram rapazes saudáveis e belos, e eu estimulava a amizade deles com meu filho porque não eram servis, como havia sido Ramírez, o primeiro amigo que Mike teve em Tlacotlalpan. Estimulava também seu interesse pelos barcos, porque talvez isso pudesse afastá-lo um pouco de Amada, que estava me dando o que pensar.

"Amada estava me dando o que pensar por vários motivos. De início, eu achava que a admiração da mulher por nossas vantagens materiais, como aquela demonstrada por todo o povoado, era incondicional. Mas com o transcorrer do tempo fui comprovando que a admiração não era pura, algum elemento desconhecido a corrompia.

"Lembro que uma tarde, ao voltar de uma visita ao pároco, com quem havíamos feito amizade, escutei vozes em meu quarto. Espiei, e qual não foi minha surpresa ao ver Amada vestida com uma de minhas saias, imitando meus gestos para duas comadres que riam do gracejo. Minhas gavetas estavam reviradas e minhas coisas, espalhadas no chão. A mímica de Amada era perfeita. Reproduzia meu modo de caminhar e, com meu tom característico, murmurava palavras incoerentes que tentavam ser inglês. Fiquei vermelha ao ver uma caricatura tão cruel de mim e, entrando no quarto, dei ordens para que guardasse minhas coisas. Para que não ficasse incomodada, dei-lhe de presente a saia que estava vestindo, e ela ficou contente.

"Então começaram a desaparecer objetos que nos pertenciam, principalmente brinquedos de Mike. Questionei-o a respeito disso e ele não soube responder. Em silêncio, já que eu não podia dizer nada contra Amada sem deixar o garoto irritado, atribuí as perdas à ganância de nossa anfitriã. Pouco me importou a perda de tantos objetos sem valor porque as vantagens de viver na casa de Amada eram muitas.

"Uma noite, Mike acordou chorando. Bob e eu fomos atendê-lo. Depois de murmurar uma série de incoerências, voltou a dormir. Mas os pesadelos começaram a se tornar frequentes. Costumava acordar aos gritos, soluçando, pedindo que Amada fosse acudi-lo. Falava de rios, de tesouros, de deuses e de noites de tormenta, mas não cheguei a me inquietar porque atribuí essas alterações à mudança de ambiente. Todavia, não deixei de ver nossa hospedeira com maus olhos, por acreditar que ela havia enchido a cabeça de Mike com as lorotas que perturbavam o equilíbrio que eu desejava para ele.

"O tempo passava e Bob não fazia outra coisa além de escrever. O livro aumentava. Mas o trabalho que desenvolvi para a obra foi tão inútil que precisei aceitar que havia me tornado definitivamente inapta para aquele tipo de atividade. Doía-me confessar que a ciência não tinha mais interesse para mim. Bob me interessava ainda menos. Decidimos nos separar quando voltássemos, e eu suspirava à espera do momento de pôr um ponto-final no livro. A única coisa que me dava algum prazer era observar Mike. Ele se adaptou admiravelmente ao ambiente e aos colegas de escola, muitos dos quais viraram seus amigos. De início Mike era tímido no colégio, e escolheu amigos tímidos. Depois a timidez deu lugar à audácia, e escolheu amigos também audazes. Entretinham-se com brincadeiras tão sérias e intensas que não pude deixar de ver nelas certo perigo.

"Uma tarde a senhorita Hidalgo foi me visitar. Custou a ir ao ponto, mas após muitos rodeios confessou que não sabia mais o que fazer com Mike. Ele havia subjugado um grupo de rapazes. Se o 'güero' propunha que não fossem à aula, todos o acompanhavam em suas andanças pelas plantações, pelos bosques e pelo rio. Se Mike se recusava a fazer as tarefas, os demais o seguiam. Outras vezes, por meio do que a solteirona descreveu como presentes soberbos, obrigava os estudantes mais aplicados a fazerem trabalhos por ele. Este, ao contrário do que eu supunha, era o motivo para tantos objetos desaparecerem de seu quarto. Foi doloroso recordar as vezes que o questionei a respeito, quando fingiu uma inocência tão perfeita que acreditei nele sem ressalvas. A senhorita Hidalgo passou a tarde inteira me contando muitas coisas sobre Mike. Por exemplo, ela achava que o 'güero' contava certas histórias para os colegas, histórias que todos guardavam sob o maior sigilo. Frequentemente o via acocorado num canto do pátio com um grupo de garotos ao redor. Era um grupo de escolhidos, que andavam de cabeça erguida, e os não pertencentes se esforçavam para agradar o 'güero' e entrar para o grupo.

"Achei que eram exageros de solteirona. De qualquer modo, ralhei com Mike por não ter dito a verdade sobre a desaparição dos brinquedos, mas ele pediu que eu não me irritasse. Disse que era natural seu desejo de presentear os amigos, pois eram coisas extraordinárias para eles, enquanto a ele não interessavam.

"Uma manhã, ao acompanhar meu filho até a porta quando saía para o colégio, vi que pelo menos dez colegas o esperavam na varanda da frente. Isso me desagradou, levando em conta o que a senhorita Hidalgo havia dito. Quando o garoto voltou naquela tarde, questionei-o.

"— É que eles me admiram... — respondeu.

"— Admiram? — perguntei espantada. — Você deve ser muito bom aluno, ou fez alguma coisa muito importante.

"— Não, não é por isso. É porque percebem que eu sou diferente.

"— Diferente?

"— Sim, diferente — em seguida acrescentou em tom desafiador: — Não foi você mesma quem me disse naquela vez dos sapatos?

"Eu não soube que atitude tomar. Eram esses os frutos de minhas teorias e boas intenções? Repreendi-o energicamente. Era muito difícil esclarecer as coisas para um garoto de dez anos, e eu já não tinha forças para nada além de pensar em nosso retorno à civilização. Permaneci em silêncio, costurando uma meia sob a lâmpada em torno da qual zumbiam os insetos. Mike estava folheando um livro e olhava para a porta de vez em quando. Amada tinha saído. Devia voltar em breve para nos servir o jantar. Mike disse de repente:

"— Amada também diz a mesma coisa, e a srta. Hidalgo concorda e diz para todo mundo...

"Parecia querer provocar uma discussão. Fiquei com medo e só pude dizer:

"— Isso precisa acabar imediatamente...

"Ele prosseguiu:

"— Então você não soube do que aconteceu com a mãe dos Santelmo e a do Ramírez? É muito engraçado. O povoado inteiro sabe. Lembra que eu era amigo daquele palerma do Ramírez no começo, e depois me entediei e fiquei amigo dos Santelmo? Bem, as duas famílias são vizinhas. Quando fiquei amigo dos Santelmo e não quis mais andar com Ramírez, as famílias brigaram. Agora não se cumprimentam. Dizem que um dia a mãe de Ramírez encontrou a senhora Santelmo no píer e a empurrou na água e ela quase se afogou...

"O tom do relato me aterrorizou de tal maneira que não me atrevi a erguer os olhos da costura. Assumi uma postura crédula:

"— E por que gostam tanto de você? Deve ser um menino muito bom...

"Ao ouvir isso, Mike me olhou com a expressão mais perturbadora que já vi nos olhos de uma criança. Havia riso misturado ao mais profundo desprezo por minha ingenuidade. Era como se eu falasse com um ser muito mais velho e infinitamente mais sábio que eu. Meu filho havia adquirido uma dimensão que eu era incapaz de controlar.

"— Sim, é por isso... — respondeu.

"— E só por isso?

"Nesse momento, Amada chegou. Mike foi atrás dela e não me atrevi a impedi-lo.

"Tentei explicar meus receios a Bob, mas ele não compreendeu nada porque estava pensando no livro que terminaria em breve. Disse que era inútil se preocupar, pois partiríamos dentro de um mês. De resto, nem eu mesma compreendia as coisas com exatidão. Contudo, enquanto Bob trabalhava, eu tinha tempo de sobra para me inquietar por causa de Mike. O garoto tinha dois estados de espírito: se Bob e eu estávamos presentes, era cabisbaixo e ardiloso; parecia estar sempre pensando em outras coisas. Por outro lado, quando Amada ou os Santelmo lhe faziam companhia, adentrava um estado de audácia e ebulição. Suas noites de pesadelo eram muito frequentes, e durante esses sonhos às vezes dizia que longe dali, na nascente do rio, viviam os poderosos deuses loiros, e quem chegasse até sua morada se tornaria igual a eles. Falava de um pássaro que iluminava o bosque com sua plumagem de ouro, falava de Amada e das embarcações que à noite balançavam o rio.

"A senhorita Hidalgo se queixou outra vez por não saber mais o que fazer com Mike: para acompanhá-lo em suas andanças, ninguém ia às aulas. Eu tampouco sabia o que fazer. Calada, observava a mudança ocorrida nele durante nossa vida em Tlacotlalpan, em contato com tanta força primitiva, perto de Amada e daqueles garotos cujos olhos conheciam o vocabulário ancestral da selva e do rio. O próprio Mike era como um rio depois de transbordar com as chuvas. Todas as forças pareciam ter se derramado dentro de meu filho, e como estava cega não me dei conta de que ele era frágil demais para suportar o peso. Digo cega porque acreditava que o contato com Mike atuaria como um elemento civilizador para aqueles meninos, dado que ele era não só para mim, mas também para eles, um ser superior. Não sabia que eles e todos ao seu redor ampliaram a vida de Mike, até que todo o misterioso e tudo que vibra com força oculta se tornaram seu elemento natural.

"Durante uma tarde inteira soprou o vento negro que desarranja a lisura do céu, e à noite as nuvens pesadas estalaram em relâmpagos e chuva, trancando o povoado, o rio troante e a imensa selva enfurecida numa câmara de calor irrespirável. Já tínhamos presenciado muitas borrascas intensas em Tlacotlalpan e nos dirigimos sem maiores preocupações à casa do padre Hilario, que nos havia convidado para jantar. Ao passarmos pelo píer notamos que, em razão da tempestade, todos os botes à exceção de um tinham sido recolhidos. A embarcação solitária rangia ao ser lançada pelas ondas, e como não sabíamos quem era o dono não pudemos avisá-lo para que salvasse aquela que certamente era sua única fortuna.

"A cozinheira do padre Hilario, que gostava muito de nós, tinha preparado nossos guisados preferidos. Tomávamos sopa quando o bom sacerdote disse:

"— Parece o fim de sua famosa civilização...

"Bob e eu percebemos que se avizinhava uma discussão muitas vezes repetida, mas na qual don Hilario parecia ter um interesse incansável; depois de dez anos vivendo no trópico, não era possível que mais uma tormenta lhe parecesse extraordinária.

"Quando nos preparávamos para sair, após muita comida e muita conversa, escutamos os gritos de um garoto na porta. Pálida, levantei-me e corri para abrir. O vento entrou pela casa e, no umbral, vi o pequeno Ramírez, que me olhava, tremendo, encharcado pela chuva e sem dizer nada. Compreendi instantaneamente que finalmente havia se desencadeado o que vinha se armando durante toda a nossa permanência em Tlacotlalpan. Minhas lembranças daquela noite depois disso são confusas. No entanto, mais tarde, pela boca do mesmo garoto que gritava na porta do padre Hilario e havia participado da brincadeira até o último momento, eu soube como foi.

"Parece que naquela noite, assim que saímos e Amada se recolheu ao seu quarto, Mike se vestiu para sair. Nunca saberei, e prefiro não saber, se aconteceu com o consentimento de Amada. Prefiro pensar o contrário.

"Hoje fecho os olhos e vejo tudo com a imaginação. Mike corre pela grama encharcada da rua, e a chuva escorre por sua cabeça dourada de pequeno deus que não se deixa incomodar pelos elementos. Na esquina da praça se reúne com os companheiros, e se dirigem ao píer. Ao ver que o céu escuro se fragmenta com raios vivos, ao sentir o vento quente que encabrita as águas e a selva, Ramírez, que apesar de tudo era integrante do grupo, começa a hesitar. Pareceu não suportar a ideia de que Pedro Santelmo, e não ele, fosse o tenente de Mike, e isso, ou o terror, levou-o a reconsiderar sua decisão. O menino me disse que Mike costumava contar as histórias de Amada aos companheiros, sobretudo aquela história dos deuses loiros que viviam na nascente do rio, e de que era preciso ir até lá numa noite de tormenta para ser igual a eles. Mike os convenceu de que assim teriam todo o seu poder, todas as suas riquezas e toda a sua sabedoria. Ramírez disse que a expedição vinha sendo planejada desde muito tempo atrás, e o chefe escolheu só dez companheiros. Imagino as promessas que meu filho teria feito para convencer os meninos, filhos de gente que temia o rio por conhecê-lo muito bem, a subirem sem titubear naquela embarcação precária. Será que prometia ouro, ou prometia que seriam, como ele, diferentes? Ou prometia o saber sobre-humano que atribuíam a ele? Não sei...

"Do píer, Ramírez os viu embarcando. Não consigo imaginar como nove meninos, com idades entre dez e doze anos, conseguiram fazer isso numa noite tão tempestuosa. De onde tiraram forças? De onde tiraram coragem? Não sei, não sei... Ramírez presenciou seus esforços para controlar a embarcação, cegados pela chuva que açoitava, enquanto o insultavam por não embarcar. Sob os gritos de ordem de Mike desataram o barco, apoderaram-se dos remos e, com ele no timão, adentraram o rio revolto.

"Levavam uma pequena lanterna na embarcação. Imagino seus rostos inclinados perto dela na chuva, e a essa fraca luz vejo o rosto de meu filho, sério e intenso, manejando o timão. Imagino o esforço selvagem estampado no rosto de cada um dos meninos. Imagino a impotência, a ira de sua impotência. Imagino a embarcação exígua com sua mísera luz saltando as ondas negras do rio furioso, e da aparência que tinham dali o punhado de luzes que marcavam o povoado numa margem, e, na outra, a densidade da vegetação cega e quente, iluminada pelos raios. Quero imaginar, e isso nem sequer me traz algum conforto, que o entusiasmo da brincadeira durou ao menos alguns instantes. Que chegaram a acreditar no sucesso da aventura nos poucos momentos antes que o terror se apoderasse deles, quando viram o barco ranger e quebrar, antes que o ressoar do vento e das águas afogasse seus gritos de alarme, antes que o barco soçobrasse e as águas do rio, enfurecido pelo desacato de dez garotos que ousaram desafiá-lo, se fechasse sobre a cabeça deles..."

Ao final do relato, a voz de Mrs. Howland adquiriu o brilho e a precisão de uma joia naquele ar quente que parecia capaz de dissolver tudo, tudo exceto seu timbre e suas palavras. Olhei as mãos que ainda tricotavam e pensei adivinhar a forma e o objeto daquele tricô. Observei sua cabeça contra a cortininha suja; era eterna, sábia, escura, como a cabeça de Amada Vásquez.

— O resgate — prosseguiu quase sem expressão na voz — durou a noite inteira. Todo o povoado foi ao píer conosco, carregando faróis e lanternas ineficazes em meio à vasta escuridão. Bob passou a noite percorrendo o rio com outros pais num dos barcos. Não sei como não naufragou também, mas nada temi ao vê-lo embarcar. Foi tudo em vão. Não encontraram o menor indício dos garotos. Ouvi dizer que depois de vários dias apareceram dois cadáveres perto da foz do rio. Mas nenhum deles era de Mike.

"Deixamos o povoado assim que conseguimos. Eu odiava aquele povoado nefasto, aquela gente nefasta. Mas lentamente o tempo foi restabelecendo a ordem dentro de mim, e descobri um novo amor pelo trabalho, e por Bob, e pelas pessoas. Tive tempo para pensar muito e para traçar, por assim dizer, uma linha ao redor do ocorrido. Mas não uma linha separando-o de minha vida e do resto das experiências humanas..."

Sua voz ficou suspensa no silêncio, muito tempo.

Falei que subiria à cobertura do barco para ver a chegada, mas acho que minha companhia não escutou, compenetrada como estava no tricô. Fiquei de pé lá em cima e deixei o ar quente banhar meu rosto. Fechei os olhos, e então os abri: era como se enxergasse pela primeira vez.

Aproximamo-nos da linha verde da margem, agora matizada por árvores e verdes distintos e movimentos. De quando em quando apareciam pequenos píeres, casas sustentadas por palafitas sobre a água, homens de torso nu e chapéu branco passando da sombra ao sol. Um pássaro gritou na selva: a linha da nota se alçou longa e clara, recolhendo em si todos os ruídos, porque depois houve um silêncio. Após uma curva cheia de árvores, vi as torres azuis da igreja de Tlacotlalpan se erguendo acima das árvores e dos telhados.

Não sei quanto tempo passei ali, contemplando. Depois me lembrei da advertência de Mrs. Howland sobre o sol. Desci, pedi uma cerveja e aguardei o barco atracar. Ao me verem desembarcar, os garotos do povoado gritaram para mim:

— Güero! Güero! Güero!

Uma senhora

Para Martha Gibert

Não lembro com certeza quando foi a primeira vez que me dei conta de sua existência. Contudo, se não me engano, foi numa tarde de inverno, dentro de um bonde que atravessava um bairro popular.

Quando canso de meu apartamento e minhas conversas habituais, costumo pegar um bonde cujo percurso desconheça e passear pela cidade. Nessa tarde levava comigo um livro caso sentisse vontade de ler, mas não o abri. Chovia esparsamente e o bonde viajava quase vazio. Sentei-me ao lado de uma janela, limpando uma brecha no vidro embaçado para olhar as ruas.

Não lembro o momento exato em que ela se sentou ao meu lado. Mas quando o bonde parou numa esquina, fui tomado pela sensação tão corriqueira, embora misteriosa, de que aquilo que via, o momento exato e desimportante como era, eu já havia vivido antes, ou quem sabe sonhado. A cena me pareceu a reprodução exata de outra familiar: diante de mim, um pescoço roliço vertia suas dobras sobre uma camisa esfiapada; três ou quatro pessoas dispersas ocupavam os assentos do bonde; na esquina havia uma farmácia de bairro com letreiro luminoso, um policial bocejou ao lado da caixa de correio vermelha, a escuridão que caiu em poucos minutos. Além disso, vi um joelho coberto por uma capa impermeável verde ao lado de meu joelho.

Conhecia a sensação e, mais que me inquietar, me agradava. Assim, não me dei ao trabalho mental de indagar onde e como tudo aquilo acontecera antes. Despachei a sensação com um sorriso irônico interno, limitando-me a voltar o olhar para ver o que vinha depois daquele joelho coberto por uma capa impermeável verde.

Era uma senhora. Uma senhora de guarda-chuva molhado na mão e chapéu funcional na cabeça. Uma dessas senhoras cinquentonas, que existem aos milhares nesta cidade: nem bonita nem feia, nem pobre nem rica. Suas feições regulares mostravam os restos de uma beleza banal. Suas sobrancelhas se juntavam mais que de costume sobre o arco do nariz, e esse era o traço mais marcante de seu rosto.

Faço essa descrição à luz de acontecimentos posteriores, porque então pouco observei da senhora. Soou o sinal, o bonde arrancou desmanchando a cena familiar, e voltei a olhar a rua pelo espaço que tinha limpado no vidro. As lâmpadas se acenderam. Um rapazinho saiu de uma venda com duas cenouras e um pão na mão. A fileira de casas baixas se estendia ao longo da calçada: janela, porta, janela, porta, duas janelas, enquanto os sapateiros, encanadores e verdureiros fechavam seus exíguos comércios.

Estava tão distraído que não reparei no momento em que minha companheira de assento desceu do bonde.

Como teria notado se, depois do instante em que a fitei, não voltei a pensar nela?

Não voltei a pensar nela até a noite seguinte.

Minha casa fica num bairro muito diferente daquele por onde o bonde me levara na tarde anterior. Há árvores nas calçadas e as casas ficam semiocultas atrás de cercas e sebes. Era bem tarde, e eu estava cansado, já que havia passado grande parte da noite conversando com amigos frente a cervejas e xícaras de café.

Caminhava para casa com a gola do agasalho muito alta. Antes de atravessar uma rua, divisei uma figura que me pareceu conhecida se afastando sob a escuridão dos galhos. Eu me detive, observando-a por um instante. Sim, era a mulher que viajara ao meu lado no bonde na tarde anterior. Quando passou por um poste de luz, reconheci imediatamente sua capa impermeável verde. Há milhares de capas impermeáveis verdes na cidade; todavia, não tive dúvidas de que era a sua, reconhecendo-a, embora a tivesse visto apenas por alguns segundos em que nenhuma característica dela me impressionou. Atravessei para a outra calçada. Naquela noite, dormi sem pensar na figura que se afastava sob as árvores pela rua solitária.

Numa manhã de sol, dois dias depois, vi a senhora numa rua central. O movimento do meio-dia estava no ápice. As mulheres paravam diante das vitrines para discutir a possível aquisição de um vestido ou de um tecido. Os homens saíam dos escritórios com documentos debaixo do braço. Reconheci-a novamente ao vê-la passar em meio a tudo isso, embora não estivesse vestida como nas vezes anteriores. Atravessou-me um ligeiro estranhamento por sua identidade não ter se apagado de minha mente e se confundido com o resto dos habitantes da cidade.

Dali em diante, comecei a ver a senhora com frequência. Encontrava-a em todos os lugares e a todas as horas. Mas às vezes passava uma semana ou mais sem vê-la. Ocorreu-me a ideia melodramática de que talvez estivesse me seguindo. Mas descartei ao constatar que ela, ao contrário de mim, não me identificava em meio à multidão. Eu, por outro lado, gostava de reparar nela entre tantos rostos desconhecidos. Sentava-me num parque e ela passava carregando uma sacola com verduras. Parava para comprar cigarros e ela estava pagando os seus. Ia ao cinema e lá estava a senhora, duas poltronas mais para lá. Não olhava para mim, mas eu me entretinha observando-a. Tinha a boca um tanto grossa. Usava um anel grande, muito vulgar.

Pouco a pouco, comecei a procurá-la. O dia não me parecia completo sem vê-la. Lendo um livro, por exemplo, eu me surpreendia conjecturando a respeito daquela senhora em vez de me concentrar no texto. Colocava-a em situações imaginárias, em meio a objetos que eu não conhecia. Comecei a reunir dados sobre sua pessoa, todos desprovidos de importância e significado. Gostava da cor verde. Fumava só um tipo específico de cigarros. Fazia as compras para as refeições de sua casa.

Às vezes, sentia tanta necessidade de vê-la que abandonava minhas tarefas e partia à sua procura. E em algumas ocasiões a encontrava. Outras vezes não, e voltava mal-humorado para me trancar em meu quarto, sem conseguir pensar em mais nada pelo resto da noite.

Certa tarde, saí para caminhar. Antes de voltar para casa, quando escureceu, me sentei no banco de uma praça. Só nesta cidade existem praças assim. Pequena e nova, parecia um acidente neste bairro comercial, nem próspero nem miserável. As árvores eram raquíticas, como se tivessem se recusado a crescer, ofendidas por serem plantadas num terreno tão pobre, num distrito tão opaco e anódino. Numa esquina, uma pequena lanchonete iluminava as silhuetas de três rapazes que conversavam em meio à poça de luz. Dentro de um espelho d'água seco, que aparentemente nunca terminaram de construir, havia tijolos rachados, cascas de fruta, papéis. Os casais mal conversavam nos bancos, como se a feiura da praça não propiciasse maiores intimidades.

Vi a senhora avançando por uma das trilhas, de braços dados com outra mulher. Falavam animadas, caminhando devagar. Ao passarem por mim, ouvi que a senhora dizia com tom angustiado:

— Não pode ser!

A outra mulher passou o braço ao redor dos ombros da senhora para consolá-la. Contornando o espelho d'água inconcluso, afastaram-se por outra trilha.

Inquieto, levantei-me e comecei a andar na esperança de encontrá-las e perguntar à senhora o que havia acontecido. Mas desapareceram pelas ruas onde diversas pessoas trafegavam após os últimos deveres do dia.

Não tive paz na semana seguinte a esse encontro. Passeava pela cidade na esperança de que a senhora cruzasse meu caminho, mas não a vi. Parecia ter desvanecido, e abandonei todos os meus afazeres, porque já não tinha a menor capacidade de concentração. Precisava vê-la passar, nada mais que isso, para saber se persistia a dor daquela tarde na praça. Frequentei os lugares onde costumava avistá-la, pensando em parar algumas pessoas que pareciam ser seus parentes ou amigos para perguntar pela senhora. Mas não saberia por quem perguntar, e deixava-os seguir caminho. Não a vi a semana inteira.

As semanas seguintes foram piores. Cheguei a inventar uma doença para ficar de cama e assim esquecer aquela presença que preenchia minhas ideias. Talvez depois de vários dias sem sair eu a encontrasse de repente no primeiro dia, quando menos esperasse. Mas não consegui resistir, e saí depois de dois dias nos quais a senhora ocupou meu quarto em todos os instantes. Ao levantar me senti fraco, fisicamente mal. Mesmo assim, tomei o bonde, fui ao cinema, andei pelo mercado e assisti a uma apresentação de circo ao ar livre. A senhora não apareceu em nenhum lugar.

No entanto, depois de algum tempo voltei a vê-la. Havia me agachado para amarrar o cadarço de um de meus sapatos e a vi passar pela calçada ensolarada em frente, com um grande sorriso no rosto e um ramo de acácias na mão, as primeiras da estação que começava. Queria segui-la, mas ela se perdeu na confusão das ruas.

Sua imagem deixou minha mente depois que perdi seu rastro naquela ocasião. Voltei para meus amigos, conheci gente e passeei sozinho ou acompanhado pelas ruas. Não que a esquecesse. Sua presença parecia antes ter se fundido com o resto das pessoas que habitam a cidade.

Uma manhã, tempos depois, acordei com a certeza de que a senhora estava morrendo. Era domingo, e depois do almoço saí para caminhar à sombra das árvores de meu bairro. Numa sacada, uma velhinha tomava sol com os joelhos cobertos por um xale felpudo. Uma garota num terreno baldio pintava de vermelho os móveis do jardim, preparando-os para o verão. Havia pouca gente, e os objetos e sons se desenhavam com precisão no ar nítido. Contudo, em algum lugar da mesma cidade por onde eu caminhava, a senhora morreria.

Voltei para casa e me instalei em meu quarto para esperar.

De minha janela vi o vento sacudir os arames da cerca. A tarde foi amadurecendo lentamente para além dos telhados, e para além do morro a luz foi ficando cada vez mais gasta. Os arames da cerca continuavam vibrando, respirando. No jardim, alguém regava a grama com uma mangueira. Os pássaros se preparavam para a noite, preenchendo de som e movimento as copas de todas as árvores que eu via de minha janela. Uma criança riu no jardim vizinho. Um cachorro latiu.

Instantaneamente depois, todos os sons cessaram ao mesmo tempo e um poço de silêncio se abriu na tarde aprazível. Os arames não vibravam mais. Num bairro desconhecido, a senhora havia morrido. Uma determinada casa deixaria a porta entreaberta naquela noite, e velas queimariam num quarto cheio de vozes baixas e consolos. A tarde deslizou para um final imperceptível, apagando todos os meus pensamentos sobre a senhora. Depois devo ter dormido, porque não lembro mais nada dessa tarde.

No dia seguinte, vi no jornal que os parentes da dona Ester de Arancibia anunciavam sua morte, informando a hora do funeral. Poderia ser...? Sim. Sem dúvida era ela.

Fui ao cemitério, acompanhei o cortejo lentamente pelas avenidas largas, em meio a pessoas silenciosas que conheciam os traços e a voz de uma mulher por quem sofriam. Depois caminhei algum tempo debaixo das árvores escuras, pois aquela tarde ensolarada me trouxe uma tranquilidade especial.

Agora penso na senhora só muito de vez em quando.

Às vezes, sou tomado pela ideia — numa esquina, por exemplo — de que a cena presente não é mais que reprodução de outra, vivida anteriormente. Nessas ocasiões penso que vou ver a senhora passar, as sobrancelhas franzidas, a capa impermeável verde. Mas rio um pouco, porque vi com meus olhos depositarem seu caixão no nicho, numa parede com centenas de nichos idênticos.

Festa em grande estilo

Alberto Aldea — o "Beto", como era chamado no departamento de protocolo da repartição pública em que trabalhava — vestia uma gravata de seda carmim naquela manhã de sábado. Em seu rosto insosso, por trás dos óculos sem aro, seus olhinhos brilhavam com tímidas faíscas de entusiasmo.

Elvira, que era nova na seção, tinha visto Aldea entrar. Como já estava incorporada ao ambiente, a gravata insólita do colega de trabalho não passou desapercebida. Além disso, notou um alarde pouco usual na forma como ele ajeitou os tecidos pretos que protegiam os punhos e cotovelos de seu terno azul. Elvira olhou para Freddy Osorio para ver se ele havia notado algo, e disse em seu ouvido:

— Olhe, repare só no Beto...

Freddy observou-o e, com o gesto que já lhe havia proporcionado tantas vitórias, arqueou a espessa sobrancelha negra. Não havia dúvida. Algo extraordinário estava acontecendo com Beto. Era como se seu corpo, seco e velho, ainda que não passasse dos quarenta e cinco, guardasse algum tesouro fabuloso. Mas uma alteração fugaz na personalidade de Beto não era assunto capaz de interessar Freddy Osorio por mais que uns poucos segundos. Todavia, interessava-lhe o tom de intimidade que Elvira usara para se dirigir a ele. Aquilo confirmava suas suspeitas. Ela gostava dele. Freddy refletiu sobre a pertinência de convidá-la para ir ao cinema naquela tarde: Elvira tinha a vantagem de ser do tipo de garota que não exige muitos gastos. Por outro lado, a ordem rígida de seus cabelos pretos e as redondezas de seu corpo jovem, sobre as quais resvalava a seda de um vestido de verão, prometiam, se não a mais gloriosa das conquistas, pelo menos uma agradável oportunidade de manter seu prestígio em alta. Não tinha nada para fazer aquela tarde. Valia mais a pena sair com Elvira que desperdiçar as horas jogando dados e bebendo cerveja com amigos num bar qualquer, onde de tanto falar de negócios magníficos e mulheres sedutoras acabariam se julgando à altura de qualquer aventura que se apresentasse. Ao ver que Beto começava a numerar as solicitações cinco minutos antes da hora em que o trabalho deveria começar, observou:

— Eita que tá contente. Tirou a sorte grande?

Alberto Aldea sorriu desajeitado, sem responder, e voltou ao trabalho. Gostaria de ter respondido, mas não estava pronto. Sabia muito bem que era de primeira importância se conduzir com cuidado. Precisava esperar o momento oportuno e encontrar o tom adequado. Só assim alcançaria a glória, evitando o vexame em que desaguava tudo que era seu, fosse bom ou ruim.

Freddy não esperou resposta para a pergunta que dirigira a Beto. Distraiu-se imediatamente com outra coisa. Enquanto isso, Elvira e a senhora Martita, chefe da seção, haviam posto os aventais de trabalho e, depois de retocarem o rosto e os penteados diante de espelhos minúsculos tirados das bolsas, sentaram-se em frente às máquinas de escrever, e o escritório, como fazia todas as manhãs havia muitos, muitos anos, começou a funcionar ao redor de Alberto Aldea.

Por sorte, como era sábado, não havia atendimento ao público. Assim, resguardado pelos papéis que numerava, Alberto podia pensar, pensar, amadurecendo um plano para revelar a magnitude de sua proeza aos colegas. Por um momento pensou que era ele o alvo das risadas de Elvira e Freddy, mas não demorou a entender que se tratava de outra coisa. Que acontecimentos românticos o fim de semana não reservaria para aqueles dois? Mais adiante, ao lado da janela, a senhora Martita reservava o bom humor de sua maturidade espartilhada para os poucos momentos de descanso que seu senso de dever lhe outorgava. Só de vez em quando, tirando os óculos, baixava as pálpebras, pensando, sem dúvida, em sua filhinha, cuja educação tantos esforços lhe custava. E talvez também no marido que a abandonara mais de oito anos atrás por uma mulher da vida. Que tesouros de ternura e abnegação ao lado da filha o fim de semana guardava para a senhora Martita?

Na pensão onde Alberto Aldea morava com a mãe, a sala de canastra estava montada para aquela noite. Participariam, além deles dois, a senhora Estévez, dona da pensão, e don Jaime, professor aposentado que usava uma infinidade de alfinetes presos no avesso da lapela, que costumava usar para futricar nos cantos e orifícios mais insuspeitos de sua pessoa. O último episódio da série que assistia com a mãe aos domingos no cinema de bairro tinha terminado num momento tão interessante que, durante a semana, a velha não conseguira fazer nada além de comentá-lo, e, em meio a tantas suposições e especulações, atribuiu apenas uma mínima importância à vitória do filho. Alberto quase não conseguiu desgrudar os olhos de Elvira e Freddy, que trabalhavam juntos conversando sem parar. Ainda ontem o colega revelara a ele seu plano de convidar Elvira para ir à boate de estilo japonês recém-inaugurada numa zona de luxo. Como não pensar, especialmente naquele dia, o quanto aquilo era injusto? Freddy era charmoso e jovem e possuía um terno de gabardina cinza esverdeado, quase novo. Mas isso era o suficiente? Havia feito alguma vez na vida algo tão importante quanto o que ele, o Beto, fizera na tarde anterior? Não. Mesmo assim, dançaria até altas horas naquela noite, enquanto ele ficaria em casa, jogando canastra com a mãe, a senhora Estévez e don Jaime.

Alberto viu a manhã avançar sem se atrever a relatar seu triunfo. Não conseguia se aquietar na cadeira pensando na reação de Freddy, por exemplo. No exato momento de receber o prêmio, decidiu que Freddy seria a primeira pessoa a saber. Apesar das piadas desagradáveis do rapaz, Alberto sabia que ele o apreciava. Mas agora, vendo-o tão sarcástico e sorridente, não teve ânimo de se dirigir a ele com naturalidade.

Ao ver Freddy saindo do escritório, não conseguiu resistir e escapuliu atrás dele. Freddy só tirava com sua cara quando havia mais alguém presente. Se conseguisse falar com ele a sós no corredor, aquela seria sua oportunidade. Mas viu que ele fumava e conversava intimamente com uma mulher muito alta e de curvas admiráveis. Alberto passou, e voltou a passar perto deles, aguardando. Quando se separaram, aproximou-se de Freddy e disse:

— E aí, Freddy...

— O que você tem, Betinho, hein? Caramba, que calor. Gostou desse filé com quem eu estava conversando?

— Claro, gata... — respondeu. As palavras que usou pareceram incomodar sua língua, ficaram grandes, já que era um vocabulário ao qual não estava acostumado.

— O que você tem hoje, que anda tão contente? Dando uma de sedutor? Essa gravata...

— Não, cara, não. É que... é que...

As palavras não saíam. Mas precisava dizer. Era como se contar para Freddy sobre seu triunfo fosse o único propósito para seu esforço. Se não contasse, o triunfo seria desvirtuado. O pulôver de dormir, com suas iniciais bordadas no bolso, que sua mãe prometera tricotar para ele como prêmio, não era recompensa suficiente. Além do mais, a velha começava muitas coisas, mas terminava poucas: seus dedos eram reumáticos e, na realidade, preferia a canastra. Fez-se um silêncio, durante o qual Freddy esquadrinhou o colega de escritório pálido e, mais que nunca, pequeno e desajeitado. Alberto entendeu que, se perdesse aquela oportunidade, o rapaz iria embora, cheio de desprezo e para sempre. Atropelou-se para dizer tudo de uma vez só:

— Olha só, Freddy, acredita que ontem fui Campeão Nacional de Pistola de Duelo. No polígono de tiro. Parece que vão me mandar para as Olimpíadas no final do ano, para a Europa, como representante...

Por um momento, achou que tinha dado tudo errado. Sem dúvida, Freddy diria algo ácido e maldoso. Mas então divisou um lampejo em seus olhos, indicando que estava salvo. O rosto do rapaz se abriu num sorriso.

— Cara! — gaguejou, espantado. — Que coisa incrível! É sério? — ficou mudo, dando tapinhas nas costas de Alberto. — Eu nem sabia que você gostava dessas coisas. E é muito difícil? Você nunca contou. Meus parabéns, cara. E pagam a viagem? Vamos contar para as meninas do escritório.

Alberto apertou a mão do rapaz, que lhe pareceu frágil dentro da sua. Todo receio se desvaneceu. O colega passou a fazer todo tipo de pergunta sobre o torneio e a viagem. Passaria por Paris?

Quando entrou no escritório, a senhora Martita e Elvira nem ergueram a vista. Pelas janelas abertas, o Campeão Nacional de Pistola de Duelo viu o sol jovem de início de verão acariciando o topo dos edifícios cívicos do outro lado da praça.

— Meninas! — exclamou Freddy. — Deem parabéns ao Beto! Vão mandá-lo para as Olimpíadas e ele vai passar por Paris!

E contou às colegas boquiabertas a proeza de Beto. As duas mulheres fizeram um grande alvoroço, felicitaram o herói e foram chamar as pessoas dos escritórios vizinhos para comemorarem junto. Ele, porém, conseguiu manter a calma, embora as lágrimas contidas queimassem seus olhos franzidos de emoção. Tratou homens e mulheres com igual intimidade, dando e recebendo tapinhas nas costas. Olhava, enquanto isso, e voltava a olhar, a manhã de sol quase vertical sobre os edifícios e a praça. Era um dia bonito. Mas para ele toda a beleza terminaria dentro de meia hora, quando o escritório fechasse e as testemunhas de sua glória se dispersassem rumo aos seus hobbys e prazeres, dos quais ele seria excluído. No fundo das ruas, em meio aos edifícios, viam-se retalhos da cordilheira envoltos numa neblina dourada. Em sua pensão não havia janelas com vista para as montanhas.

Amainado o alvoroço inicial, quando as pessoas que não trabalhavam no protocolo já haviam saído, Freddy disse:

— Precisamos comemorar isso, os quatro, em grande estilo...

As mulheres acharam a ideia esplêndida. A senhora Martita era só exclamações aprobatórias enquanto ajeitava o penteado no reflexo dos vidros da porta. Tinha cerca de cinquenta anos, mas era o que os funcionários mais próximos da aposentadoria chamavam, piscando o olho, de "uma mulher interessante". Tácita, mas tangível, era cercada pela aura de ser "uma divorciada". Alberto Aldea a conhecia fazia muitos anos. Mas a relação entre os dois, que antes já não era de afeto, havia esfriado totalmente depois que um grupo de empregados enviou para ela versos obscenamente amorosos assinados por ele. A senhora Martita chorou muito, e dizia: "Acham que só porque a gente é sozinha têm direito a qualquer coisa". Foi esclarecido que se tratava de uma assinatura falsa, mas a frieza persistiu. No entanto, Alberto sentia uma espécie de dívida com ela, algo que os unia num passado comum. Estava encantado pelo calor com que o parabenizava agora e pelo entusiasmo com que acolhia a proposta de comemorar seu triunfo.

— E o que a gente podia fazer? — perguntou Elvira.

— No cinema novo estão passando um filme que é um arraso — exclamou a senhora Martita. — Poderíamos dar uma chegada lá...

— Ai, não. Aquele mexicano com o ator loiro? É muito sem sal — disse Elvira. Depois acrescentou, observando a reação de Freddy: — Fui ver esses dias com um carinha que tem carro. Até contei, lembra, Martita?

— Não, não. Dessa vez vai ser uma festa em grande estilo — disse Freddy, sem dar atenção a Elvira.

Alberto quis apoiar a proposta de ir ao cinema depois de ouvir a história da "festa em grande estilo". Ele não participava desse tipo de coisa. Quando chegava a dar as caras em alguma festa do escritório, ia embora às nove. Contudo, sabia o que significava uma "festa em grande estilo". Além disso, precisava voltar cedo para a pensão. Muitas vezes sua mãe não gostava da janta, e era tarefa dele preparar alguma coisinha para ela no fogareiro que tinham em seus aposentos. Mas percebeu com pavor, e com um entusiasmo que fervia na nuca, que dessa vez não teria como recusar. Por sorte havia mulheres junto, de modo que a parte final da "festa em grande estilo", a mais dolorosa, a mais humilhante e mais cara, não aconteceria.

Nenhum dos planos sugeridos foi considerado digno da ocasião. Os olhos de Elvira estavam úmidos, e Alberto tremeu de alegria ao ver que a senhora Martita o fitava com doce insistência.

Por fim, Freddy encontrou o mais adequado.

— Meu cunhado tem uma caranga da hora. Hoje vai para Treno de trem, e me ofereceu várias vezes porque sabe que dirijo superbem. E se eu pedisse ela emprestada e fôssemos fazer um piquenique?

* * *

No fim, haviam decidido ir cedo para o litoral e voltar para a cidade às oito e meia da noite, para que a sra. Martita tivesse tempo de buscar a filha numa festa do dia do onomástico.

Assim que entrou no carro, um antigo Oldsmobile conversível, Alberto estremeceu ao avistar um vasilhame ameaçador em meio aos pacotes de comida e agasalhos para a volta. Elvira sentou-se ao lado de Freddy no assento da frente. Vestia um conjunto leve cor de flor de pêssego e tinha um lenço atado no pescoço. Debaixo do sol forte, um buço tingido de loiro para disfarçar dava algum frescor ao seu rosto. A senhora Martita recebeu Alberto com um cumprimento tranquilo e comedido, muito diferente da algazarra da dupla no banco da frente. Usava uma colônia suave e traje de seda cinza com pequeníssimas flores brancas e pretas. Mas o toque que para os colegas pareceu de suprema elegância foi o lenço translúcido lilás que estava solto em seu pescoço, escondendo parcialmente o decote generoso.

Reparou também que ao sol seus olhos não eram escuros, mas castanhos, quase dourados.

— Tá instalado, Beto? — disse Freddy, e partiram.

Ao deixarem para trás as últimas casas da cidade, começaram a improvisar uma canção sobre os méritos do herói. Beto era quem cantava mais alto. Mas baixava o tom quando Freddy não reduzia a velocidade numa curva, ou quando Elvira aproximava aos lábios do rapaz um copo cheio de vinho. Dona Laura de Aldea não era fã de carros, assim como não era fã de armas de fogo, e só depois de infinitas recomendações consentiu que o filho fosse.

Pouco tempo depois, Alberto sentiu que o sol queimava seu crânio protegido pelo cabelo escasso. Pôs um gorro branco de marinheiro que ganhou numa rifa em certa ocasião e nunca chegou a usar.

— Napoleão! — exclamou a sra. Martita, e todos entoaram uma canção em sua homenagem. Beto se sentou no alto da capota enrolada atrás do assento, uma mão no peito e a outra dentro da camisa suada. Seus óculos sem aros vibravam com a força do vento, e ele se sentou novamente ao lado da senhora Martita, que lhe deu um copo de vinho e exigiu que bebesse tudo de um gole só. Gotas de suor perolavam o pescoço de Freddy, que já não se interessava por nada além de conduzir a máquina em seu poder.

Decidiram que já estava tarde e não valia a pena ir até o litoral. Pegaram uma estrada lateral, pararam e, descendo do carro, instalaram-se numa várzea. Sentaram-se debaixo de um salgueiro, ao lado de um charco. A terra estava úmida, e Alberto estendeu a jaqueta para que a senhora Martita se sentasse nela. Todos tiraram jaquetas e lenços enquanto espalhavam a comida e destampavam os vasilhames. Freddy ostentava os bíceps poderosos, para admiração das mulheres. Alberto olhou os próprios braços, magros e branquelos, cobertos de pelos compridos e ralos. Baixou as mangas da camisa sem ninguém perceber.

Havia uma sombra calorosa e úmida debaixo do salgueiro. Zumbiam moscas e libélulas de couraça azul, circulando entre as moedas de luz que caíam em meio às folhas, tremendo sobre o chão de talhos secos e sobre os rostos avermelhados da senhora

Martita, de Elvira, de Freddy e de Alberto. A senhora Martita se escorava no tronco rugoso da árvore, entre tufos de aveia. Estendia a toalha, organizando a comida. Alberto tirou os sapatos e colocou dentro deles suas meias, dobrando cuidadosamente as ligas. Arregaçou as calças até o joelho e, sentado à beira do charco, deixou a água resvalar entre os dedos dos pés e ao redor dos tornozelos. Ninguém falava. Mas Alberto sabia que a senhora Martita separaria os melhores sanduíches para ele, como teria feito sua mãe. Um pouco afastados, Elvira e Freddy estavam deitados de barriga para cima, muito perto um do outro. De vez em quando alguém começava a entoar uma canção à qual os demais se uniam em coro esporadicamente, ou se levantava para encher o copo outra vez.

— Seria bom se o herói fizesse uma demonstração — disse Freddy de repente. — Trouxe a pistola?

As mulheres aplaudiram a ideia, mas Alberto disse que não a levara. Era uma sorte tê-la deixado no agasalho, dentro do carro, do outro lado da pastagem. Mas ninguém sabia disso. Hoje não estava disposto a ser posto à prova. Se queriam acreditar, que acreditassem; se não, não. Sentiu-se fraco. Não estava acostumado a tanto sol, movimento e vinho. Viu que o vasilhame já estava a menos da metade, e perguntou-se aterrorizado se ele mesmo tinha bebido tudo. Aproximou-se da senhora Martita para lhe dizer algumas coisas definitivas. Freddy, que havia passado o braço ao redor da cintura de Elvira, disse:

— Ora, Beto, dê atenção à senhora Martita, não vê que ela está ficando entediada? E ela achava que você era um ótimo atirador...

— Escute, Osorio, não seja tão ordinário — respondeu ela, erguendo-se de repente. — Não vá ganhando tanta confiança. Basta uma vez para eu dar uma lição nesses fedelhos desgraçados. Acham que só porque a gente é divorciada têm direito a tudo...

Cobriu o rosto com o lenço lilás e começou a choramingar.

Aberto Aldea se levantou. Ainda estava com o chapéu de marinheiro na cabeça, à moda de Napoleão, e inconscientemente levou a mão ao peito. A senhora Martita soluçava, chorando.

— Como se atreve a faltar o respeito com uma senhora? — berrou Alberto, cambaleando ao se aproximar de Freddy, que se levantava.

— Ora, meninos, parem de ser chatos, não briguem — tentou conciliar Elvira enquanto o pranto da senhora Martita aumentava.

— Velho caquético, acha que só porque ganhou um prêmio... — disparou Freddy, endireitando os ombros atléticos diante de Alberto. Elvira tentou segurá-lo pela manga. O pranto da senhora Martita cessou quando ela viu o rapaz virar o vinho que ainda restava no charco.

— Veja só o que esse bêbado mal-educado fez — disse, e continuou chorando.

Ao ver que Freddy Osorio se impunha imenso à sua frente, Alberto só conseguiu pensar na pistola que estava no carro, a uns quinze metros de distância. Correndo, atravessou o campo, chegou até o carro e tirou a pistola do bolso do abrigo. Freddy, que havia deixado a sombra do salgueiro seguido pelas duas mulheres, berrou:

— Seu maricas, tá fugindo, espere aí um pouco — enquanto Elvira e a senhora Martita tentavam contê-lo. Alberto levantou a trava da pistola e voltou para o charco.

Vendo-o de pé em meio aos trevos, empunhando a pistola, as mulheres começaram a gritar. Freddy gelou. Alberto correu até o rapaz e, depois de tropeçar numa pedra, caiu de bruços. Houve um disparo, e um silêncio...

Alberto estava estendido no gramado, mal gemia. Logo se ouviram os gritos das mulheres pedindo que Freddy fosse em busca de uma ambulância.

— Está morto...

— Não chegue perto, pode ser que esteja vivo...

— Não chore mais, ora, senhora Martita.

— Por favor, Osorio, não se aproxime, ele pode te matar. Não vê? É um maluco!

— E a cidade fica tão longe...

— Esse é o meu lenço, Martita. Devolva, por favor.

Pouco a pouco, a forma de Beto foi se erguendo em meio aos trevos. Tinha sangue e terra no rosto. Elvira disse que certamente estava agonizando e deveriam partir naquele instante em busca de uma ambulância.

— Esse desgraçado que morra — murmurou Freddy. No entanto, tremendo, aproximou-se de Alberto para ajudá-lo a sentar-se debaixo do salgueiro.

— Obrigado. Foi só um raspão... — disse, levando a mão à testa. Sentia dor no ponto em que atingira o chão com o rosto. Ouviu as mulheres e Freddy falando indignados do susto terrível, expressando o maior desprezo pelo "estúpido do Beto". Era bem verdade que nunca era boa ideia andar com bêbados, ainda menos com bêbados portando armas de fogo.

— Será que tem problema se eu lavar a ferida com a água do charco? — Beto arriscou perguntar —; está suja...

Ninguém respondeu.

As duas mulheres sentaram-se afastadas. Pequenos calafrios nervosos ainda sacudiam o peito da senhora Martita. Mas pouco a pouco foi se acalmando, e logo já falava de cinema e vestidos com Elvira. A uma pequena distância, Freddy deitou de barriga para cima com um lenço quadriculado sobre o rosto, para não ser incomodado pelas moscas que atacavam os restos da merenda.

Alberto Aldea pegava no sono. Antes de adormecer, conseguiu ver as montanhas amarelas e lisas que começavam a azular. E as vacas preguiçosas que enfiavam o nariz na cerca de álamos.

Quando o herói acordou, a senhora Martita e Elvira estavam sentadas no assento da frente vestindo seus agasalhos, já que havia começado a soprar uma brisa. Conversavam animadas, rindo de vez em quando. Freddy recolhia as últimas coisas. Passou o vasilhame vazio para Alberto, que foi com ele no assento de trás, seu único companheiro na viagem de volta.

Não dirigiram a palavra a Alberto em todo o trajeto, enquanto na frente os três conversavam. Ou melhor, conversavam as duas mulheres, já que toda a atenção de Freddy se concentrou na máquina que pilotava.

* * *

Alberto abriu a porta de casa e subiu a escada grandiosa e fria que um dia pertencera a uma grande mansão. Lá em cima se escutavam os alaridos dos dois filhos estrábicos da senhora Estévez que, como todas as tardes, brincavam nos móveis destripados da recepção.

— Bu! — disseram para assustá-lo, escondidos atrás dos vasos de aspidistras.

"Estrábicos asquerosos...", pensou, e dobrou no corredor envidraçado até chegar às duas peças que ocupava com a mãe no fundo da casa. O cheiro de comida sempre foi forte ali, mas nunca tão repugnante e pegajoso quanto desta vez.

Abriu silenciosamente a porta do quarto e, sem acender a luz, jogou-se na cama. O quarto de sua mãe estava iluminado. Os vãos da porta que interligava os dois quartos eram espadas que feriam seus olhos sensibilizados pelo dia de sol. Atrás da porta sentia os movimentos da mãe, que mancava, sempre mancava, abrindo e fechando gavetas, organizando, sempre organizando. Era vã a esperança de que não o tivesse escutado chegar e fosse deixá-lo dormir até o dia seguinte.

— Albertinho? Chegou, filhinho?

— Sim, mamãe — respondeu sem forças.

Dona Laura apareceu no umbral iluminado e se aproximou do filho para beijá-lo.

— Como foi? Chegou cansado? Quer que eu acenda a luz?

— Não, não. Prefiro assim. Estou com insolação e dor de cabeça.

— Não vai jantar? Tem congro frito. Temos canastra de quatro depois da janta.

— Não, mamãe. Não estou me sentindo bem. Não vou comer. Quando voltar, você pode me preparar um pouco de chá para tomar com uma aspirina. Arranjem outra pessoa para a canastra essa noite.

A velha saiu. Era o que acontecia com Albertinho por desobedecê-la, por sair no sol depois do almoço sem esperar a digestão. Enfim, como o pobrezinho não era muito bom de carteado, não tinha problema se ele não completasse o quarteto. Alberto não demorou a cair num sono profundo. Quando a mãe voltou — no fim havia decidido não jogar, já que congro frito era pesado e àquela altura era melhor se cuidar —, ele já roncava ruidosamente. A velha entrou em silêncio no quarto e pegou o agasalho do filho para sacudi-lo.

Enquanto isso, Alberto se remexia na cama, envolto em sonhos violentos. Perseguia por todas as galerias da pensão um salgueiro com um lenço lilás amarrado na copa. E um Napoleão de gabardina cinza esverdeada e bigode preto o desafiava para um duelo. Espetava Napoleão imediatamente com sua espada, e este desaparecia. Depois ele, Alberto, precisava ir ao banheiro. Lá encontrava o salgueiro de lenço lilás e urinava em seu tronco. O salgueiro começou a proferir gritos, dizendo que aquilo era uma falta de respeito, e chamou a polícia. Antes que os agentes o dominassem — todos mancando e cheirando a peixe —, Alberto brandiu o sabre e atravessou o salgueiro com um golpe. Este desmoronou com um gritinho de deleite. Durante a revista, os agentes procuraram em seu corpo a arma do crime, e ele respondeu, às gargalhadas: "Deixei no piquenique, piquenique, piquenique, piquenique...".

Alberto acordou gritando:

— Minha pistola, mãe, mamãe, minha pistola. Perdi minha pistola. Não peguei de volta quando caí...

A velha acudiu na hora. Alberto chorava sem parar, repetindo que havia perdido a pistola ao tropeçar e se esquecera de pegá-la. Jamais seria campeão outra vez. Era como se tivessem cortado seu braço direito. Dona Laura disse que prepararia para ele uma xícara de chá quente e um tranquilizante, e amanhã ela mesma o acompanharia para procurarem a arma perdida.

— Vou para o meu quarto preparar seu chá...

— Apague a luz, mamãe... — gemeu Alberto.

— Sim, meu lindo.

Dona Laura acendeu o fogareiro e colocou a chaleira em cima. Da gaveta da mesa de cabeceira tirou um tranquilizante que depositou no pires, ao lado da xícara. Caminhou pelo quarto alguns instantes com ajuda da bengala e, sentada na cama, contemplou o agasalho do filho pendurado numa cadeira. Então se levantou, aproximou-se e, de um dos bolsos, tirou a arma, pesada, reluzente e perigosa. Não se importava se o filho era campeão, seu único interesse era zelar por ele e impedi-lo de brincar com objetos tão terríveis. Tinha horror a armas de fogo, não gostava de tê-las por perto, debaixo do mesmo teto. Segurou a pistola pela ponta do cano e enrolou-a com diversos papéis. Depois colocou o problema numa caixa de sapatos vazia que tirou de debaixo do guarda-roupa e guardou a arma ali dentro, bem encaixada entre meias e meias-calças que não serviam mais. Por fim, embrulhou a caixa em papel de presente e atou-a com um barbante azul. Saiu na ponta dos pés. Avançou pelo corredor até o quarto de don Jaime, entregou-lhe o pacote e pediu que guardasse até o dia seguinte.

A chaleira estava fervendo quando dona Laura voltou para o quarto. Preparou o chá com parcimônia e tirou o tranquilizante do envelopinho transparente. Como poderia chegar até o rio? Que ônibus precisava pegar? Não lembrava. Por causa do reumatismo que a assolava, não saía sozinha de casa havia tanto tempo, exceto para ir à igreja, a meia quadra de distância. Perguntaria a don Jaime, que era uma pessoa muito culta e sabia tudo. E depois de comungar — não precisaria se confessar: havia roubado a arma pelo bem do filho — levaria o pacote até o rio.

— Mamãe, minha pistola... — gemeu Alberto, engolindo o tranquilizante.

— Calma, meu lindo. Não se preocupe. Apago a luz para você dormir?

— Pode ser, minha velhinha...

— Boa noite, filho. Descanse bem. Beijou-o na bochecha esquerda.

— Não vá embora, mamãe. Fique comigo até eu dormir. Tô com medo...

A velha sentou-se na borda da cama. Depois, ao ver que o filho começava a dormir, tirou os sapatos, deitou-se ao lado dele e, enrolando um xale nos pés, também dormiu em poucos instantes.

Duas cartas

Para John B. Elliott

Estas são as últimas cartas que dois homens, Jaime Martínez, chileno, e John Dutfield, inglês, escreveram um para o outro.

Conheceram-se como colegas de ensino infantil num colégio de Santiago e continuaram na mesma turma até concluírem os estudos. Mas jamais foram amigos. Não poderia ter sido diferente, já que seus gostos e personalidades se constituíram como opostos desde cedo. No entanto, o chileno costumava levar sanduíches para o inglês porque Dutfield era aluno de internato e, como todos os alunos de internato de todos os colégios, sofria com uma fome constante. Isso não foi motivo suficiente para que a relação entre os dois crescesse em intimidade. Num torneio de boxe realizado no colégio, John Dutfield e Jaime Martínez foram obrigados a se enfrentar. A exortação dos colegas incitou durante alguns instantes os punhos do chileno, em geral inseguros, e ele fez o nariz do adversário sangrar. Não obstante, o inglês venceu a luta. Isso não surpreendeu ninguém, dado que Dutfield era esportista por vocação, enquanto Martínez era afeito às conversas e aos livros. Depois disso, o chileno continuou levando sanduíches para o inglês.

Depois de concluírem o bacharelado, em que os dois foram aprovados com notas medíocres, houve um jantar para marcar o término dos estudos. Naquela noite, álcool e drinques fluíram, cimentando velhas lealdades e forjando lealdades no barro de uma hombridade recém-descoberta. Dutfield partiria em breve. Pertencia a uma dessas famílias de ingleses errantes ou incolores, nômades comerciais, que, guiada pela voz onipotente da firma que o pai já havia representado em diversos países, mudava o local de residência a cada tantos anos. Agora precisavam migrar, seguindo a ordem todo-poderosa, para a Cidade do Cabo, na África do Sul. Ao terminarem o jantar, esgotadas as rememorações e os cantos, Dutfield e Martínez trocaram endereços e prometeram se escrever.

E assim fizeram, de quando em quando, durante mais de dez anos. Dutfield se instalou por um tempo com os pais na Cidade do Cabo. Mas tinha sangue nômade. Cruzou o veldt e a selva, foi para a Rodésia, sozinho, em busca de fortuna, e acabou fincando as raízes no Quênia, onde casou e adquiriu terras. O resto de sua vida transcorreu lá, perto dos ruídos da selva, cuidando de alguns hectares de milho e observando os filhos crescerem em meio às árvores e aos nativos, compartilhando ideais e preconceitos de quem era como eles.

O chileno, por sua vez, permaneceu em sua pátria. À medida que os anos foram passando, constatou que tinha ficado sozinho, que pouco a pouco se afastara de todos os antigos amigos de colégio, sem ter feito, nesse meio-tempo, novos amigos dignos de serem assim chamados. Entretanto, e a ironia não deixava de perturbá-lo, seguia trocando correspondências, em tom muito distanciado, é claro, com John Dutfield.

Jaime Martínez estudou direito. Como advogado chileno, sua vida transcorreu calma, rodeada por garantias de toda sorte. Desde o início se distinguiu em sua profissão. Quase sempre usava roupas escuras, e as mãos, talvez expressivas demais para um homem de sua posição, estavam invariavelmente bem cuidadas. As cartas que trocava com o plantador do Quênia uma vez por ano, às vezes duas, guardavam lembranças bem-humoradas dos tempos de colégio, novidades sobre as mudanças externas que a vida dos dois ia acumulando ao longo dos anos, perguntas e repostas sobre as mudanças sofridas pela cidade onde ambos haviam estudado ao longo do tempo. Nada além disso. E para que mais? Como dar início, depois de tanto tempo e a tantas milhas de distância, a uma intimidade que, além de tudo, jamais havia existido? Esta é a última carta que John Dutfield, plantador do Quênia, escreveu para Jaime Martínez, advogado chileno, mais ou menos dez anos depois de se formar no colégio onde estudaram juntos:

> Caro Martínez:
> Aqui me tens respondendo tua carta de meses atrás, aproveitando uma breve enfermidade que me deixou de cama por alguns dias. Não tinha te escrito antes porque, como sabes, o trabalho de um plantador no Quênia não é fácil, como deve ser o de um advogado chileno.
> Outro dia me aconteceu algo curioso. Acho que por isso tive a ideia de te escrever. Tínhamos saído de casa, minha mulher e eu, para ver os animais da granja ao entardecer. Quando chegamos ao local onde estavam os porcos, vimos um animal de pelos brancos que parecia contemplar o crepúsculo, com ar tristonho, um pouco afastado do resto. Qual não foi minha surpresa quando minha mulher disse: "Olhe, John, esse porco parece estar inspirado". Imagina só. Lembra do "Porco Inspirado"? Aposto que não. Era um professor recém-chegado de Cambridge que tivemos durante um semestre, um loiro gordo, lembra, que passava a aula inteiro lendo para nós odes de não sei quem e admirando os crepúsculos do Chile. No dia seguinte à sua chegada, nós, os internos, molhamos os lençóis da cama dele, e juramos que esse era um costume tradicional de boas-vindas. Ele percebeu a mentira, mas, para ganhar nossa simpatia, não nos denunciou. Durou pouco no colégio. Foi tomado pela melancolia, pela saudade de sua pátria, o coitado, e não teve outro remédio senão voltar à Inglaterra. Devia ter então uns vinte e cinco anos, menos do que tu e eu temos agora.
> Não entendo como alguém pode sentir saudade da Inglaterra. Claro que eu era muito garoto quando parti, e passamos alguns anos na Jamaica antes de irmos para o Chile, então não posso

julgar. Mas quando me deram dispensa no exército — pela perna ferida em batalha, que segue igual, doendo a cada tantos meses —, por curiosidade mais que por interesse, tive a ideia de percorrer a Inglaterra. Achei tudo amontoado, feio, sujo, velho, com um clima insuportável. Senti claustrofobia e voltei para o Quênia assim que pude. Mas acho curioso contar que meus pais sentiram algo parecido com o que sentiu o "Porco Inspirado". Meu pai se aposentou há alguns anos na firma que representou durante tanto tempo em Kingston, Valparaíso e Cidade do Cabo. Aqui vivia numa situação esplêndida. Meus pais eram respeitados por todos, tinham um círculo magnífico de amizades e uma casa encantadora de frente para o mar num dos bairros bons da Cidade do Cabo. Contudo, em vez de ficarem para desfrutar das coisas boas da vida, depois de se aposentarem tiveram a ideia de comprar um cottage numa cidadezinha de Yorkshire, onde nasceram, se conheceram e se casaram. Agora estão morando lá, felizes, como se nunca tivessem saído. Conheci a cidadezinha porque, quando meus pais souberam que eu tinha sido dispensado do exército, me convidaram para passar uns dias com eles. Tu tinhas de ver que cidade mais feia aquela. Todas as pessoas são pobres, e meus pais também. Eu não conseguiria morar lá, com aquela gente tediosa e provinciana, naquela cidade suja e velha, perto de uma mina, rodeada de fábricas fedorentas. Não consigo entender como os velhos podem estar tão contentes.

Não sei se é por causa de minha doença, mas ainda ontem à noite fiquei pensando que não saberia aonde ir se chegasse o momento de me aposentar, como aconteceu com meu pai. Eu era muito novo quando deixei a Europa, não me sinto vinculado a ela. Kingston está fora de questão, só lembro de uma ama de leite negra que tive, o resto é só um borrão. No Chile, eu não saberia o que fazer: sem dúvida me sentiria deslocado, já que todos os meus amigos estão espalhados pelo mundo. Além disso, minha mulher é daqui e tem medo da ideia da América. Talvez a Cidade do Cabo fosse uma solução. Comprar uma casinha perto do mar, virar sócio de um clube onde tenha amigos e o uísque não seja caro.

Enfim, tenho apenas trinta anos e ainda não chegou a hora de pensar nisso a sério. Acho que, em todo caso, do modo como a situação se afigura, acabarei meus dias aqui, nesta plantação, nesta casa que eu mesmo construí e que nos últimos tempos ganhou anexos importantes. Tu verás como é agradável! Minha mulher cuida do jardim e da horta. Mas devo te confessar que as frutas não prosperam — as árvores ainda são novas —, porque Pat e John, meus filhinhos, sobem nelas como os nativos e comem as frutas verdes. Nem imaginas as indigestões!

Bem, me estendi muito e não disse nada. Se algum dia pensar em fazer um safári por aqui — repito minha velha piada —, tens uma casa tua. Escreve. Não deixa o ano passar sem me dar notícias tuas e do Chile.

John Dutfield

Esta carta jamais chegou às mãos do destinatário. Foi extraviada nos correios e de algum modo acabou nas mãos de um tal Jaime Martínez, morador da rua Chile em Santiago de Cuba. O moreno a abriu e leu com estranhamento. Ao comprovar que não era para ele, fechou-a com o intuito de enviá-la ao advogado chileno mencionado na carta. No entanto, naquela época sua mulher estava prestes a ter o nono filho, e a correspondência se perdeu em meio a mil outras coisas antes que ele lembrasse de fazer isso. Quando lembrou, não conseguiu mais encontrá-la. E decidiu que não valia a pena se preocupar: nela não havia nada de importante. Era uma carta que poderia muito bem não ter sido escrita.

O fato é que John Dutfield nunca mais voltou a escrever para Jaime Martínez. Os anos passaram, e a existência do plantador do Quênia transcorria em paz nas suas terras. O trabalho e a luta eram duros, mas havia compensações. A cada dia ficava mais pronunciada a linha escura que dividia sua testa onde o chapéu de palha o protegia do sol, a cada dia os olhos perdiam mais cor e as mãos ficavam mais vermelhas. De vez em quando, mas muito raramente, estranhava não receber notícias do Chile. Depois deixou de estranhar. Vários anos mais tarde, John Dutfield, a mulher e os filhos foram assassinados pelos Mau-Mau, e suas casas e plantações iluminaram uma clara noite africana.

A última carta de Jaime Martínez foi escrita por volta da mesma data que a de John Dutfield. O advogado chileno tinha acabado de publicar um perfil histórico de um antepassado seu que tivera uma atuação fugaz numa das juntas que garantiram a independência da pátria. O livro teve um pequeno sucesso de elite: a linguagem era precisa e a caracterização da época, livre de sentimentalismos. Ele considerava que seu livro atribuía importância à dignidade presente em suas origens. Mas só ele sabia, e não de forma muito clara, que essas mesmas origens o tornavam prisioneiro sem, contudo, trazerem estabilidade. Ele não tinha escolhido sua profissão ou seu modo de vida, mas havia sido arrastado até eles, e, portanto, vivia preso à insatisfação e a oscilações.

Sem saber como nem por quê, numa noite de inverno na qual o frio se amontoava em sua janela, tendo bebido a costumeira xícara de chá quente, pegou a caneta e escreveu a seguinte carta para John Dutfield, do Quênia, para quem não escrevia havia cerca de um ano e de quem não tinha notícias havia muito tempo:

> Caro John,
>
> Não sei por que te escrevo esta noite. Possivelmente porque faz tempo que nada acontece. Tu deves estranhar o tom melancólico com que inicio esta carta. Mas não te inquietes: não estou prestes a ser preso por estelionato, nem vou me suicidar, nem estou doente. Pelo contrário, como nada aconteceu, estou bem como nunca.
>
> Talvez por isso te escreva. Se te interessa saber, digo que sigo prosperando em minha profissão e estou ficando cheio da grana. Dentro de poucos anos, e tenho apenas trinta, serei sem dúvida um dos grandes advogados do Chile. Mas no instante em que digo a alguém o que acabo de te contar, sinto a necessidade de beber um gole de uísque para não ter de me perguntar se vale mesmo a pena que as coisas sejam assim. Sim, vale a pena (acabo de virar uma dose). Não tenho dúvida de que rirás de mim ao ler estas linhas, e não sem razão, tu, com teus grandes

problemas exteriores já resolvidos. Mas, espera, não rias. Justamente por seres tão diferente de mim, e por viveres a tantas e tantas milhas de distância, e por eu não ver teu riso irônico, é que te escrevo essas coisas. Mas na verdade não sei o que estou contando. Talvez nada.

Claro, nada. Mas nada é um tema que rende. Tu lembras do colégio de vez em quando? Imagino que nunca. Ou, se lembras, ele figura como uma espécie de grande clube de campo, onde tudo era grande, bonito e fácil. E tens razão, já que não precisaste continuar lutando, como eu, contra as terríveis ironias que foste deixando para trás. Eu, sim, lembro. Sobretudo agora, nestes últimos tempos, lembro com muita frequência. Lembras-te daqueles últimos anos, quando costumávamos ir aos locais que todos jurávamos conhecer havia muito tempo, e daquelas bebedeiras corajosas na véspera de alguns exames? Daquela vez que Duval nos disse que tinha convidado uma mulher magnífica para a quermesse anual do colégio, e depois fez sua aparição, todo vaidoso, de braços dados com uma prima de trancinhas? Essa prima de Duval se casou e tem quatro filhos.

Não sei por quê, tenho uma imagem inesquecível tua: te vejo trepado num muro, olhando para ver se passava alguma das alunas do colégio de moças que havia na outra esquina. Uma vez, isso foi no último ano, meus grandes amigos de então, Lozano e Benítez, escreveram uma carta de amor, no tom geral muito escandalosa, para uma aluna desse colégio. Chamava-se Olga Merino. Quando a vimos passar, tu disseste que era a mulher mais deslumbrante que tinha visto na vida. Era miudinha e tinha cabelo liso e claro. Eu estava muito apaixonado por ela, por mais que só tivéssemos conversado duas ou três vezes. Mas nunca disse nada a ela. E esse amor, como tantos outros amores meus, morreu depressa.

Agora eu a vejo bastante, porque se casou com um colega cuja casa eu frequento. Se tu a visses, está tão diferente. Tem fama de elegante e bela neste canto do mundo. Mas é outra pessoa. Não guardou nada, nada do que me fez desejá-la terrivelmente durante aquele mês, mais de dez anos atrás. É muito natural, claro. Mas também é insuportável. E o mesmo aconteceu com todos nós, já não nos reconhecemos, as únicas pessoas que importavam então. Serei também eu, tu achas, um ser tão irreconhecível, tão diferente? Olga não tem especial importância, menciono-a apenas porque tu a viste um dia. Não tem importância porque, naturalmente, amei muitas outras vezes na vida. E esses amores tampouco me dominaram. Dei-lhes as costas e não me dominaram. Tampouco fui dominado por meus vícios, ou por meu desejo de fazer fortuna, ou por meus amigos. Nada do que fiz, penso de repente, tem importância. Acho que é porque esquecemos. E eu não quis esquecer! Jamais aceitei que um único átomo de minha vida passada, as coisas e as pessoas e os lugares que amei ou odiei, percam importância e se apaguem! E tudo perdeu a importância. O que mostra que só sou capaz de arranhar a superfície das coisas.

A propósito, lembro-me de quando estavas na guerra. Me relatavas o asco daquele mundo que se desfazia. E eu me felicitava por estar aqui, neste paraíso, à margem dessa experiência miserável da humanidade. Lia os jornais, informava-me em detalhes, acompanhava com interesse os percalços da batalha. Mas nem isso me comoveu. Por quê? Talvez saibas a resposta.

Não rias muito ao ler esta carta. Além disso, peço que não me respondas no mesmo tom. Responde-me como se não tivesses recebido estas linhas de:

Jaime Martínez

Quando o autor releu sua carta, constatou que seus problemas haviam se aquietado consideravelmente com a escrita. Pareceu-lhe incoerente, sentimental, literária, reveladora de uma parte de seu ser que, devidamente analisada, não tivera a menor importância para moldar seu destino. Rasgou-a e, ao jogá-la na lixeira, prometeu a si mesmo que escreveria outra em breve. Lembrou também que John Dutfield era um homem de sensibilidade um pouco obtusa e não quis engambelá-lo.

Anos se passaram e o advogado chileno não escreveu mais para o plantador no Quênia. Como se sentisse vergonha da carta que havia escrito e rasgado, adiava e voltava a adiar o momento de escrever para a África. Jaime Martínez alcançou depressa o auge de sua profissão e não teve mais tempo de lembrar da sua dívida com Dutfield. Só às vezes, no transcorrer dos anos, folheando o jornal no silêncio de sua biblioteca ou de seu clube, lia por acaso o nome do Quênia em alguma matéria. Então, durante não mais que meio segundo, algo dentro dele paralisava, e pensava naquele amigo que não era seu amigo, que jamais havia sido e agora jamais seria. Mas era só por meio segundo. O chá quente que acabavam de lhe trazer, e o problema do cobre descrito num artigo, publicado ao lado do que mencionava o Quênia por acaso, ocupavam integralmente sua atenção. Depois desse meio segundo, passava anos, dois ou três, ou quatro, sem voltar a pensar em Dutfield. Ignorava que havia muito tempo que os ventos africanos haviam dispersado suas cinzas pelos céus do mundo.

Dinamarqueiro

Naquela tarde, depois do trabalho, don Gaspar, o contador, disse que estava com sede. Eu me deixei convencer facilmente porque, no isolamento de uma estância em Magalhães, qualquer pretexto para quebrar a monotonia é uma bênção, embora o pretexto em si já tivesse se tornado habitual. Don Gaspar e eu costumávamos ir ao Posto Dinamarqueiro aos sábados e domingos, mas nesses casos a sede era tão rotineira que nem precisávamos de desculpa para ir. Nesses dias costumava haver trinta ou quarenta cavalos atados à vara do Posto, e na penumbra lá de dentro, cheia de fumaça e tumultos e brigas, dona Concepción e a Licha trocavam em silêncio garrafas vazias e as velas gastas das mesas. Mas além dos sábados e domingos, don Gaspar sentia sede em alguns dias de trabalho, e isso sim podia ser considerado de caráter excepcional. Nesta ocasião, além de sede, aleguei a necessidade de me despedir — precisava partir dentro de uma semana, e para sempre —, e don Gaspar, o desejo de felicitar a Licha por seu casamento, que se aproximava.

Eram cinco horas. Encilhamos e partirmos a galope pela trilha que leva ao Dinamarqueiro.

Teríamos luz até chegar, pois no verão o crepúsculo não se insinua até perto das dez. Refleti que, sendo esta a última vez que percorreria aquele caminho, precisava olhar tudo muito bem com o propósito de relembrar mais tarde, em dias e lugares distantes.

Mas não havia o que olhar. Parecíamos não avançar, tão monótona era a paisagem, se é que se pode dar esse nome ao nada liso da pampa, àquela circunferência em cujo centro frio e ventoso permanecíamos apesar do galope dos cavalos. Só o céu mudava. Nuvens passavam criando poças de sombras que flutuavam ou retrocediam carregadas pelo vento, enquanto o sol seguia seu caminho sem pressa pelo imenso arco do céu.

De repente, uma mancha escura no horizonte. Vê-la ao longe, como se estivesse caindo na beira do planeta, e depois vê-la aumentar, voltava a nos inserir dentro do tempo e das distâncias mensuráveis. Então, ao vê-la ganhar as formas do pequeno cubo de ferro canelado do Posto, abrupto em meio à pampa calva, algo se agitava dentro de nós, contentamento, paz, pois tínhamos a certeza de que ali nos aguardavam enfim o calor e o vinho, e gente diferente daquela com quem trabalhávamos todos os dias. Além disso, havia duas mulheres: dona Concepción, larga e sorridente, dona do Posto; e sua filha, a Licha, magra como uma sombra.

Como era dia de semana, não encontramos mais que meia dúzia de cavalos presos à vara. Atamos os nossos ao lado dos outros e, enquanto olhava a fuligem avermelhada que cingia o horizonte para oeste — a fim de calcular quanto tempo poderíamos permanecer no Posto —, aqueci as mãos congeladas no focinho de minha égua.

Dona Concepción saiu para nos receber demonstrando grande surpresa e alegria. Sempre podíamos contar com suas palavras amáveis e seu bom humor. Claro, tinha sua filha, e tinha seu próprio Posto, que devia lhe render um bom dinheiro: cobrava preços tão exorbitantes por tudo que não raro alguém passava anos tentando se livrar das dívidas contraídas ali. Mesmo assim, acho que íamos ao Dinamarqueiro, mais que qualquer coisa, para ficar perto dela. Era quase a única mulher da comarca — a Licha não contava — e, apesar dos anos e da gordura, lembrava-nos de todo um mundo de agrados. Sempre vestia preto porque era viúva. Seu rosto fofo e caiado costumava se desconjuntar com gargalhadas tão violentas que todo o excesso de carne mole levava alguns minutos para recuperar seu equilíbrio ao redor dos olhos espessos de maquiagem, dos lábios carnudos e pálidos, do nariz diminuto. Conduziu-nos até uma mesa ao lado da estufa, chamando a Licha para nos atender. A moça veio sem calor nem entusiasmo.

Dona Concepción se mostrou desolada ao saber que eu fora até lá para me despedir.

— Vou ficar tão sozinha! — exclamou sorrindo.

Sua mão sofreu um tremor insólito ao colocar os copos na mesa, e notei que o cabelo retinto estava desalinhado, algo incomum em se tratando dela. Olhei para don Gaspar a fim de saber se tinha visto o mesmo que eu, mas o pequeno velho desviou os olhos como se estivesse envergonhado. Ao beber o primeiro gole fez um ruído em sua garganta nervuda, curtida pelo vinho e pelo vento.

— Vou ficar tão sozinha! — repetiu mais baixo dona Concepción.

Pensei que também se referia ao casamento da filha, que, segundo disse, devia partir na manhã seguinte para casar-se em Punta Arenas. Depois ficou de pé e sua enorme massa desapareceu pela porta da cozinha, com passos inseguros.

— Dona Concepción parece meio esquisita hoje... — aventurei.

Don Gaspar não respondeu. Seu jeito de beber era curioso. Mantinha o corpo pequeno muito reto na cadeira, empunhando as mãos peludas e pesadas na borda da mesa, sem tirá-las dali senão para encher o copo e levá-lo à boca. Mas agora estava caído no assento, sem que os dedos se decidissem por uma posição estável. Depois de algum tempo, murmurou:

— É que a Licha vai embora, e aqui é muito solitário...

Na verdade, havia pouca gente no Posto aquela noite. Numa mesa, três homens silenciosos jogavam baralho ao redor de uma vela. Em outra, um homem sozinho inclinava a cadeira para trás até encostar na parede, bebia um pouco, pigarreava de leve, e de vez em quando olhava o cadáver da luz plana que restava nos vidros, ou parecia dar ouvidos ao vento que, depois de se arrastar pela pampa, vinha colidir, silvando, com os ângulos da casa.

— Devíamos parabenizar o gringo Darling — sugeri. — Olhe, está ali...

Don Gaspar olhou naquela direção, encolhendo os ombros ao ver que a silhueta grande e encurvada do escocês rondava entre as mesas atrás da Licha, que estava chorosa quando trouxe a garrafa que havíamos pedido. Don Gaspar lhe perguntou:

— O que foi, menina?

— Nada... Deve ser tersol de novo, só — foi sua resposta.

Mal tinha rosto. Chato e pálido, tudo nele era minguado: os olhos, o nariz, a boca fina. Cabelo não tinha, exceto por uns fiapos murchos. No instante em que a Licha ia sair, don Gaspar a segurou pelo punho. Ficou gelada, fitando-o. Depois desatou a chorar. O gringo Darling se aproximou mancando e a segurou pelos ombros.

— Só contou de invejosa! — exclamou a menina. — Só para eu não me casar. Mas vou me casar de qualquer jeito! Aposto que até você deve ter dormido com aquela porca velha...

— Mas, Licha, que importância tem? — disse o gringo em sua meia língua. — Eu já sabia de tudo isso antes de você nascer...

A Licha secou os olhos na ponta do avental e, ainda soluçando, foi servir outra mesa, seguida a certa distância pelo gringo.

— Está acontecendo o que tinha que acontecer — murmurou o contador.

— Mas por que tanto choro e tanto insulto? Nem se estivessem à beira da morte.

— É que a Concepción não se conforma. As pessoas aqui se enraivecem quando percebem que vão ficar sozinhas.

— Mas o que houve? Nunca tinha visto a Licha assim, menos ainda dona Concepción. Deviam estar contentes de fisgar o gringo, que ainda por cima vai ser administrador. Não entendo...

— Claro que não entende! Eu, que passei tantos anos aqui, não entendo, como é que você ia entender... Por exemplo, não conheço a Concepción. E isso que a conheci dois anos depois de chegar a esta estância vindo do Norte, mais de trinta anos atrás!

"Era homem feito e direito quando cheguei de Chiloé para tentar a sorte, trabalhar uns anos e depois voltar para minha terra de bolso cheio. Mas, como tantos outros, fui ficando e ficando, e estou aqui até agora.

"De início tive muita dificuldade para me ambientar, para aceitar tanta solidão, tanto frio, tanto trabalho em troca de uns poucos pesos que eu não tinha no que gastar... e que também não conseguia juntar com outros. Além de tudo, e isso era o mais grave, um contador não tem direito de se relacionar de igual para igual nem com o dono ou o administrador, nem mesmo com os ovelheiros. Estava desesperado, queria voltar para o Norte, queria ficar em qualquer lugar que não fosse aqui.

"Mas um belo domingo me deixei arrastar até este Posto para tomar uns tragos e esquecer as dores. Naquele tempo o dono era um dinamarqueiro, homem mais ou menos de minha idade e condição, que conhecia todo mundo porque tinha sido marinheiro. Vivia sozinho como eu, era bom de conversa e de trago, e conversando e conversando, e bebendo e bebendo, nos tornamos muito amigos. Desde então minha vida mudou, porque passava todo o meu tempo livre aqui. Além disso, abri uma conta, e acho que uma das razões de nunca ter voltado para o Norte é que nunca consegui terminar de pagá-la.

"Era engraçado nos ver juntos, o Dinamarqueiro e eu, porque eu, como bom chilote, sempre fui baixinho e negraço. Mas tinha que ver como ele era boa pinta! Imenso e loiro, em pé na pampa pelada, projetava à tarde uma sombra que não acabava nunca. Tinha uma força descomunal — que demonstrou de uma vez por todas assim que chegou, arrebentando a cara de um bêbado — e uma voz que parecia prestes a explodir essa caixinha de lata. Todos tinham medo dele, em especial quando se irritava, o que era muito raro. Então dava ordens num idioma esquisito que ninguém compreendia, e como ninguém compreendia, ninguém sabia o que fazer e o gringo se irritava cada vez mais, até que acabava sacando a pistola. Mas era um dinamarqueiro risonho e sem malícia, como um garotinho, e assim, apesar de respeitá-lo, todos gostavam dele. Atendia bem. Nunca faltava nada no Posto. Além disso, sabia fazer uns guisados estranhos e muito saborosos. Como era um pouco pão-duro, nunca ia ao povoado, que naquela época ficava a um dia de viagem, tão ruins eram as trilhas.

"Acontece que numa tarde de verão, quando nossa amizade já contava muitos anos, notei algo estranho nele. Era domingo, então havia muitíssima gente no Posto. Mas ele não estava atendendo: tinha contratado três moleques para fazerem o trabalho que costumava fazer sozinho. Estava penteado e vestido de camisa de colarinho e gravata. Caminhava de um cômodo a outro, inquieto, sem fazer nada, olhando, falando ora com um, ora com outro.

Já avançada a tarde, olhou o relógio de bolso e propôs para mim que a gente se sentasse perto da vara para fumar um pouco. Tudo isso era insólito, assim como a extrema organização dos cubículos do Posto, que funcionavam como uma espécie de hotelzinho, mas não perguntei nada. Ao invés disso, falei de outras coisas enquanto o gringo mantinha em silêncio o olhar azul atento à pampa.

"— Estão vindo... — exclamou enfim, com o rosto iluminado.

"— Quem? — perguntei.

"Indicou um ponto no horizonte. Pouco a pouco, conforme se aproximava, vi que era um automóvel. Insisti em minha pergunta, mas ele não quis responder até que o veículo parasse diante do Posto e dele descessem cinco mulheres.

"Naquela época, em que o povoado era tão isolado, costumavam viajar pelas estâncias, alojando-se em estabelecimentos independentes, algumas caravanas de prostitutas. A maioria das mulheres era feia e velha, mas para nós, que muitas vezes não tínhamos fêmea havia anos, tudo nelas era maravilhoso. Estávamos com sede, e ali estava o oásis: embora lamacento, pelo menos tinha água de verdade. Costumavam ficar dois ou três dias, nos quais permaneciam 'ocupadas' vinte e quatro horas. Depois voltavam para o povoado com todo o nosso dinheiro, porém bem mais murchas do que tinham chegado.

"Ao ouvir vozes de mulheres, todos os ovelheiros que estavam no Posto saíram para recebê-las. Elas não se perturbaram ao ver os trinta ou quarenta homens fedendo a vinho, de barba por fazer, dispostos a se apoderar imediatamente de seus corpos. Das que vinham, quatro eram mercadoria corrente nesse tipo de negócio. Entretanto, a quinta era uma morena grande e ainda fresca, de rosto amplo e cadeiras soltas e fornidas. Nos pareceu o ápice do desejável.

"O Dinamarqueiro instalou-as nos cubículos, trancando-se imediatamente com a morena, enquanto os ovelheiros 'ocupavam' as outras. Elas passavam vinte minutos ou meia hora com um homem, e depois entrava outro dos que estavam esperando. Todos queríamos a morena, mas o gringo passou quatro horas fechado com ela. Impacientes, batíamos na porta de seu quarto gritando para ele agilizar, que já estava bom, gringo sem-vergonha. Finalmente saiu de lá muito sério e penteado e trancou o quarto a chave. Disse que só ele ia ocupar a morena. Nós que estávamos esperando nossa vez ficamos furiosos, mas tivemos que nos conformar com as outras.

"Nos dias que as mulheres passaram no Posto, a bagunça era assustadora. Como a notícia havia se espalhado feito fogo pela comarca, as pessoas chegavam sem parar para fazer fila. Os ovelheiros debatiam a respeito delas, qual era a melhor, oferecendo dados e recomendações aos que ainda não as tinham visto. Às vezes era necessário tirar à força um homem do quarto da mulher com quem estava. Havia cinquenta, cem ovelheiros no Posto, brigando para entrar antes, embriagando-se, roubando vinho, quebrando copos e janelas. Mas uma grande serenidade sorridente havia desabado sobre o Dinamarqueiro. Nada do que acontecia a sua volta o afetava. Uns poucos gritos restabeleciam uma ordem momentânea.

"A coisa continuou na mesma por dois dias, sem que o Dinamarqueiro abrisse a porta do quarto da morena e sem que ela saísse. De vez em quando levava comida para ela. Via-se que os ânimos estavam mais ou menos apaziguados, passava uma hora trancado, para voltar mais tarde, muito bem penteado, e atender os fregueses. Não sei em que momento dormia, porque o agito continuava dia e noite. O Posto tinha cheiro de mulher. O resto das pessoas que, como eu, se recusavam a partir, mesmo arriscando nosso trabalho por isso, dormia em qualquer canto, a qualquer hora, debaixo das mesas, na cozinha, junto com os cavalos ou simplesmente ao ar livre.

"Conforme os dias iam passando, eu me embriagava cada vez mais, até que, na terceira noite, fiquei completamente selvagem. Os outros pareciam ter esquecido a existência da morena, mas eu não. Sentia uma raiva bruta contra o Dinamarqueiro, mas ele reagia a cada insulto meu com sorrisos, e em seguida ia atender alguém que o estivesse chamando.

"Convenci um dos ovelheiros que estava tão bêbado quanto eu de que a situação era insustentável. Saímos do Posto, levamos um cavalo até a janela alta do quarto onde a morena estava alojada e, na escuridão, consegui trepar até o parapeito. Com os punhos, quebrei o vidro e me deixei cair na cama onde a mulher dormitava. Meu amigo fez o mesmo atrás de mim. Derrubamos a lâmpada de parafina, que ateou fogo aos lençóis e às roupas, enquanto lutávamos para possuir a mulher, que urrava. Do lado de fora houve muita comoção e uma gritaria. O Dinamarqueiro chegou rápido, seguido de vários ovelheiros que inundaram o quarto iluminado apenas pelo incêndio da cama onde ainda lutávamos com a pobre mulher. Trouxeram baldes d'água para apagar as chamas, o que também serviu para nos separar, da mesma forma como se separam cães brigando.

"Como eu estava bêbado, devem ter me jogado em algum canto para dormir. No dia seguinte, acordei cedo. Os ovelheiros haviam partido ou se preparavam para fazê-lo. As mulheres já estavam no automóvel. O Dinamarqueiro se emperiquitou, preparou a mala, fechou o Posto e partiu no automóvel com as mulheres.

"Voltou na semana seguinte acompanhado da morena. Tinham se casado em Punta Arenas. Ela, dona Concepción, como passou a ser chamada desde então, tomou conta do Posto com o marido. No início, apostávamos quem seria o primeiro a dormir com ela, mas bastava que ela ameaçasse chamar o marido para que nossas pretensões caíssem por terra.

"Eu estava apaixonado, apaixonado. Importunava-a o tempo todo, sem recato, mas era como se não me visse. Brigava todos os dias com o posteiro, que já havia ameaçado não me deixar mais entrar aqui e cobrar na justiça o ano de consumo que eu devia.

"Uma noite, encontrei Concepción sozinha do lado de fora do Posto. Me aproximei disposto a tomá-la à força ali mesmo, mas ela me rechaçou.

— Para que se fazer de santa se na verdade é uma puta... — eu disse.

"Gritou que, se eu encostasse nela, chamaria o marido para me desmanchar a chutes. Humilhado, virei de costas para voltar ao Posto. Mas sua voz me deteve na escuridão:

— Gaspar, não me trate desse jeito...

"Era a noite mais grandiosa que já vi. Seus olhos pesados de rímel brilhavam fixos na escuridão. Naquele momento, algo da verdade de toda a nossa vida emergiu em minha consciência, e alguma coisa, não sei o quê, se quebrou dentro de mim.

"Corri até o Posto e entrei vociferando:

"— Dinamarqueiro, Dinamarqueiro, vem tomar um trago comigo, seu gringo asqueroso...

"Deve ter sido engraçado ver o abraço que dei nele, ele tão enorme, eu tão pequeno. De todo modo, acho que compreendeu um pouco do que estava acontecendo, porque nunca o vi sorrir como daquela vez. Juro que nunca, em toda a minha vida, senti um laço mais próximo com um ser humano como o que senti naquela noite com o Dinamarqueiro.

"Pouco a pouco, a origem de Concepción foi sendo esquecida na comarca. O Posto nunca foi tão agradável como naquela época. Sempre limpo, nunca faltava algo gostoso para comer e sempre havia camas arrumadas para passar a noite se a bebedeira e a neve nos impedissem de voltar. O gringo já não bebia tanto quanto antes, porque a mulher dizia:

"— Cheiro de bêbado no meu quarto me traz más lembranças...

E, diante de sua ameaça de não o deixar entrar, se abstinha de beber.

"A Concepción foi um modelo de mulher, e para mim, uma verdadeira amiga. Anos depois me casei. Minha senhora, que era muito séria e católica, estabeleceu uma grande amizade com a posteira. Nunca contei a ela como a esposa do Dinamarqueiro chegou aqui, e ela me é grata por isso até hoje, porque como minha mulher era educada e era de boa família, sua amizade era um grande orgulho para a Concepción. Cinco anos mais tarde a Licha nasceu, e em dez o gringo morreu, sei lá de que peste."

Ficamos um bom tempo sem falar. Todo o silêncio da pampa parecia ter se transferido para o interior do Posto. Os três homens continuavam jogando baralho, e o que bebia sozinho tinha ido dormir em seu canto. Só a Licha andava para cima e para baixo entre as mesas, recolhendo uma garrafa, limpando uma mancha de barro no chão, trazendo pratos de sopa de couve-flor. Depois dona Concepción se aproximou de nós cambaleando um pouco. Don Gaspar ajudou-a a sentar.

— Vou ficar tão sozinha... — suspirou. Não respondemos.

— Você vai embora — disse, olhando-me com os mesmos olhos brilhantes, pesados de rímel, que don Gaspar vira naquela noite —, e a Licha vai amanhã para Punta Arenas se casar com o gringo Darling...

— Não diziam que andava com outros amores? — perguntei para puxar assunto.

— Ah! Isso acabou. Não sei o que essa garota tem, não se interessa pelo amor. É esquisita. O que ela quer é ir embora daqui, e só.

O gringo vai ser administrador dos Suárez, uma estância pequena, do lado de Punta Arenas. Dizem que tem umas casas lindas...

Bebeu um gole e nos perguntou:

— Vocês conhecem o gringo Darling, né?

— Pouco — respondi.

— É esse magrelinha que estava aqui agora há pouco, esse que não ri quando está bêbado. A única coisa que gosta de fazer é pescar nos charcos por aí. Fazia tempo que vinha, mas sendo tão feio e tão velho, como eu ia pensar que andava cortejando a menina. Mas esses gringos são raposas velhas. Vai saber o que pensam quando passam horas e horas sozinhos, pescando!

Bebeu outro gole. Don Gaspar fez um gesto para impedir, mas ela interrompeu o movimento dele.

— Não nego que seja bom eles se casarem — prosseguiu. — O Gringo tem dinheiro, e a Licha vai ser mulher de administrador, que é o que ela quer. Mas, sabe, Gaspar? Me dá nojo esse gringo. Essas mãos fracas, frias o tempo inteiro, mancando, mancando. Ela também me dá nojo. Você vai pensar que é besteira, mas eu preferia que ela tivesse se casado com o Marín quando aquele maluco andava atrás dela, por mais que fosse bêbado e brigão. Mas ela, bobinha, não quis nada com ele e depois o bicho do mato foi para o Norte. Que fim terá levado? Era tão animado. Lembra da voz dele? Senhor, parecia um trovão! Chegava a dar um susto aqui, no estômago, como a voz do pobre Dinamarqueiro, que descanse em paz...

Continuou falando por muito tempo, queixando-se da filha, do gringo, lembrando coisas, até que a voz foi ficando arrastada e as palavras, mais incoerentes. Depois cruzou os braços sobre a mesa e adormeceu com a cara afundada neles.

O gringo Darling se aproximou. Apoiando apenas uma mão na cabeça de dona Concepción, disse muito devagar, como se temesse acordá-la:

— Pobrezinha, apagou... Vou chamar a Licha.

A Licha acordou a mãe e disse para o gringo levá-la para o quarto, ela iria dentro de um instante. Enquanto limpava a mesa, disse sem erguer os olhos:

— Vou me casar de qualquer maneira, para ela ver, e para ficar sozinha, só por isso...

— Mas se o gringo sabia — exclamou don Gaspar com voz desalentada.

Ela ergueu os olhos irritados e, perfurando com eles o velho, disse:

— Você não entende nada! Não vê que agora as coisas nunca mais podem ser as mesmas?

Era hora de partir. Desejamos felicidades à Licha, que não pareceu comovida. Montamos e não nos viramos para nos despedir da garota, que nos acompanhou até a porta.

Era uma noite muito clara. O vento açoitava, buscado no nada da pampa algo em que se enredar enquanto varria o céu estrelado. Pouco tempo depois desapareceu a silhueta, e então as luzes, do Posto Dinamarqueiro. Como o vento era forte e havia geada, preferimos não galopar. Marchamos muitas horas em silêncio, sabendo que não chegaríamos à estância antes de o dia clarear.

Num lugar qualquer do caminho ouvi don Gaspar resmungando no escuro:

"Nunca a tinha visto bêbada..."

Era como se tudo, até as coisas mais dignas e mais belas, houvesse terminado para sempre.

O charleston

Às vezes, penso que a vida seria triste pra caramba se não tivéssemos amigos para nos divertir e beber uns bons tragos de vinho de vez em quando.

Mas na vida acontecem coisas muito estranhas, que ninguém é capaz de compreender. Há pouco tempo passei algumas semanas sem vontade de ver Jaime ou Memo, que são meus amigos, e eles também não queriam me ver ou se verem entre si. Não sei por quê. São coisas que não têm explicação. Passei esses dias muito amargurado. Nem sequer tinha vontade de ligar o rádio para escutar o campeonato sul-americano de futebol, e quando, no cômodo ao lado, meus irmãos mais novos armavam uma gritaria cada vez que saía um gol, aquilo não me animava nem entristecia, simplesmente porque não estava com Memo e Jaime e não podíamos comemorar com uns bons copos de vinho tinto.

Passamos treze dias sem nos ver, quase duas semanas. O curioso é que não brigamos, não discutimos nem combinamos de não nos vermos. Não tínhamos vontade de estar juntos, só isso. E parecia bruxaria, porque, como moramos na mesma quadra, costumamos nos encontrar o tempo todo mesmo sem planejar, mas nesses dias foi como se a terra nos tivesse engolido. Bastaria tocar a campainha da casa de um dos outros para nos vermos e desmancharmos o silêncio que nos separava. Mas isto é o mais estranho de tudo: embora sentíssemos vontade de nos reunir — eu pensava em meus amigos o tempo todo, até no trabalho —, não nos procuramos, era como se estivéssemos com medo... ou repugnância.

Bem, como eu disse, Jaime, Memo e eu somos muito amigos. Nos conhecemos desde pequenos porque sempre moramos na mesma quadra. Mas conheço muitas pessoas desde criança e nem por isso somos amigos, pelo menos não como sou amigo de Jaime e Memo. Porque estou convencido de que a amizade é algo mais sério, mais, como poderia dizer...?, mais espiritual do que parar para conversar com algum conhecido na rua. Por exemplo, acho que é preciso gostar das mesmas coisas. Como o futebol, no nosso caso. E não sei se alguém já pensou como o futebol é bom para fazer amigos — vamos para os jogos juntos, compramos as revistas com matérias sobre os jogadores, discutimos e temos assunto para muitas semanas. Na realidade, ele preenche a vida. Às vezes, quando conheço alguém que não se interessa pelos jogos, não conhece os jogadores ou não sabe a situação das equipes, bom, sinto que está meio morto ou coisa assim. É como um marciano, uma pessoa diferente que não fala o mesmo idioma e não se entusiasma com as mesmas coisas e bom, se alguém é capaz de não se entusiasmar com uma partida de futebol, talvez não se entusiasme nem com uma mulher nua, penso eu.

Por falar em mulheres, direi que Memo não pensa em outra coisa, talvez porque tenha muita sorte. Claro, não se pode negar que é um sujeito boa pinta, magro, branco, de cabelo escuro bem penteado, sempre elegante porque tem um irmão que é alfaiate numa loja de luxo, e Memo dá uns cheques para ele. Além disso, acho que a profissão tem a ver com seu sucesso: é vendedor de produtos de beleza Ondina, xampus, colônias, sabões perfumados, cremes e todos esses trecos que as mulheres usam para se arrumar. Isso as atrai. É ele quem arrasta Jaime e eu para os bailes, daqueles que acontecem em escolas e clubes esportivos, com grinaldas de luzes coloridas e garotinhas acompanhadas pela mãe, por uma tia ou por um irmão. Mas Jaime e eu não gostamos desses bailes e só vamos para acompanhar Memo. Como poderíamos gostar? Não nego que é possível fazer amizade com as meninas, simpáticas pra caramba... mas, e aí, e aí? O que mais? Nada. Muita fumaça e pouco incêndio. Para a amizade já temos os amigos homens, penso eu. E para o resto, Jaime e eu preferimos frequentar os becos de vez em quando. É mais fácil. Chegamos, pedimos umas bebidas, nos arranjamos com uma das mulheres... e direto ao ponto, nada de historinha. Depois a gente fica muito relaxado. No fim das contas, deve até ser mais barato, porque para arranjar uma garota decente precisa de tanto convite para o cinema, para beber alguma coisa durante a tarde, para passear no domingo, ir a um baile no sábado, que a gente acaba falindo sem perceber. Não que algum de nós três ande mal de grana. Não somos ricos — cada um vive com sua família e precisa ajudar em casa —, mas não podemos nos queixar, todos temos trabalhos bons e estáveis. Como eu disse, Memo é vendedor de produtos de beleza, e embora esteja na pior filial de todas, acha que vai ser transferido para uma melhor. Jaime é funcionário do Ministério de Obras Públicas, e, todo mundo sabe, esses são os melhores cargos, porque têm muitas regalias e, embora o salário não seja nada de outro mundo, a perspectiva é boa. Eu sou quem sempre anda pior de grana, porque ingressei há pouco tempo no magistério e ainda não tenho horário integral nos dois colégios onde dou aulas. Mas, embora sempre ande mais duro, Jaime e Memo me respeitam, porque no fim das contas sou mais instruído que eles.

Jaime é o menos bem-apessoado dos três, e às vezes acho que ele se importa mais do que demonstra. É baixinho e bem escuro, cabelo bem grudado na testa e um bigode do qual, embora não seja muito farto, cuida como a menina de seus olhos. É idêntico aos irmãos, nove ao todo. Como tem grande admiração por Memo, penteia e passa gel igualzinho a ele, e mesmo tendo poucas roupas anda sempre tão aprumado que chega a ser engraçado vê-lo de costas bem eretas, cabeça erguida e mão no bolso. Eu sou loiro e um pouco gordo, porque sou neto de iugoslavos por parte de mãe, e tenho a mesma idade que Memo e Jaime, vinte e três anos.

Contudo, o que mais nos aproxima é o amor pelo vinho. Não, não nos tomem por bêbados ou alcoólatras, os alcoólatras bebem sozinhos e não são alegres. Nós não sabemos se gostamos de conversar para beber vinho ou se gostamos de beber vinho para conversar. Mas desde os quinze anos, quando andávamos de bolsos vazios e sem dinheiro nem para ir ao cinema ver um filme, economizávamos para comprar um litrinho e beber escondidos por aí. Depois começamos a ir a bares e lugares assim, sempre os três juntos.

Por mais que se diga o contrário, nada pode ser comparado ao vinho. Em primeiro lugar, não faz mal à saúde como as bebidas fortes. Nós não gostamos do vinho tanto pelo relaxamento e pela felicidade que traz, pela sensação de termos acabado de faturar um milhão e uma atriz de cinema estivesse apaixonada por nós, mas porque... como explicar... bom, porque a vida inteira gira ao redor do vinho. Tudo que vale a pena no mundo, a risada e os amigos, e as mulheres e as comidas gostosas e o futebol, fica ainda melhor quando estamos bem coradinhos de vinho tinto. Na realidade, Jaime, Memo e eu, quase mais que de mulheres e futebol, falamos de vinho, das besteiras que fazemos quando bebemos além da conta e de como isso é divertido. Em cada porre há algo engraçado a ser lembrado depois, e ao contarmos essas histórias podemos rir outra vez, e elas nunca se repetem muitas vezes:

"— ... mas não eram melhores que os litrinhos que bebemos aquela vez no parque de diversões ali no caminho do... onde ficava mesmo?

"— Você está falando da vez que fomos ao Dezoito?

"— Não, ao Dezoito fomos num grupo grande, no caminhão de Chinchulín. Estou falando de quando fomos de ônibus no verão, só nós três. Saímos cedo e, com o calor e o estômago vazio, o vinho subiu à cabeça e você quis pegar a filha do concessionário...

"— Não lembro disso — disse Jaime, se fazendo de inocente. — Como ela era?

"— Uma novinha, feia pra caramba, e suada como estava, pior ainda. Mas você não lembrava mais nem do seu nome e convidou a menina para ir ao mato. E daí o irmão, que era fuzileiro no quartel ali do lado, chegou para o almoço. Ficamos superassustados porque chegou perguntado pela irmã! E à mesa, com o irmão fuzileiro, a gente servindo a ele um copo de vinho atrás do outro para te acobertar... e quando vocês voltaram estavam os dois de roupa suja, cheia de grama, mas por sorte já tínhamos deixado o irmão fuzileiro bem tontinho e ele não se deu conta de nada..."

Rimos um bom tempo relembrando tudo, e como, depois, tentamos sair sem pagar, mas não deu certo porque a filha do responsável estava a mil depois dos amassos e percebeu nossas intenções. Mais tarde outro lembrava:

— Mas nunca vi o Memo tão mal quanto naquela vez que tentamos roubar a Lucy da casa da Haydée. Nós já chegamos mamados, foi no seu aniversário, Memo, e uma tia tinha mandado de presente um garrafão de chicha de Curtiduría, docinha, e bebemos tudo numa sentada... E depois da janta fomos comemorar na casa da Haydée, ela não queria nos deixar entrar porque estava cheia de clientes, mas nós, nem acanhados nem preguiçosos, entramos por uma janela, e quando a Lucy nos viu...

E assim continuamos, até não aguentarmos mais. Sim, é assim que funciona. As taças de vinho na mesa do bar, o sanduíche de lombo quente para não beber de estômago vazio, os bons cigarros, os amigos dispostos a desfrutar de momentos agradáveis... e falamos e falamos, e bebemos e bebemos, e não sentimos as horas passarem e já sao duas, três, quatro da manhã.

Como disse, não sei como consegui passar essas duas semanas sem tomar nenhum trago e como aguentei não encontrar Jaime e Memo. Era como se estivesse com medo de vê-los, como se minha boca fosse achar o vinho com gosto de guano ou ele fosse grudar em minha garganta. Mas o mais curioso de tudo é que nesses dias eu me lembrava o tempo todo de um cara que vimos na última noite em que saímos juntos, e cada vez que me lembrava dele sentia uma espécie de medo, ou de repulsa, não sei como explicar...

Muitas vezes saímos os três juntos depois do jantar para assistir a um filme. Como naquela noite os três estávamos com dinheiro, escolhemos um filme que tinha acabado de entrar em cartaz, no centro, e muito especial porque em vez de ter só uma atriz principal, eram três as delícias: Lauren Bacall, Marilyn Monroe e Jane Russell. E as três, vestidas só com uma folhinha de parreira aqui, outra folhinha ali e uma que outra franjinha para enganar, dançavam uma dança de maluco chamada charleston. Bom, o fato é que depois da sessão caminhávamos os três pela Alameda a caminho de casa, pingando de bar em bar, conversando e conversando, porque para nós nunca falta assunto. Naquela noite falávamos do filme que acabáramos de ver, repartindo as atrizes, uma para cada um. Após muita discussão, finalmente chegamos a um acordo: Memo, que gosta de bancar o aristocrata e diz que as velhinhas são melhores porque são mais carinhosas, escolheu Lauren Bacall. Eu, como tenho um fraco para loiras, fiquei com Marilyn Monroe; e Jaime, que sempre preferiu quantidade a qualidade, talvez por ser tão pequeno, escolheu Jane Russell. Ficamos muito contentes, porque, embora tenhamos custado muito a chegar a um acordo, não ficamos de mal, como às vezes acontece quando o assunto é mulher.

E de tanto em tanto Memo dizia:

— Caceta! Daria qualquer coisa para a Lauren me ensinar a dançar o charleston!

Entramos num bar, bebemos uma rodada de vinho tinto, saímos, caminhamos algumas quadras e depois entramos em outro bar, até que, pingando de um em um, quando estávamos na altura da avenida España, embora ninguém percebesse que estávamos bêbados, é melhor nem falar no grau alcoólico em que nos encontrávamos. De todo modo, era só um desses porres levezinhos, tranquilos, de dia de semana.

O panaca do Memo estava com a melodia do charleston grudada na cabeça. Murmurava-a entre uma frase e outra, mas, como tem péssimo ouvido, não conseguia cantar muita coisa, muito menos dançar, embora isso não o impedisse de tentar. Nós, Jaime e eu, começávamos a ficar com sono porque já era tarde, mas deixamos Memo, que parecia enfeitiçado pelo famoso charleston, nos levar para o último bar da noite.

— Depois — disse abrindo a porta para passarmos — eu pago um táxi para nós.

Isso nos convenceu, e entramos a passos decididos. Era um boteco igual a centenas de botecos existentes em todos os bairros. Estreito, comprido em direção ao fundo, o balcão com a máquina de café expresso e as torneiras de chope claro e chope escuro num canto. Umas dez mesas, cadeiras pintadas de verde e assentos de palha se desfazendo embaixo, e, no meio do estabelecimento, um toca-discos cheio de luzes e vidros coloridos, desses que tocam quando colocamos uma ficha e apertamos um botão.

Como já era bem tarde, não restavam mais que dois ou três frequentadores. Sentamos e pedimos uma rodada de vinho da casa. O garçom, aparentando estar prestes a cair no chão de dor nos pés, fez o pedido ao dono, que, depois de entregar umas fichas do toca-discos para um gordo de pé ao lado balcão, nos serviu três taças de um vinho bem vermelho, desses que, nota-se de longe, são ásperos como uma lixa.

O gordo foi se sentar a uma mesa quase grudada no toca-discos. Era um desses gordos ofegantes com o rosto contente unido ao corpo apenas por um rolo de gordura. Estava muito bêbado, e embora fosse inverno e não tivéssemos tirado o agasalho ao entrar por causa do frio do lugar, ele suava, e apesar de ter aberto a gola da camisa, resfolegava como se tivesse dificuldade para respirar. Reparei que, manchadas pela carne do rosto, suas feições eram fininhas, o nariz, a boca, as sobrancelhas bem desenhadas, sinal de que tinha nascido para ser magro, mas, por curtir a vida, por comer e beber e rir, havia se transformado naquela bola de gordura, adquirindo, ainda por cima, um sorriso que não conseguia mais abandonar.

De repente, tivemos a impressão de que o gordo estava caindo em cima da mesa, mas percebemos em seguida que ele só tinha se inclinado para espichar o braço e colocar uma ficha na fenda do toca-discos. Tinha uma pilha de fichas ao lado da garrafa, e em nossa mesa trocamos olhares contentes porque gostamos de música, sobretudo se for de graça. Dispostos a escutar, pedimos outra rodada do tinto da casa, que era áspero, mas perfeito para espantar o frio. O gordo se serviu um copo e, antes da música começar, aproximou-o do corpo. Depois serviu outro copo, e como a mão tremia, acabou derramando um pouco. Limpou o vinho derramado com a palma da mão, limpou uma mão na outra e depois limpou as duas na calça. Ficou num estado lamentável. Estava bêbado mesmo, o gordinho!

O disco desceu, a agulha raspou e soaram as primeiras notas.

— Charleston! — exclamou Memo na hora, eletrizado ao reconhecer a melodia, e olhou para o gordinho como se o parabenizasse pela escolha tão certeira.

Nós três olhamos para ele e perdemos o fôlego de espanto.

Sentado em sua cadeira de palha, os olhinhos brilhando como se estivessem fixos num ponto flutuante diante de seu nariz, o gordinho bamboleva o corpo enorme de um lado para o outro, ao ritmo da dança, e enquanto fazia isso dizia:

— Dançando o charles-ton, charles-ton, char-les-ton!

Trocamos olhares e viramos as cadeiras para assistir ao espetáculo de frente. Isso pareceu motivá-lo, pois parecia um verdadeiro terremoto sobre a pobre cadeira de palha, agitando o corpo inteiro e o rosto avermelhado de olhos semicerrados, e as mãos, que eram pequenas, de dedos curtos e pontudos como as mãos dos santos de gesso.

— Dançando o charles-ton, charles-ton, charles-ton...

Tamanho era o entusiasmo do gordinho que começamos a marcar para ele o compasso com os pés e batendo palmas. O lugar inteiro parecia em movimento, e as garrafas enfileiradas nas prateleiras detrás do balcão, assim como os copos recém-lavados, tilintavam vibrando com a força do gordo, que se movia como se estivesse possuído.

— Charles-ton, charles-ton, charles-ton... — nós também cantamos.

As mesas, as cadeiras, a lâmpada fluorescente tremeluzindo, tudo parecia acompanhar o gordo maluco em sua dança sentada. Seu rosto estava vermelho como um tomate, e o suor fazia sua testa e nuca brilharem. A música terminou. Ele tirou um lenço do bolso e enxugou rapidamente o rosto, como se não estivesse disposto a perder tempo, e depois de entornar outro copo bem cheio de vinho, nos disse com a voz entrecortada pelo cansaço:

— Gostaram do charleston? Isso sim é que é música! Precisavam ver como eu dançava bem quando era magro... chute pra lá... chute pra cá... um, dois, três... tá, tá, tá, táá, táá, táá...

Inclinou-se sobre o toca-discos, colocou outra ficha e o charleston recomeçou. Os outros clientes, que eram apenas dois, aproximaram-se da mesa do gordo, cada um com seu copo em mãos, e marcaram o compasso para ele batendo palmas. Não pareciam alegres, mas, como era a única coisa que estava acontecendo naquele momento, precisavam ver e participar, apesar do frio e do sono. O garçom baixou a grade metálica da porta e, junto com o dono, que abandonou as contas no caixa, também se uniu ao grupo ao redor do gordo, que agora se mexia em velocidade acelerada, dançava com as mãos, com o corpo inteiro, com os pés, com o rosto. Enquanto isso, fez sinal para o garçom trocar a garrafa vazia por uma cheia. O garçom obedeceu e serviu um copo, que o gordo emborcou enquanto se balançava, derrubando a metade.

Era um cheiro de vinho!

Memo se levantou e, chegando perto do gordo, disse a ele:

— Escute, cavalheiro, por que não me ensina o charleston? Queria aprender a dançar.

Sem interromper seu ritmo desenfreado, o gordinho sacudiu a cabeça dizendo não. Quando o disco acabou, enquanto colocava outra ficha na fenda, o gordo disse, depois de emborcar outro copo inteiro.

— Não... me proibiram de dançar, me faz mal.

No entanto, quando a música recomeçou — o charleston outra vez —, o gordo, como um viciado, não conseguiu resistir à tentação. Tomado por um impulso superior à sua força de vontade, levantou-se resfolegando e, com os olhos meio fechados, como se estivesse em transe, laçou Memo com seu braço pesado para ensiná-lo a dançar. Memo deixou, mas o gordinho o soltou após alguns passos e começou a dançar sozinho o charleston entre as mesas e cadeiras, que afastamos para abrir espaço. Era tão leve, dançava com tanta graça, com tanta maestria, seguindo todas as reentrâncias do compasso, que ficamos boquiabertos. Parecia um milagre que aqueles pés tão pequeninhos que se cruzavam, sapateavam e voltavam a se cruzar e descruzar com tanta agilidade conseguissem sustentar a massa imensa daquele corpo em movimento. Todos, inclusive o dono e o garçom, batemos palmas para incentivá-lo mais, todos contagiados pelo ritmo. Ao fim do disco, o gordo não parecia mais prestar atenção na música nem no compasso, e, como um instrumento avariado se desvencilhando de todas as regras, começou a dançar de forma desenfreada, vertiginosa, agitando-se e movimentando-se como um louco descontrolado. O disco parou.

Neste momento, o gordo desabou no chão.

— Parece um saco de vinho! — exclamou Jaime, mas disse suavemente, como se estivesse com medo.

Não era momento para risos.

De fato, o gordinho havia caído feito um saco de areia. Mas nos demos conta imediatamente de que não estava caído ali, entre os pés verdes das cadeiras e mesas, como mais um dos tantos bêbados que já tínhamos visto no chão. O gordinho estava doente, de coisa muito grave. Se queixava muito e se revirava. De repente vomitou um líquido escuro, vinho ou sangue, não sei, porque eu não quis olhar, e depois pareceu perder forças, ficou mais tranquilo, porém mais morto. Tentavam reanimá-lo enquanto ele se queixava e se queixava feito uma criança, mas percebi que algo havia arrebentado dentro daquele corpo imenso, deixando-o inconsciente, não como um bêbado, mas como um cadáver.

Bom. Pularei os detalhes desagradáveis. A ambulância chegou, o médico balançou a cabeça, não disse nada e levaram-no. Devia ser pesado, porque os enfermeiros precisaram de muito esforço para ajeitá-lo na maca e removê-lo. Eu nunca mais soube dele, não sei se morreu ou não, mas pode ser que tenha morrido, porque era horrível escutar suas lamúrias estatelado no chão do bar e ver como se revirava, o rosto grande e redondo desfigurado pela dor.

Fecharam o estabelecimento e nós três fomos embora caminhando sem dizer uma palavra. Lembrei-me da promessa de Memo de pagar um táxi para nós e, vendo que não cumpria com a palavra, senti uma raiva imensa contra ele, por ser mentiroso e não cumprir com a palavra. Fazia muito frio e ventava um pouco, e isso me deixou com mais raiva. Tive vontade de gritar umas quantas verdades na cara dele ali mesmo e seguir caminho sozinho, mas me calei porque senti pena, medo, de seguir sem ninguém por aquela rua onde só havia cães famintos buscando restos de comida nas latas de lixo reviradas. A cada pouco eu olhava para trás, pensando escutar o ruído de um bonde atrasado que poderíamos pegar para chegar em casa mais depressa, mas era um ruído distante, em alguma rua longe dali. O idiota do Jaime estava com soluço, e isso me deixou mais nervoso. Quando chegamos à nossa quadra, nem sequer nos olhamos para nos despedir. Talvez naquele momento eles também me odiassem.

A lembrança do gordinho ficou dançando em minha cabeça durante todos os dias em que não vi Jaime e Memo. Sentia repulsa ao passar na frente de um bar, como se o vinho, todo o vinho do mundo, tivesse o mesmo cheiro repugnante que preenchia o bar naquela noite, quando os enfermeiros vestidos de branco como anjos levaram o pobre gordinho, antes tão alegre. Mas, embora me lembrasse o tempo todo de meus amigos com saudades, sentindo-me sem vida por não estar com eles, não quis procurá-los porque tinha a sensação, sabe-se lá por quê, de que eles eram culpados por todos os acontecimentos daquela noite. E todo o medo que eu sentia ao pensar no gordinho — pois sentia medo, não é preciso negar — aumentaria quando eu voltasse a vê-los, pois juntos começaríamos a beber vinho outra vez, e eu não queria isso.

A cada tarde sem nos vermos eu sentia me afastar de algum perigo, mas também de tudo que fazia valer a pena estar vivo. Por fim, duas ou três tardes seguidas, saí por volta das oito para comprar uma empanada da velhinha que faz ponto com seu braseiro na esquina. Mas estava me fazendo de bobo, queria ver se encontrava Jaime ou Memo. Até que enfim, uma tarde nos encontramos. Já fazia treze dias desde a última vez — eu estava contando. Compramos empanadas, comemos de pé na esquina e, como se tivéssemos nos encontrado ainda no dia anterior, combinamos de assistir a um filme na mesma noite.

Quando saímos do cinema, nenhum dos três estava com vontade de falar. Sei o que estava acontecendo conosco. Nos juntarmos para ver um filme sem depois ir tomar uns copos de vinho significava o fim de alguma coisa em nossa amizade. Em meio ao silêncio, assim como na outra noite, o medo que nos separava poderia se transformar em ódio, desfazendo nossa amizade para sempre.

A caminho de casa, passamos na frente de um bar, mas não dissemos nada, nem trocamos olhares. Eu estava com as mãos muito apertadas dentro dos bolsos do casaco, e imaginei a mesma tensão em Memo e Jaime. Continuamos caminhando em silêncio, passamos na frente de outro bar, e nada, era como se não existisse. Antes de chegarmos à quadra onde nós três moramos há outro bar, o último. Eu sabia que se não surgisse um motivo para pararmos ali, algo que nos obrigasse a entrar, dali em diante nós três passaríamos a nos ver cada vez menos, até quem sabe nem sequer nos cumprimentar na rua. Não podia ser assim. O bar ficava alguns passos mais adiante. Eu precisava parar e fazê-los entrar.

Contudo, ao chegar à porta do bar, nós três paramos ao mesmo tempo. Olhei para Jaime e Memo, e percebi que eles tinham pensado o mesmo que eu. E quando os três, ali parados, caímos na risada ao mesmo tempo, soubemos que não havia mais perigo. Jaime disse:

— Para não irmos de barriga vazia, rapazes? Só abrir a porta e entrar.

— Estão com sede de quê? — perguntei, fazendo-me de bobo.

— E do que mais seria! — disse Memo rindo.

Acho que fizemos o certo. Somos muito jovens para nos cuidarmos tanto. Depois, quando formos velhos e a pressão subir, como a do gordinho dançarino de charleston, aí sim será a hora de nos cuidarmos. Agora não.

E pedimos três garrafas de vinho tinto, do melhor, do mais caro.

A porta fechada

Adela de Rengifo se queixava frequentemente de ter sofrido as piores calamidades da vida: enviuvar aos vinte e cinco, ser pobre e se ver obrigada a trabalhar para se manter com um pouco de dignidade, ter um filho doente, quer dizer, não exatamente doente, mas fraco, dessas crianças que dormem o dobro das crianças normais.

Na realidade, desde que nasceu, Sebastián dormia muito. Fechava os olhos enquanto a cabeça caía sobre o travesseiro bordado com tanto esmero pela mãe, e então, em questão de um segundo, já estava dormindo como um anjo do céu.

— É tão bom e tão tranquilo, pobrezinho — Adela dizia às colegas de escritório. — Nem sequer chora ou acorda de noite, como quase todas as crianças.

Adela e Sebastián moravam em dois quartos que não eram ruins, embora as janelas dessem para um pátio interno muito estreito, no segundo andar de uma pensão um pouco úmida e bastante escura. Quando Adela saía para o escritório, pela manhã, a senhora Mechita, dona da pensão, ficava encarregada de cuidar de Sebastián. Mas como o menino era muito tranquilo, quase não era preciso se preocupar com ele, porque jamais incomodava com a bagunça e o tumulto com os quais as crianças de cinco anos geralmente tornam a vida insuportável. Assim que a senhora Mechita iniciava os afazeres domésticos matutinos, Sebastián escapulia para o próprio quarto e se deitava na cama para dormir o sétimo sono. A senhora Mechita entrava para vê-lo, porque sentia "um sei lá o quê" ao ver um garoto daquela idade preferir dormir a se ocupar com outras coisas... bem, mais normais. Até que uma tarde, decidida a chamar a atenção de Adela para essa peculiaridade do filho, abordou-a se fazendo de desentendida e, sem erguer os olhos do trabalho de crochê que sempre mantinha seus dedos sardentos ocupados, disse a ela:

— Como é bom de sono esse garoto, Adelita, meu Deus! Será que não está doente?

Adela respondeu, muito tensa:

— E qual é o problema de ele dormir assim?

— Ora, estava comentando, só... — replicou a senhora Mechita. Ao se afastar, endureceu o maxilar de mastim, pensando que as viúvas jovens são nervosas demais e que futuramente não receberia outras em sua casa.

Como a observação da senhora Mechita corroborava suas próprias inquietudes, Adela não conseguiu ignorá-la. Não é que passasse o dia sonolento e apático, mas de repente, sem motivo, parecia pensar que seria agradável dormir um pouco, e assim fazia, como quem se entrega a um passatempo divertidíssimo, deitado em sua pequena cama com barras de bronze ou sentado em qualquer cadeira. Intranquila, a mãe às vezes o observava dormindo. Isso apaziguava seus temores, porque sem dúvida nada de mau poderia ocorrer a uma criatura que dormia com aquela cara de êxtase, como se detrás de suas pálpebras transcorressem cenas de uma existência encantada.

No entanto, por mais que tentasse não se inquietar, Adela não podia deixar de reparar que Sebastián era um garoto diferente. Como não se sentir incomodada? Indiferente e solitário, parecia não ter nenhuma relação com o que acontecia ao seu redor, nem com as pessoas, nem com as coisas, nem com o frio, nem com o calor, nem com a chuva insistente, que no inverno salpicava no pó acumulado nos vidros da claraboia do vestíbulo. Parecia que Sebastián, como a lua, revelava ao mundo apenas a metade de si.

Dava um pouco de medo. Os outros moradores da pensão eram agradáveis com ele, sobretudo para agradar Adela que, no fim das contas, era uma senhora respeitável, apesar da má sorte na vida. Mas ela não se deixava enganar: sabia que ninguém via Sebastián com simpatia. E a pena esmigalhava sua alma, embora fosse impossível não admitir que tinham um pouco de razão, pois era estranho demais um garoto de cinco anos dormir tanto e não gostar de fazer mais nada. Não é que "pegava no sono" por cansaço ou fadiga; ele escolhia um momento e "se dedicava" a dormir, como os garotos normais "se dedicam" a jogar bolinhas de gude ou "se dedicam" a cantar. Não se interessava pelos amigos da mesma idade. Não gostava de brincar. A única coisa que parecia lhe interessar era largar tudo para se deitar na cama e "se dedicar" a dormir.

— Com que você sonha, filho?

— Sonho?

— Sim. Não vê cenas quando dorme, tipo figuras ou histórias?

Sebastián acariciou as mãos de sua mãe ao responder:

— Não... acho que não. Não me lembro...

Adela não conseguiu evitar a exasperação com a resposta.

— Então por que dorme tanto, se não lembra nada? — perguntou ríspida.

— É que eu gosto, mãe...

Ao ouvir isso, Adela se irritou de verdade. Ela era obrigada a trabalhar e se sacrificar para sustentá-lo. Ela, jovem e ainda de boa aparência, por respeito ao filho, desdenhava das propostas de homens que tentavam cortejá-la no escritório. Por ele... por ele... por ele, mil renúncias, mil dores, enquanto o garoto se entregava ao prazer de passar o dia dormindo. E dormia porque gostava de dormir, e só. Lamentou que Sebastián tivesse se acostumado desde pequeno a fazer as coisas simplesmente por gostar; era uma atitude perigosa, quase imoral. No início, devia confessar, Adela pensara intuir obscuramente alguma função misteriosa no sono do filho, como se aqueles sonhos contivessem um tesouro, algo que, embora nem ele nem ela compreendessem, poderia vir a se mostrar útil ou muito importante. Essa vaga esperança a levara a se calar, um pouco amedrontada. Mas se era só um gosto, era uma indecência! Ela também tinha seus gostos e adoraria poder se entregar a eles!

— Bom, mãe — disse Sebastián, espantado com o mau humor da mãe. — Então, se você quiser, posso dormir só de noite...

O coração de Adela parou de repente, como se estivesse prestes a cair num poço. Emudeceu e, depois de um instante, conseguiu perguntar com voz muito lenta e muito baixa:

— Então é uma coisa que você faz quando quer, sem motivo? Consegue se controlar?

— Sim, mãe, durmo quando quero dormir...

E ao ver o filho de pé diante dela, tão sozinho, tão esquisito, entregue àquilo que nem ele nem ela eram capazes de compreender, fitando-a com seus pobres olhos azuis tão sérios, sentiu que o amor tomava conta dela, e não pôde resistir a abraçá-lo e beijá-lo, e apertá-lo muito contra seu corpo.

— Não, não, meu nenê — dizia a ele. — Não, durma tudo que quiser.

Refletiu amargamente que Sebastián era a imagem viva do pai, bom moço, sim, mas talvez não muito inteligente. Pelo menos não tão inteligente quanto Carlos Zauze, chefe de seu departamento no escritório, que não a deixava em paz com convites e cantadas que, embora respeitosos, eram tentadoramente insistentes. Porque ninguém que tivesse algo... algo de valor dentro da cabeça poderia desfrutar de algo tão descolorido, tão insubstancial, quanto dormir o tempo inteiro. Enfim, no ano seguinte, quando entrasse no colégio, seria mais fácil avaliar as capacidades mentais do filho.

No colégio, Sebastián foi, se não um aluno brilhante, ao menos um rapaz muito cumpridor de seus deveres. Dócil e tranquilo, dava satisfações a todo mundo, mas nunca satisfações que o pusessem nos holofotes. Além disso, fazia-o de maneira impessoal, como se quisesse que as pessoas o deixassem em paz, para não entrar em atrito com colegas e professores. Nunca saía com amigos nos feriados. À tarde, depois das aulas, quando os garotos, empoeirados e cansados, param para comprar doces e fazer pequenas travessuras antes de se separarem, Sebastián ia direto para casa, tomava o chá, terminava as tarefas e assim, conquistado o direito de saciar sua vontade, deitava-se para dormir como quem não está disposto a desperdiçar nem um segundo. Aos sábados e domingos fazia a mesma coisa, dormia de sol a sol, ciente de que sua conduta e suas qualidades impediriam Adela de se queixar quanto a isso.

Não sem sobressaltos, Adela às vezes ia ao quarto do filho vê-lo dormir. Ali era sacudida pelo velho temor, temor e algo mais grave, ainda mais inquietante: respeito. Porque naquele sono adivinhava algo que lhe escapava, algo grande demais ou sutil demais para se deixar capturar pela rede um pouco rígida e limitada de sua imaginação. O mais perturbador era que Sebastián sempre sorria durante o sono. Não era o sorriso comum e apaziguador de uma criança sonhando com casas e luxos e automóveis, protegido por uma mãe bonita e um pai poderoso. Não. Era muito diferente. Era como se o espírito saísse do corpo dele para se alojar num mundo maravilhoso escondido detrás de suas pálpebras. Ele inteiro parecia guardado ali, dentro de seu sonho, sem deixar nada fora para confortar a mãe, que o observava solitária. Havia... uma intensidade selvagem, dando a impressão de que o sonhar de Sebastián era algo completo em si, poderosamente fechado, que se bastava por si só sem precisar de ninguém nem nada do mundo. Claro, tampouco precisava de Adela para o que quer que fosse: era uma sombra facilmente excluída de qualquer deleite. Para ela, vê-lo dormir significava intuir cruelmente, confusamente, tudo o que jamais tinha sido e jamais poderia ser ou compreender. E quando Sebastián completou quinze, dezesseis anos, era como se tivesse ultrapassado tanto sua pobre mãe que mal era capaz de enxergá-la, como um ponto insignificante um segundo antes de se dissolver ao final do caminho.

Àquela altura, Adela, já beirando os quarenta, não conseguiu mais resistir às atenções de Carlos Zauze, que a cortejava havia tantos, tantos anos. Era sua última oportunidade e precisava aproveitá-la, não podia continuar se encolhendo sozinha num quarto frio da pensão da senhora Mechita. Saiu para jantar e passear com seu admirador, foram juntos a bailes e cinemas e, durante um tempo, Adela foi arrebatada por aquela vida, por aquele entusiasmo novo. Passados dois meses, Zauze pediu-a em casamento. Ela aceitou, contente, e imediatamente se tornaram amantes. Enquanto o filho sonhava vagas improbabilidades no quarto ao lado, os sonhos de Adela eram povoados pela sensação de um bigode negro e pelo calor de pernas viris junto às suas; não estava mais sozinha, não estava excluída da vida pela misteriosa indiferença do filho. Contudo, pouco a pouco, uma vez consumado, o amor de Carlos Zauze foi minguando. Falava-se cada vez menos de casamento. Houve muitas lágrimas. Então, talvez por causa das lágrimas, falava-se cada vez menos de amor, e por fim quase deixaram de sair. Ficou claro que as intenções do chefe começavam a se voltar para outra direção, para a secretária do Departamento de Obras, dois andares abaixo, uma loira muito jovem, mas espalhafatosa demais, segundo lhe informaram suas colegas de trabalho.

Teve muita dificuldade para se consolar, mas ninguém poderia dizer que perdeu a dignidade. No entanto, havia um problema: tinha dito a Sebastián que se casaria e lhe daria um novo pai, e agora teria a incômoda tarefa de informá-lo de que a vida havia se encarregado de destruir mais uma de suas ilusões.

— Não vai dizer nada? — perguntou Adela ao perceber como suas confidências não comoviam o filho. — Pare de mexer nessa galheta, vai manchar a roupa de azeite. Pensa que comprar roupas para você não me custa dinheiro?

Fez bico e, enquanto assoava o nariz, acrescentou:

— Você não se importa com nada, esse é o problema.

— Me importo sim, mãe — respondeu Sebastián. — Por que você acha isso?

Adela choramingava, dizendo:

— Não, não. Para você, eu valho menos que nada. É um egoísta, já estou cansada de trabalhar e ficar sozinha. Devo estar muito velha, ontem mandei fazer óculos novos porque o oculista disse que tenho presbiopia...

Ao dizer isso começou a soluçar.

— Mãe, por favor, não chore... pegue, assoe. Já conversamos sobre isso do trabalho: esse ano termino o colégio e depois procuro um bom emprego. Quero começar a ganhar um dinheirinho para ajudar. Além do mais, já vou fazer dezessete anos e quero me dar alguns mimos...

Adela interrompeu repentinamente o choro e, olhando para ele seca de raiva, exclamou:

— Mas se você não gosta de fazer nada além de dormir feito um palerma!

Ao ouvir isso, Sebastián fincou os olhos na mãe e, todavia, era como se não a enxergasse. O coração dela parou, porque naquele olhar viu o retrato de tudo que a vida do filho tinha de incompreensível e inacessível, e mais uma vez se desfez em pranto. Contudo, entre lágrimas e lamentações, conseguiu perguntar pela primeira vez — se não perguntasse agora, não poderia mais perguntar, e era incapaz de continuar vivendo cercada de tanta aridez, de tanta solidão — o que dormir significava para ele.

— Como explicar, se nem eu mesmo entendo? — ele disse serenamente, enquanto Adela, já mais tranquila, mexeu o foco da lâmpada fazendo a luz rosada banhar o rosto do filho e deixando o seu na penumbra. — É como... como se tivesse nascido com o dom de dormir quando e quanto quiser. E, talvez por essa facilidade, é a única coisa que gosto de fazer. Mas nunca entendi direito o que acontece. Para mim, toda felicidade possível está em dormir, embora pareça algo tão pobre, tão absurdo, porém nasci para isso e nada mais no mundo me interessa. Tenho a sensação de ser feliz ao sonhar, de sonhar com algo verdadeiro e mágico, com um mundo de luz que ilumina tudo, não só para mim, mas para todas as pessoas, através de mim. Ao acordar, contudo, sinto como se uma porta se fechasse, encerrando o sonho, impedindo-me de recordar seu conteúdo, e a porta me impede de trazer para esta vida, para essa realidade onde vivem os outros, a felicidade do mundo sonhado. Preciso abrir essa porta. E para isso preciso dormir muito, muito, até derrubá-la, até lembrar a felicidade contida em meu sonho. Quem sabe um dia...

— Mas, filho, você está maluco, só quem morre consegue fazer isso...

— Não, mãe, morrer não. Os mortos não sonham. Para sonhar é preciso estar vivo, então preciso continuar vivendo. Não dediquei minha vida inteira a dormir, mas às vezes sinto que devo fazer isso, embora não saiba o que encontrarei atrás dessa porta. Talvez descubra ter sido um equívoco não viver como os outros, talvez não valha a pena saber o que a porta esconde. Mas não importa. O fato de cumprir um destino que me parece autêntico me justifica e dá razão à minha vida. Penso na vida dos outros e tenho pena, porque carecem desse centro, não conhecem o fervor que me atiça. E se atrás dessa porta houver o que acho que há... se for luz, se me permitir compreender e, ao compreender, explicar...

No ano seguinte, Sebastián arranjou um emprego e sua mãe parou de trabalhar. Adela havia envelhecido muito. Era como se ficasse terrivelmente cansada de ver Sebastián, como se pensar nele drenasse suas forças, fazendo-a secar. Em sua opinião o destino tinha sido duro com ela, exigindo muito e dando muito pouco em troca. Consolava-se jogando baralho com a senhora Mechita e falando por telefone de vez em quando com as antigas colegas de trabalho, para ficar a par de tudo que acontecia no escritório. Sua pequena aposentadoria e o salário de Sebastián bastavam para irem levando as coisas, e ainda moravam nos mesmos quartos da pensão, com vasos de samambaia posicionados no centro de toalhinhas imaculadas feitas de crochê e cheiro de cortina velha de felpa carcomida.

No escritório, Sebastián falava pouco com os colegas. Achava que estabelecer amizade e iniciar uma relação para além do puramente formal seria trair sua vocação para o sono. Tinha crescido bastante e era muito magro, feito de um material que parecia ceroso, muito frágil e transparente, diferente da carne. Isso lhe conferia um aspecto tão interessante que as mulheres do escritório, enquanto aplicavam pó no nariz ou ajeitavam imperfeições imaginárias no penteado, olhavam para ele rindo, lamentando que fosse tão jovem. Tinha olhos azuis muito estranhos, muito bonitos.

— Olhos de santo... — comentava uma das mulheres.

— Ou de artista... — opinava outra.

— Não, olhos de bom amante — corrigia a mais atrevida.

Contudo, quando Sebastián respondia a alguma pergunta ou brincadeira delas, fazia-o de maneira tão tranquila e afável, tão serena e limpa, que se sentiam derrotadas, como se, para ele, elas não passassem de carcaças vazias. Pararam de mexer com ele, e Sebastián conseguiu assumir a posição de uma sombra eficiente, sugerindo com seu silêncio pertencer a outra espécie, sem tempo ou disposição para participar de jogos desse tipo.

O chefe da seção, Aquiles Marambio, menos de dez anos mais velho que Sebastián, fez dele seu protegido. Como Marambio falava muito, e o fazia com o único intuito de escutar a si mesmo, não percebia que Sebastián ouvia sem prestar atenção. Costumava pedir para ele se sentar a seu lado e proferia longas palestras.

— Você tem um futuro estupendo aqui nesta organização, Rengifo, porque eu, que conheço bem as pessoas, percebo como é um sujeito sério e competente. Adivinhe quantas máquinas calculadoras nos mandaram dos Estados Unidos, umas máquinas modernas, preciosas. Só falta falarem. Não sabe? Oitenta! Imagine só o que podemos fazer com oitenta máquinas calculadoras! Bom, dá para fazer quase qualquer coisa, eu diria... absolutamente qualquer coisa. Não acha?

Aquiles Marambio era pequeno e magricela, tinha bigodinhos pretos muito finos e usava óculos de aros dourados. Apesar dos ternos escuros cinturados, já se notava nele uma pequena pança, e a papada ia perdendo um pouco do contorno de seu queixo anguloso, trêmulo como o de um garoto prestes a chorar quando alguém contrariava suas ordens ou faltava com capricho ou pontualidade.

Numa ocasião, depois de muita insistência do chefe, Sebastián aceitou um convite para jantar em sua casa. Ao sentar à mesa, Aquiles Marambio desdobrou o guardanapo, colocou duas pontas nos bolsos da jaqueta e ficou esperando o jantar, explanando para Sebastián os encantos de se ter casa própria, mulher própria, rádio e máquina de lavar próprias. Sua mulher, enquanto isso, sem desgrudar os lábios, sustentava um sorriso de aprovação, como quem ostenta uma arma defensiva, pois visivelmente seus pensamentos não estavam na mesa, mas na cozinha, rogando aos céus para a nova cozinheira não deixar a carne queimar.

Depois de muito tergiversar, Aquiles pigarreou e disse:

— Veja bem, Rengifo, queria falar com você sobre uma coisa.

— É?

— É — respondeu Marambio, e depois de um silêncio prosseguiu: — Veja, é o seguinte. No escritório todos te apreciam, por sua eficiência e bons modos. Mas, sabe, o principal num escritório é a união, é sermos todos como membros de uma família. Sem isso, não há eficiência possível. As pessoas simpatizam com você, mas não devo esconder: você está começando a perder essa simpatia. Acham você estranho... orgulhoso. Convidam-no para ir a festas e passeios, chamam para beber alguma coisa ou ver um filme, e você nunca aceita. Poderia me dizer o motivo?

— Eu saio muito pouco.

— Mas por quê? Na sua idade, deveria sair e se divertir. Pode estar jogando o futuro fora por algo insignificante. Por que sai tão pouco?

— Minha mãe é sozinha. Preciso lhe fazer companhia.

— Isso não é motivo. Sem dúvida, se ela entendesse a importância de você conviver com os colegas de trabalho, não se importaria de passar algumas noites por mês sozinha. E só isso já basta. Digo como amigo e como homem experiente...

— Bem, é que além disso sou muito preguiçoso. Gosto muito de dormir. Na verdade, prefiro dormir a passear...

— Não me diga que passa os sábados e domingos dormindo...

— Pode parecer estranho, mas sim. Sou muito dorminhoco...

Aquiles, cujo rosto sofreu um repentino acesso de riso, levou o guardanapo aos lábios para proteger a boca cheia de comida. Exclamou:

— Ouviu essa, Sara? Ouviu esse bobalhão? O grande hobby de Rengifo é dormir. Nunca escutei uma coisa assim na vida. Não sai e não gosta de beber, nem de andar com mulheres. É quase um vício...

— Sim, isso... — concordou Sebastián, acompanhando com uma risadinha as gargalhadas do chefe.

— Ouvi falar de muitos vícios, de mulherengos e cocainômanos a bêbados e sei lá o que mais, mas, garanto, é a primeira vez que alguém me diz ser viciado em dormir. Você é louco, homem! Se dormir o tempo todo, a vida vai passar sem que você note, e a vida é preciso viver. Veja o meu caso!

Sebastián sentiu-se tão incomodado e culpado que se sentiu na obrigação de oferecer ao menos uma explicação vaga:

— Sabe, dormindo eu sinto que descobrirei no sonho alguma coisa importante, mais importante que... bem, que viver...

— E se levar a vida toda para verificar e morrer antes? Terá perdido a vida inteira dormindo sem tirar nada disso.

— Sinto que encontrarei algo tão maravilhoso que estou disposto a me arriscar.

— Arriscar e um belo dia acordar morto para ser atirado, sem uso, na lata do lixo? Ah, não, não, isso jamais. Isso é loucura. É preciso viver a vida.

A conversa começou a esmaecer. Só para dizer algo, Aquiles propôs:

— Aposto contigo, vai morrer sem ver nada.

Rindo, Sebastián retrucou:

— Bem, se eu ganhar, você paga meu funeral.

Aquiles aceitou sem titubear.

— E se você ganhar, o que deseja? — perguntou Sebastián.

Aquiles lhe deu uns tapinhas nas costas, dizendo:

— Se eu ganhar, te mando para a vala comum. Que tal?

— Bem, está ótimo...

Apertaram as mãos para selar a aposta.

— Mas como vamos saber quem ganhou? — perguntou Aquiles, começando a hesitar.

— Acho que bastará olhar meu rosto para saber.

— Você é maluco...

Os dois riram. E ao se despedir de seu protegido, Aquiles aconselhou:

— O que lhe falta é energia, vitalidade. Por que não experimenta fazer exercícios como eu? Comprei uns pesos e uns elásticos, e todas as manhãs também faço algumas flexões. Talvez você encontre energia para se divertir e sair com mulheres...

Era mais ou menos a mesma coisa que sua mãe insinuava timidamente, desesperada porque o filho rejeitava toda forma de entretenimento, até ir ao cinema. Nas poucas vezes que conseguiu convencê-lo a levá-la, Sebastián pegava no sono imediatamente na escuridão da sala. Adela havia envelhecido muito, e seus olhos e ouvidos se debilitavam mais a cada dia. Era como se, lentamente, todas as suas faculdades fossem se apagando, dissolvendo. Havia sofrido tanto! Esse sofrimento era seu tema predileto nas conversas com a senhora Mechita, cujos dedos sardentos agora careciam da antiga destreza com o crochê, mas, por outro lado, mostrava uma disposição crescente para escutar as lamúrias dos outros. Numa ocasião, Adela transmitiu ao filho, conforme a senhora Mechita havia dito, o que ela mesma pensava:

— A senhora Mechita gosta muito de você, porque te conhece quase desde o nascimento, e acha que você está desperdiçando sua vida... para ela, você devia se divertir, sair para veranear, por exemplo. Precisa reagir, parar de dormir. Segundo ela disse, é como se você estivesse enfeitiçado, ela acredita nessas coisas...

Sebastián perdeu a paciência. Depois de gritar um pouco, baixou a voz e disse:

— O que mais me irrita é você dizer todas essas coisas como se fossem coisas da senhora Mechita. Por que não ser honesta e dizer que é a senhora quem pensa isso? Para mim já chega, mãe. Trabalho com muito gosto e cumpro com o dever de sustentá-la, por amor a você. Mas não deixarei ninguém, nem mesmo você, se meter na minha vida. Já sofro o suficiente por não lembrar de nada, apesar de meus esforços, nada da felicidade que fica escondida detrás da porta quando acordo. Às vezes, penso em abandonar tudo e me dispor a morrer de fome, se necessário for, para ter muito tempo de dormir e dormir e dormir e dormir... até a porta se abrir. Meu medo é essa vida ser curta demais. Por isso, se não tenho direito de dormir nas horas vagas do trabalho, não vale a pena seguir vivendo...

— Não vale a pena seguir vivendo para fazer o que você faz — respondeu Adela, batendo a porta ao sair do quarto. Trancou-se no quarto para gemer em voz alta, num volume que obrigasse o filho a escutar.

Sebastián percebeu a inutilidade de qualquer tentativa de explicar as coisas para a mãe. A inutilidade de explicar qualquer coisa para qualquer pessoa. Aquilo era muito maior do que ele e os outros. Arrastava-o para um propósito desconhecido, com ímpeto suficiente para arrancar suas raízes da terra, isolando-o, tornando-o incomunicável. Conforme crescia a angústia por não conseguir relembrar sua felicidade, sentia o processo inteiro se acelerando. Antigamente, na infância, dormia como quem passa o tempo, como se aquilo fosse um brinquedo um pouco misterioso, mas, ao fim e ao cabo, apenas um brinquedo, e, portanto, inofensivo. Naquela época dormia porque gostava, ou quando tinha tempo, ou simplesmente quando queria fazer isso. Mas agora quitava suas dívidas com a humanidade, sustentando a mãe, trabalhando, e, até certo ponto, participando das atividades dos seres vivos, e por isso sentia-se em pleno direito de dormir a sério, com toda a consciência de seu propósito, arrastado por uma autêntica e cada vez mais arrasadora necessidade de saber o que seus sonhos abrigavam. O que antes era um passatempo agora era sua razão de existir, e a isso dedicava todas as suas horas livres, presa de uma sede veemente de sono, como quem corre o risco de perder algo mais importante que a própria vida se deixasse de aproveitar todas, absolutamente todas as suas horas. Quando acordava, porém, a porta permanecia implacável, selada, deixando apenas um deslumbramento, uma ansiedade esgotadora de conhecer aquilo que tudo esclareceria, permitindo-lhe, ao mesmo tempo, encontrar-se com os outros seres.

De tanto matutar, de tanto ruminar a dura sina de sua vida e pensar nas poucas gratificações proporcionadas pelo inexplicável destino do filho, Adela foi empalidecendo e emagrecendo, triste e sozinha no fundo de seu quarto de pensão. Comprovou em definitivo que não era nada para Sebastián, mais um objeto num reino de objetos, merecedora apenas de um vago carinho. Era como se, deixando de levá-la em conta, o filho a tivesse apagado da vida, despojando-a de peso e contornos. Adela estava quase surda, muito cega e, ainda por cima, sentia muita dor nas pernas ao caminhar. Tossia quase o tempo inteiro. E um belo dia tossiu demais, e como não teve forças para chamar alguém capaz de ajudá-la, morreu como se finalmente se convencesse da própria falta de existência.

Ao retornar do funeral, Sebastián tirou o chapéu e as luvas e deixou-os sobre o mármore da penteadeira. Fechou as persianas do quarto, pediu para a senhora Mechita trazer comida duas vezes ao dia e se deitou para dormir, avidamente, como se o falecimento da mãe tivesse desfeito o último nó entre ele e o mundo. Dormiu três dias e três noites, os três dias de licença-luto concedidos pelo rosto compungido de Marambio. Quando acordou, a porta ainda estava fechada e a luz ainda estava oculta. Mas, e essa era a maravilhosa diferença, agora tinha certeza de que um dia, ainda que muito distante, se lembraria de toda a parte de sua vida escondida detrás da porta do sono. Bastaria se dedicar a isso. Essa nova convicção impeliu-o a se vestir, pentear o cabelo e sair de casa com destino ao escritório, sentindo-se leve como nunca, seguro, fortíssimo. Pediu para ser recebido pelo chefe. Ele o recebeu com um abraço fraternal, convidando-o a sentar-se na poltrona mais cômoda de seu escritório. Sebastián recusou o cigarro oferecido por Aquiles e disse:

— Vim pedir demissão.

Aquiles Marambio se levantou de um salto. Não compreendeu a decisão tão repentina. Por quê? Qual era o motivo? Como ganharia a vida? Não percebia o futuro invejável que tinha naquela organização? Como podia ser tão inconsequente? Mas Sebastián soube manter-se firme e resoluto. Era como se não visse nem ouvisse Aquiles.

Por fim, esgotado de tanto discutir sozinho, o chefe olhou Sebastián e, em tom de insulto, perguntou:

— E pretende fazer o que agora? Dormir o tempo inteiro?

— Sim...

— E para quê...? — Marambio continha sua ira.

— Não sei, preciso fazer isso, preciso saber...

Aquiles se levantou furioso e começou a gritar:

— Não me venha com essa lorota das visões! Você é um frouxo, o problema é esse, é um frouxo assim como todos que se julgam espíritos seletos! O que te dá direito a uma vida privilegiada? Não, não me venha com histórias. Você quer é curtir, não fazer nada, dormir e descansar. Nada de visões! Mas, aviso, você vai morrer sem chegar a ver nada. Bom... muito bem, agora caia fora. Ah, e quero avisar uma coisa, para você lembrar bem: depois não venha implorar pela minha ajuda. Nossa amizade termina aqui. Não sou amigo de vagabundos profissionais. Se quer descansar e curtir numa boa, precisa pagar as consequências até o fim.

Magoado, mas fitando-o serenamente, Sebastián perguntou:

— E a aposta?

Aquiles riu com desdém:

— E ainda tem coragem de continuar com essa brincadeira, mesmo agora? Muito bem, a aposta permanecerá como único laço entre nós dois. Mas você não sabe o prazer que será te mandar para a vala comum...

Ao sair na rua, Sebastián respirou fundo, como se o fizesse pela primeira vez. Agora, enfim, era dono de si, sem nenhuma amarra prendendo-o a nada nem ninguém, agora poderia dedicar toda a sua vida a dormir, e cada segundo de sono a mais o aproximaria daquilo, tornando cada vez mais possível abrir a porta. O que importava se o consideravam um inútil? Por acaso ele era na vida real algo além de um pobre empregadinho numa empresa de importações, morador de uma pensão com cheiro de cortina bichada? O sonho, por outro lado, embora ainda não fosse capaz de vê-lo, daria a ele armas poderosas, grandes e belas palavras, cores eloquentes, todo um sistema de claridades, coisas imensas e ricas, permitindo a ele, Sebastián Rengifo, fazer recuar de algum modo o limite da escuridão. Sim, agora tinha certeza. Ao que antes entregava uns poucos momentos livres, agora entregaria sua vida inteira. Viveria para dormir o maior número de horas possível, sem permitir intromissões da chamada "vida real". Não havia mais motivo para valorizar o que não passava de sombras: a comida, o bem-estar, as roupas, as diversões, as pessoas. Assim, vivendo sempre perto da porta, estaria pronto o tempo inteiro à espera de entrever a luz.

A única maneira de alcançar esse objetivo era se despojar de tudo. E, como nunca tinha gostado da cidade, ainda menos quando a primavera se insinuava como agora, vendeu os móveis, liquidou todos os seus pertences e, despedindo-se para sempre da senhora Mechita — que encharcada de lágrimas exclamava: "Você ficou maluco, filho, maluco!" —, saiu da cidade por uma estrada que levava ao Norte.

A paisagem o envolveu imediatamente, suavizando sua vigília ao emprestar-lhe um ar onírico. Os salgueiros balançavam a cabeça ao lado de lagos lentos e escuros, e o mesmo vento que revirava suas tristes mechas dotava de um vocabulário diferente cada planta, cada ramo, cada folha. Mais adiante, uma colina azul de eucaliptos tenros. As trilhas de uma bela terra castanha onde as crianças brincavam com os infindáveis cães dos pobres conduziam-no a um galpão de animais, anunciando-se desde longe pelo cheiro, ou ao fio de fumaça acenando do teto de uma cabana parcialmente escondida em meio às árvores. A casca de cada árvore ostentava o mapa de um tempo e função distintos. Sebastián, no meio de tudo isso, sentiu diminuir a distância que antes separava "a realidade diurna" da outra realidade, mais verdadeira, pois era como se todo aquele rico mundo exterior fosse incorporado à realidade oculta do sono. Sebastián, forte e jovem e contente com o verão que começava, trabalhava um pouco aqui, um pouco ali, nas granjas e plantações. Num sítio ajudou a dar banho nas ovelhas, em troca de permissão para dormir no corredor. Mais adiante participou da colheita de girassóis, e em seguida o encarregaram de colher batatas da terra negra. Depois seguia caminho, enquanto os tordos, como pedradas, ameaçavam a fragilidade azul do céu. Com o dinheiro ganho em três dias de trabalho, podia passar uma semana sem fazer nada; e usava esse tempo inteirinho para dormir, debaixo dos pessegueiros carregados de frutas, ou o ar livre, ou num palheiro. O sol queimou seu rosto e seus braços. Uma luz tranquila banhava seus olhos. Às vezes, muito de vez em quando voltava à cidade, avistava Aquiles Marambio, que ao ver Sebastián desviava o olhar ou atravessava a rua depressa para não ter que lhe dirigir a palavra, erguendo de longe um dedo enluvado, como quem o censura ou lembra de algo.

Pouco a pouco algo estranho foi acontecendo com Sebastián: tornou-se impossível para ele controlar o sono. Já não podia "dedicar-se" a dormir, livremente e quando desejasse, como no passado, pois o sono se apoderou de sua vontade, adquirindo uma independência e governando-o despoticamente. Agora, era acometido de repente pelo sono, sem motivo, à beira de uma estrada, por exemplo, e acabava obrigado a se aninhar ali mesmo, em meio às ervas daninhas sujas, para dormir. Inquieto, sentia o sonho extravasando suas fronteiras e inundando sua vida inteira. Pegava no sono em qualquer lugar, fosse dia ou noite, no frio ou debaixo de sol, durante a chuva ou nas horas de trabalho, e ao despertar crescia seu desespero pela lembrança negada. No entanto, quanto mais dormia, quanto mais atormentava-o saber-se excluído da própria felicidade, mais tinha convicção de que em algum momento veria a porta escancarada, acolhendo-o. Quando acordava, lembrava-se de uma proximidade prodigiosa. Mas nada além disso.

Um dia lhe entregaram uma foice, prometendo que, se ele cortasse todo o pasto de um determinado potreiro e guardasse tudo no porão, receberia em troca uma bela soma de dinheiro. Com isso, pensou Sebastián, teria o suficiente para dormir um mês todo sem se preocupar com mais nada, e o que poderia acontecer num mês inteiro de sono era incalculável. Com o torso nu e de foice no ombro, venceu o potreiro de uma ponta a outra. As copas das figueiras eram líquidas e murmurantes no vento recém-desatado, e em sua espessa sombra azul, sobre o musgo, repousavam dois patos brancos como camisas recém-lavadas que o vento tivesse deixado cair por descuido.

Sebastián escutou o alarido dos quero-queros e olhou as nuvens lentas em seu percurso sobre os dedos dos álamos. Disse a si mesmo: "Preciso me apressar. Tenho que cortar o pasto e armazená-lo depressa, porque esta noite vai chover...".

Trabalhou a tarde inteira. As nuvens estavam cada vez mais baixas e opacas. Sebastián ceifou o pasto com o ímpeto de quem luta para se salvar na tormenta de um mar vegetal. Quando já havia cortado tudo, soube-se derrotado. Olhou para o céu. Já caía água. Num instante o sono se apoderaria dele, irresistível. E pegou no sono sobre o pasto cortado, a chuva caindo sobre seu corpo e a colheita; a colheita de pasto que não demoraria a apodrecer. Ao despertar, os patrões, furiosos porque deixou a colheita estragar, recusaram-se a pagar. Sebastián partiu, caminhando muitos dias, porque de granja em granja corria a notícia de que em Sebastián não se podia confiar.

Tornou-se difícil para ele conseguir trabalho. Em cada lugar que lhe encomendavam alguma labuta, coisa rápida que fosse, acontecia o mesmo: pegava no sono sem conseguir se conter. Deixavam-no vigiando uma panela e o guisado queimava; pediam que cuidasse de um bebê e este caía do berço; mandavam-no levar uma carreta cheia de palha, e de cima da carroça, ainda no início do caminho, começava a aguilhoar os bois para conduzi-los, mas logo pegava no sono e a carreta se extraviava. A marca dos fracassados se gravou em seu caminhar e em sua voz e nos farrapos de suas roupas.

"Estou ficando velho...", refletia.

Teria sido fácil deixar-se morrer, atirar-se na frente de um caminhão numa estrada ou saltar de uma ponte. Mas Sebastián não estava disposto a isso, porque somente se continuasse vivendo poderia continuar sonhando. Sentia-se próximo de um objetivo, mas muito cansado. O problema era que para viver era preciso trabalhar e ninguém queria lhe dar trabalho. As pessoas se afastavam como se o temessem, ou como se trouxesse má sorte. Desesperado, uma tarde foi a um hospital de psiquiatria implorar para que lhe ensinassem a controlar o sono. Foi atendido por dois médicos jovens e sérios, benévolos como anjos vestidos de branco. Escutaram com paciência a história de Sebastián.

— Sim — disse um. — Mas isso não é doença...

— Não podemos tratá-lo aqui — acrescentou o outro com um pouco de pena.

— Mas tenho medo de morrer, doutor... — implorou Sebastián.

— Se você passa o dia inteiro dormindo, faz diferença estar morto?

— Não, não, me falta tão pouco, doutor. A porta já vai se abrir.

— A porta? Que porta?

Os médicos perceberam que Sebastián era dessas pessoas um pouquinho desequilibradas, mas não o suficiente para merecerem um tratamento intenso. Havia um excesso de gente doente de verdade, e era necessário reservar espaço para eles. Contudo, perceberam em Sebastián uma espécie de desamparo, não sabia aonde ir, e tinha muito medo de morrer antes de ver a misteriosa porta se abrir. Comovidos, os médicos deixaram-no permanecer alguns dias no hospital. Mas uma noite, quando faziam juntos a ronda das salas, chegaram à cama de Sebastián e, vendo seu sorriso, a beatitude que iluminava seu rosto, decidiram ser impossível manter por mais tempo no hospital alguém que dormia tão tranquilamente. Dispensaram-no na manhã seguinte.

Sebastián sabia que o fim estava próximo. Já não tinha trabalho, e vagava pelas ruas e pelas estradas, de casa em casa e de granja em granja, mendigando. Não se importava com nada ao seu redor, como se nada do que acontecia significasse nada.

Vivia num mundo crepuscular, povoado de sombras, de ecos, de esperas. Deixou crescer a barba e o cabelo. Foi tomado pela debilidade. Caminhava pelas estradas, pelas ferrovias, pelas ruas e avenidas da cidade e, quando o sono caía sobre ele, deitava-se em qualquer lugar para dormir. Uma vez um cavalo se aproximou para farejar seu rosto, pensando que estava morto. As pessoas se afastavam dele como se fosse um mago ou um pervertido ou um louco. Mas ele continuava dormindo, confiante, porque quando a porta ficasse aberta, todas as pessoas que agora fugiam dele entenderiam.

Às vezes ia à cidade, porque lá era mais fácil conseguir alimento. No mercado podia roubar pão ou um pedaço de peixe frito. Mas geralmente o reconheciam, e alguma mulher sufocada sob o peso de seus pacotes o encarava, gritando:

— Não tem vergonha, dorminhoco frouxo? Em vez de trabalhar pede esmola e rouba. É um nojo para a humanidade. Deviam te expulsar da cidade ou te jogar na cadeia. Ainda não é tão velho assim para não conseguir trabalhar.

Mas não conseguia trabalhar. O sono se apoderava dele imediatamente, como se ficasse indignado ao vê-lo fazendo coisas que o afastavam de seu domínio. Uma vez foi flagrado roubando, e o levaram preso. Soltaram-no logo depois, mas ficou marcado como delinquente, e os que antes sorriam com certa benevolência diante de seu pecadinho de vagabundagem agora atravessavam a rua ao vê-lo se aproximando.

Chegou o inverno, mais um inverno, e com ele Sebastián teve certeza de que iria morrer. Já não lhe restavam forças. Mas se conseguisse viver mais algumas semanas, se encontrasse o que comer e onde se refugiar, para poder dormir, ele achava que enfim lembraria, entenderia, falaria. Morrer antes seria um fracasso. No entanto, a esperança de Sebastián era robusta, a única coisa inabalável para ele. Era o fim. Porém talvez também o triunfo.

Fazia muito frio. Sob as árvores negras e tesas do parque ao amanhecer, Sebastián às vezes encontrava pássaros mortos por causa do frio. Para tentar reanimá-los, soprava sobre suas penas cinzas que, duras da geada, não se moviam. Na cidade vivia debaixo de uma ponte e, cercando-se de cães piolhentos para se aquecer e se cobrindo de jornais velhos para barrar a entrada do vento, conseguia dormir muito, quase o tempo todo. Sabia que já, já lembraria de tudo, já, já a porta se abriria. Bastava se aferrar à vida por mais alguns dias, arrumar um pouco de pão, proteger-se um pouco do gelo e da geada. Era difícil. Às vezes encostava o nariz na janela de um açougue e ficava olhando o vermelho quente dos animais destripados pendurados pelos ganchos, e quando alguém abria a porta para sair, o cheiro espesso e sanguinolento lhe aplacava um pouco a fome e o frio.

De repente, um dia, teve uma ideia.

Visitaria Aquiles Marambio, que não morava longe. Talvez se comovesse ao ver seu estado de miséria. Talvez, esquecendo-se da promessa feita anos antes, tantos, tantos anos antes, lhe desse comida e o abrigasse por alguns dias, embora Marambio não tivesse reconhecido Sebastián nas últimas vezes que se cruzaram na rua. Talvez...

Sebastián fez um cone de jornais para proteger a cabeça e, lentamente, atravessou a tarde fria, as ruas e as sombras das casas e das árvores e dos lampiões apagados, olhando de vez em quando para o céu plúmbeo cortado pelos cabos, até chegar à casa de Marambio. Acima dos telhados, as nuvens recobriam quase todo o vermelho restante do crepúsculo. A noite caía. Ia nevar. Sebastián tocou a campainha da casa de Aquiles Marambio. Abriu a porta uma criada vestida de preto com avental de musselina branca.

— Poderia falar com Aquiles Marambio? — perguntou Sebastián.

— Com don Aquiles? — a criada enfatizou o don. — Está comendo. Vá pela porta dos fundos, na outra rua; esta porta é para as visitas. Quem gostaria?

Pronunciar seu nome, Sebastián Rengifo, foi como abrir a portinhola de uma gaiola e deixá-lo escapar, como um pássaro, para sempre. Aguardou ao lado da porta dos fundos, num beco onde o vento aprisionado chorava. Sebastián enfiou mais fundo na cabeça o chapéu triangular de papel-jornal e amarrou bem os trapos velhos que cobriam seus pés. Já sem rosto, sem nome, sentou-se no umbral da porta para esperar. A porta enfim se abriu. Apareceu Aquiles Marambio, muito gordo pelos anos, com um grande guardanapo branco preso debaixo da papada.

— Quer falar comigo? — perguntou.

— Sim... Não lembra de mim?

Marambio limpou com a ponta do guardanapo o vapor que embaçara seus óculos quando saiu no frio. Atrás dele, no fragmento de cômodo revelado pela porta, algumas pessoas riam em torno de uma mesa servida.

— Não lembro. Anda, diga logo o que quer, está frio e tem muita gente gripada...

Uma lágrima gelou as pálpebras de Sebastián.

— Se não vai dizer logo o que precisa, vou fechar — ameaçou Marambio.

— Não me reconhece — balbuciou Sebastián.

— Não, homem, não reconheço. Como é que vou conhecer todos os vagabundos da cidade? Além disso, com essa barba e essa sujeira...

— Vinha pedir algo de comer e um teto onde morar por uns dias, senhor. Vou morrer, e não posso, não antes de ver a porta aberta... por favor...

Uma nuvem de reconhecimento obscureceu o rosto de Marambio.

— Antes do quê? Que porta?

— ... a porta para que eu possa ver...

— Não, não, não. Vá embora daqui. Não vai morrer. Ainda não está tão velho a ponto de não arranjar trabalho. O senhor escolheu ser assim... vá embora. Boa noite. Eu não tenho nada a ver com o senhor.

E fechou a porta.

Sebastián se encolheu o quanto pôde para dormir no umbral.

Durante a noite o céu abriu e as estrelinhas, mal piscando, olhavam argutas do céu terrivelmente escuro e profundo, de onde caiu uma dura geada. E na manhã seguinte, domingo, o céu amanheceu limpíssimo, azul e frágil e fino como uma imensa pipa. O sol não esquentava as ruas, mas a luz nítida demarcava todos os ângulos e contornos.

Don Aquiles Marambio, sua senhora e as duas filhinhas, de seis e sete anos, saíram cedo para ir à missa. Assistiram ao Santo Sacrifício com toda unção, e retornaram lentamente pelas calçadas ensolaradas, cumprimentando os conhecidos, parando de vez em quando para pisotear o chão, batendo palmas para desintumescer os dedos. Alguns passos mais adiante, María Patricia e María Isabel, quase do mesmo tamanho, enfeitadas com gorros de pele branca e mangas da mesma pele, deixavam, orgulhosas, os passantes admirarem a correção de seu porte e o luxo de suas vestimentas.

Ao entrarem no beco onde ficava a porta dos fundos da casa, as penas de vapor que se elevavam tão serenamente das quatro pessoas da família Marambio se interromperam de repente. Aquiles e a senhora pararam. As garotas, com gritinhos, buscaram refúgio junto às pernas dos genitores. Porque ali, no umbral da casa, jazia uma forma humana peluda e suja, coberta de jornais úmidos. Aproximaram-se com cautela. Marambio moveu a forma com o pé.

— Está morto... — murmurou.

A mulher se agachou para tirar o gorro que cobria seu rosto. Marambio exclamou:

— Não seja idiota. Deixe-o aí. Para que ver a cara dele?

Mas a mulher já o tinha feito, e o rosto do morto, por baixo da barba e da sujeira, parecia transfigurado por uma expressão de tal gozo, de tamanho enlevo e alegria, que María Patricia, aproximando-se dele sem medo, exclamou:

— Olhe, papai, que lindo. É como se tivesse visto...

— Cale a boca, não diga besteiras — exclamou Marambio, furioso.

— É como se tivesse visto...

Antes que Maria Isabel pudesse dizer o que o morto parecia ter visto, Marambio agarrou as duas filhas com violência e as empurrou para dentro de casa. Elas, de mãos dadas, obedeceram sem os queixumes e choramingos costumeiros de quando o pai as contrariava, conversando entre si sobre como eram bonitos os mortos, prometendo-se nunca mais dar bola para gente grande, que tinha tanto medo deles. Marambio telefonou para polícia e informou que um vagabundo havia amanhecido morto no umbral de sua porta de serviço. E como don Aquiles era um homem honrado, e também dotado de grande senso cívico, propôs que, como havia amanhecido em sua porta, o cadáver não fosse jogado numa vala comum. Ele se encarregaria dos gastos do funeral, não de primeira linha, claro, isso seria absurdo, mas um bom funeral de terceira; afinal, um vagabundo sem nome não teria contado com esse luxo.

Ana María

1.

"Que estranho deixarem uma menininha tão pequena sozinha num jardim tão grande!", pensou o velho, enxugando o suor do rosto com um lenço e depois guardando-o de novo no bolso da jaqueta surrada.

De fato, a menina era pequeníssima, mal devia ter completado três anos, e era como uma molécula flutuando por um instante e desaparecendo logo em seguida em meio aos troncos de nogueiras e castanheiras, lá no fundo da perspectiva azul vertida pelas folhagens. Os olhos do velho buscaram a menininha: parecia ter sido devorada pela desordem vegetal, por aquele silêncio habitado apenas pelo zumbido de insetos e a correnteza de um riacho extraviado em meio aos tufos de ervas daninhas e amoras. O homem se inquietou por um instante ao não enxergá-la. Logo, porém, seus olhos encontraram a pequena figura agachada numa ilhota de flores amarelas que, no trecho de sombra mais espessa, imitava uma nesga de sol. Então o velho suspirou aliviado, murmurando:

— Pobrezinha...!

Sentou-se debaixo da sombra projetada na calçada pelo salgueiro situado num canto da propriedade. Com galhos secos, foi fazendo um fogo minúsculo, onde pôs para esquentar um pequeno jarro contendo seu chá. Pegou um pedaço de pão, tomate, uma cebola e comeu, pensando como era estranho não ter visto a menininha antes. Sempre dera por vazio aquele prédio cercado de arame farpado, embora às vezes pensasse divisar em meio às árvores do fundo uma casa de construção provisória, pequena e indigna de sua localização. Havia esquadrinhado o jardim em mais de uma ocasião, estranhando nunca ver alguém. Depois parou de estranhar.

Todos os dias ia até o salgueiro almoçar e dormir um pouco ao lado daquela ilha de verdor, a única vegetação do bairro. E às duas da tarde voltava à construção em que trabalhava, duas quadras mais adiante na rua onde quase todos os terrenos ainda estavam sem casas e secos.

O homem se deitou de bruços ao lado da cerca. Protegido do calor brutal do meio-dia, escutava a correnteza do córrego e, atento ao levíssimo agitar das folhas, vigiava o jardim. Ao longe, talvez brotando espontaneamente como parte da vegetação, viu a menina: diminuta e quase nua, estava em pé perto de um tronco volumoso no qual uma trepadeira de rosas se enrolava com urgência quase animal. Passou um tempo observando-a: como corria em meio aos arbustos enquanto brincava, como se afastava de repente, como uma sombra especialmente densa diluía seu pequeno corpo branco. Mais tarde o homem limpou o jarro e, depois de pisotear para apagar o fogo, voltou ao trabalho.

Terminada a labuta do dia, o velho não foi embora com o grupo de pedreiros que seguiram rindo e sacolejando as mochilas cheias de roupa. Ficou para trás com o intuito de parar diante do jardim e ver se enxergava a menininha. Mas não a viu.

Ao anoitecer, sentou-se para fumar ao lado da porta da cabana onde vivia, no lado oposto da cidade. Sua mulher, de cócoras na entrada, soprava o braseiro no qual colocaria uma panela tão logo o carvão ficasse vermelho. O velho não sabia se contava ou não a ela. Em trinta ou mais anos de casado, nunca conseguiu compreender o que podia dizer à mulher sem irritá-la... embora na realidade fosse indiferente à irritação dela havia muito tempo. Então contou ter visto uma menininha muito pequena, sozinha num jardim muito grande.

— Sozinha? — por um instante, alguns sulcos suavizaram o rosto da mulher.

— E era loirinha... — acrescentou o homem em voz baixa.

Ao ouvir o tom do marido, a rigidez voltou a pesar no rosto da mulher, que soprou o braseiro com força, fazendo uma fileira de centelhas estralar na noite miserável. Depois entrou para pegar a panela, com a certeza, agora mais que nunca, do desprezo do homem. Aquela era, sem dúvida, a hora tão esperada, em que o homem, cansado de odiar em silêncio seu fracasso como mulher, a chamaria de "mula". "A Mula", como lhe chamavam orgulhosas as comadres da comunidade que, angustiadas pela necessidade de alimentar inúmeros filhos, sempre evitaram qualquer trato com a mulher azeda e silenciosa. Ao longo dos anos, havia se escondido sob uma nuvem de mau humor e desolação, à espera do momento de se retirar e ceder seu espaço a outra, mais merecedora. No início, quando ainda lhes restava algum traço de juventude, o homem sentiu um pouco de pena dela. Mas depois era muito difícil acessá-la. E, ao envelhecerem, já havia se acumulado tanta distância entre os dois que a única relação tangível e positiva que ainda existia entre os dois era uma indelicadeza quase muda.

Naquela noite, a mulher serviu de má vontade o prato de sopa do marido. Ele comeu com a colher, e dessa vez não pensava em como era a mesma sopa de sempre, da qual nunca, em todos os anos de casado, chegou a gostar. Depois foram se deitar. A mulher costumava se mexer e falar enquanto dormia, e o homem frequentemente tinha dificuldade para conciliar o sono. Mas às vezes ela ficava tensa, acordada até altas horas, e nessas ocasiões não se mexia. Na noite em que o homem contou ter visto uma menininha muito pequena, sozinha, num jardim muito grande, a mulher permaneceu calada, tranquila, como se aguardasse.

Todos os dias, na hora do almoço, o homem se deitava na calçada assombreada pelo salgueiro, perto da cerca, olhando o jardim. Às vezes via a menininha, ao longe, quase nua, sempre sozinha, flutuando naquela ilha de luz vegetal. Mas em outras não conseguia vê-la porque pegava no sono, tão frágil era sua velhice diante do calor e do trabalho do dia. Como não tinha ninguém com quem comentar, aconteceu de muitas vezes dizer algo sobre a menininha à esposa, cujo espírito foi se encolhendo cada vez mais, até não haver mais entre eles sequer a indelicadeza de antes.

Certo dia, o homem acordou sobressaltado debaixo do salgueiro. Esquadrinhou a extensão do jardim sem ver ninguém. Mas de repente, atrás da cerca, onde a sombra de um arbusto pesava mais, viu dois olhos imensos, profundos, claros, fitando-o fixamente da escuridão. O medo tomou conta dele.

Eram os olhos da menininha. Seu corpo foi se descolando dos reflexos verdes das folhas. O homem, envergonhado, como se cometesse alguma infração ao dormir sob um salgueiro de propriedade alheia, começou a se levantar para sair. Contudo, antes que pudesse fazê-lo, a menininha havia se aproximado da cerca, exclamando:

— Meu amô...!

Neutralizado todo o assombro do velho, ele sorriu.

— Dindo...!

Os olhos da menininha eram tão grandes e claros que pareciam fosforescer no pequeno rosto demarcado por uma franjinha loira. Os dois ficaram se olhando imóveis. Então o homem perguntou:

— Qual é seu nome, senhorita?

Ela não compreendeu de imediato, e o homem precisou repetir a pergunta. Dessa vez a menina respondeu, sorrindo:

— Ana María...

Incapaz de resistir, o velho enfiou uma mão entre os arames para acariciar o cabelo de Ana María. Ela ficou séria, como se meditasse. Depois, rindo, olhou-o direto nos olhos turvados pelo assombro e mostrou a sacola pendurada no braço. Exclamou:

— Boua... bouinha!

— Que linda a bolsa da senhorita!

— Dinda! Dinda tu, meu amô! — exclamou Ana María.

E, afastando-se dos arames, quase dissolvida pelas sombras das folhas, agitou uma mão, despedindo-se do velho. Então se perdeu entre os arbustos do jardim.

"Pobrezinha!", o homem disse a si mesmo.

Naquela noite, contou à mulher que a menininha se chamava Ana María. Não contou mais nada. No entanto, o corpo da mulher se encurvou selvagemente, humilhado sobre a tina onde fervia a roupa. Mais tarde, disse ao marido que naquela noite não havia nada para jantar. Mas isso era comum para o velho, que foi se deitar cedo, pois dormindo não se sente a fome. A mulher se deitou em silêncio e muito quieta ao seu lado.

2.

Na casa do fundo do jardim, o pai e a mãe de Ana María estavam deitados lado a lado na cama estreita e desarrumada. A ficção de luz subaquática que atravessava as persianas verdes fechadas caía sobre os corpos brilhosos de suor, inundando a pequena alcova. Um zum-zum-zum persistente de moscas, varejeiras, mantinha o ar palpitante, o ar úmido cheirando a corpos exaustos e cigarros e lençóis usados.

O homem se mexeu de leve. Passou a mão no peito e na barriga para secar o suor, e ao limpar a palma no travesseiro sujo fez uma careta de nojo sem abrir os olhos. Depois os entreabriu lentamente, como se o suor pesasse demais em suas pálpebras, e ficou de lado, observando o corpo da mulher. Era belo, belo e branco.

Grande e carnudo demais, talvez, mas belo, e ao tocar o lençol o contorno daquele corpo foi destacado por uma dobra de carne pesada e abundante. O homem sabia que ela não estava totalmente adormecida. Em sua carne alva, onde o pescoço se unia ao peito, viu estampado um fio do próprio cabelo, preto, potente, cacheado. Retirou-o lentamente, deixando um breve sulco avermelhado na cútis, que foi empalidecendo. Depois, com gestos muito suaves, matou vários insetos pequeníssimos e muito verdes, vindos do terreno do jardim, onde tudo se propagava, tudo crescia, para se instalarem na pele da mulher. Havia um bicho quase invisível na axila dela, descoberta porque dormia com os braços cruzados atrás da cabeça: esmagou-o com precisão calculada. A mulher sorriu. Ele lhe acariciou os pelos da axila, o avesso do braço, ainda mais branco que o resto do corpo. A mulher se virou para o homem e ficaram abraçados.

Depois cochilaram mais um pouco. Por fim, abrindo os olhos completamente, o homem exclamou:

— São duas da tarde! Estou com fome!

A mulher se espreguiçou, murmurando em meio a um bocejo:

— Acho que não tem nada para comer...

Os dois bocejaram juntos.

— Vi ovos...

— É que já dei os ovos para a pequena de manhã.

— Bá! E daí? — disse o homem, virando-se na cama e pegando no sono com uma perna pesada sobre a coxa da mulher.

Ela se libertou desse peso, endireitando-se um pouco. Deixou uma mancha de suor no lençol. Apoiou-se nas costas amplas e duras do marido, e seus dedos brincaram nos músculos dos ombros dele. Mas não. Reconsiderando, fez um esforço. Pegou um pente que encontrou no chão junto à cama, ao lado do cinzeiro cheia de cigarros pela metade, e com um movimento ágil reuniu no alto da nuca os cabelos úmidos. Depois enfiou os pés nos sapatos de salto alto brancos e sujos e, nua, foi até a cozinha.

De fato, não havia nada além de ovos na geladeira. Ao ver os pratos sujos do café da manhã e da janta da noite anterior, fez com os ombros um gesto de indiferença e pegou pratos limpos para não precisar lavar os outros. Enquanto cozinhava ligou o rádio, um programa de música dançante e barulhenta. Ia marcando o compasso da música com o salto alto do sapato. Balançava o corpo nu enquanto mexia os ovos.

— Você me acordou com sua música — gritou o homem do quarto.

— Bá! Já dormiu o suficiente!

O homem se levantou. Começou a fazer exercícios em frente a um espelho grande. Entre uma flexão e outra, perguntou:

— Escute. Onde anda a pequeninha?

— Por aí... — respondeu a mulher. — É domingo, então sabe que não pode incomodar...

— É muito nova para saber que é domingo.

— Mas sabe que não pode incomodar quando você está aqui.

A mulher serviu o prato do marido e da filha. Virou a própria comida numa xícara, porque não conseguiu encontrar outro prato limpo e não se animou a lavar os outros. Colocou um roupão, o marido vestiu a cueca, e depois de chamar Ana María aos gritos da porta de casa os três se sentaram à pequena mesa da sala, onde costumavam comer.

Quando Ana María viu os ovos, disse:

— Não quelo.

Mas eles não escutaram, porque estavam rindo das piadas de uma revista ilustrada. Mais tarde a mulher viu que Ana María não tinha comido e olhava fixo para ela com os olhos enormes e claros, muito transparentes. Ficou incomodada e disse secamente a ela:

— Coma...!

Ana María olhou os ovos e disse outra vez:

— Não quelo...

— Então pega um pão e cai fora...

Ana María saiu.

— Comeu hoje de manhã? — perguntou o homem.

— Sim, acho que sim. Eu estava meio zonza, então não reparei...

— Zonza? Por quê?

— E ainda pergunta depois de tudo aquilo ontem à noite? Seu animal!

Riram.

— Lave os pratos depressa...

— Nem pensar. Acha que me casei com você para ser empregada de vocês dois?

Deixando tudo bagunçado do jeito que estava, voltaram ao dormitório. Depois de alguns momentos de jogos ambíguos e cochilos, o homem propôs:

— Escute. Vamos ao cinema hoje de noite?

— Boa, mas precisamos deixar a pequena dormir antes, trancada aqui.

— Bom... como sempre.

— Sim. Mas anda tão estranha, não sei o que ela tem. Não reparou? Às vezes a vejo... não sei, é como se me desse, bem... medo. Veja só, outro dia, quando voltamos do cinema, estava acordada, só fingiu que estava dormindo, e era perto de uma da manhã...

— E? Qual o problema disso?

— Não sei, é tão novinha.

— Não seja boba. Que importância tem? Tem o dia inteiro para dormir se quiser.

— Sempre foi meio estranha. Acho até que começou a falar atrasada. Repare só, não gosta de brincar com nada além desse saco onde guardo os sapatos... sei lá que graça vê nisso... Chama de bouinha.

— Hmm... é estranha...

— E até um pouco chata às vezes quando me olha fixo com esses olhos de animal dela. Escute só, outro dia, do nada, eu estava dormindo na cadeira de lona do jardim, sabe como o calor me deixa com sono...

Rindo, a mulher acariciou os pelos úmidos do peito do marido.

— ... bem, e eu tinha pegado no sono. De repente acordei. A primeira coisa que vi, não muito perto, na sombra daquela tília, foi a pequena, ou melhor, os olhos da pequena, me olhando feito doida das sombras. Quando percebeu que eu tinha acordado, saiu correndo.

— Bá! Mas como você é boba! E que mal tem isso?

— Não sei, mas é estranho. E outro dia. Veja só, ela tinha ficado a manhã inteira às voltas querendo colo ou sei lá o quê, sem dizer nada e sem chegar muito perto. Mas eu não estava a fim de fazer nada, estava meio cansada, não sei...

— E quando não, sua preguiçosa!

— ... até que acabei pegando-a no colo. Então começou a me abraçar e rir e a me fazer tanto carinho, de um jeito tão puxa-saco, que me deu, sei lá... algo parecido com medo ou repulsa. Mas às vezes também é uma queridinha, ah. E estava me chamando de "meu amô" e "dinda", sabe, as primeiras coisas que aprendeu a dizer, sabe deus onde, porque você nunca me chama assim...

— Nunca? Como nunca?

— Não. Nunca...

— Mas te chamo de coisas melhores.

— Bom, mas dessas não. Bom, estava me fazendo um monte de carinho e eu ali assustada, quando, sabe o que ela fez?

— Não...

— Mordeu minha orelha.

O homem riu.

— Mordeu sua orelha? E como essa diabinha descobriu que você gosta?

— Não seja besta, não foi desse jeito. Não ria, olha aqui, me mordeu, e não foi de leve, não. Mordeu muito forte, como se quisesse arrancar um pedaço com seus dentes pequeninhos e afiados.

Doeu tanto que dei um guincho e a soltei. E saiu correndo a toda a velocidade, como se soubesse que tinha feito coisa errada. Era de manhã. Não voltou para almoçar, ficou fora o dia inteiro. E você sabe que não tenho saco de procurar no jardim, lá naquele lado onde ficam as árvores, então não fui atrás dela. Mas de noite ela chegou, com cara de medo, e precisei dar um castigo...

— E o que fez com ela?

— E eu sei lá! Como quer que eu me lembre?

O homem riu de novo, dessa vez de uma piada da revista ilustrada, que não parou de folhear durante a conversa. Sentia junto ao corpo toda a silhueta um pouco umedecida da mulher. Fumaram, e um deles foi buscar o rádio para ouvir música. A luz verde das persianas e do jardim começou a empalidecer.

3.

O velho continuou indo almoçar todos os dias debaixo do salgueiro. Já não era preciso esquadrinhar o jardim, porque a menininha sempre o aguardava junto à cerca. De alguma forma parecia adivinhar a hora, e se o homem chegava atrasado olhava-o com certa dureza. Mas logo sorria para ele, murmurando:

— Meu amô. Dindo...

O velho, com esforço, levantava Ana María por cima da cerca para sentá-la ao seu lado. Deixava-a acender o fogo para esquentar o chá. Então comia pão, e em raras ocasiões um pedaço de carne, cebolas e tomates, compartilhando seus cozidos com ela, que sempre parecia faminta.

Certa feita, um operário da construção surpreendeu a conversa do velho com Ana María. Desde então os colegas não o deixaram mais viver em paz.

— Escute, velho apaixonado! E aí? Como vai seu amorzinho?

Ouvia suas risadas pacientemente. Enquanto isso, empurrava o carrinho de mão cheio de argamassa; as pernas, trêmulas em razão da idade, mal o sustentavam em sua descida pela tábua. Os olhos turvos de terra e suor quase não viam os operários jovens que debochavam dele lá em cima dos andaimes.

— Escute, velho diabo! Cuidadinho, daqui a pouco te levam preso!

E pensando no que Ana María lhe dissera na hora do almoço, o rosto enrubescia por baixo da sujeira.

A menina havia sentado ao seu lado à sombra, abrindo de repente seu inseparável saco para mostrar um par de sapatos.

— Papato! Dindo pezinho?

Também levava dentro do saco uma fita amassada, mas reluzente. Com mãos desajeitadas, o velho prendeu o cabelo loiro da menina, e ela, satisfeita, apalpou a rosa de fita azul-celeste. A garotinha também mostrou outras coisas, um dado, uma caixa de remédios, outra de fósforos, a cabeça esmigalhada de uma boneca. Foi a última coisa que tirou do saco, como se não quisesse que o amigo a visse, como se ela mesma não quisesse vê-la. Era uma cabeça loira, bochechuda, de rosto sensual e satisfeito.

— E isso? O que é isso, senhorita?

Os olhos de Ana María de repente se encheram de lágrimas, que ficaram suspensas ali sem cair, ampliando-os prodigiosamente.

— Má... — murmurou a menina.

— Por quê?

Então agitou com veemência o brinquedo quebrado, exclamando:

— Má, má, má...

E atirou-a no jardim. Nesse momento seus olhos transbordaram e ela ficou imóvel, olhando para o velho, as bochechas encharcadas e as pálpebras úmidas.

O velho pegou Ana María nos braços, aconchegando a cabeça dela em seu ombro, até o pranto silencioso amainar. Limpou as lágrimas dela com o próprio lenço. Então a menina disse a ele, acariciando com a mão diminuta o rosto sulcado do velho, com a barba por fazer:

— Dindo... dindo, meu amô...

E depois o homem foi embora contente. Toda tarde, fumando na porta de sua cabana, via cair a escuridão sobre os telhados improvisados do povo. Ali também pensava naquela menininha tão pequena, sozinha num jardim tão grande. Sem fazer projetos, sem relembrar incidentes, abria-se inteiro para permitir-se inundar pela presença de Ana María. E sua mulher rondava quase sem olhá-lo, certa de estar próximo o momento de partir, de ceder seu lugar para outra.

Passou-se um tempo e a construção em que o velho trabalhava foi concluída. Dispensaram os operários, que logo encontraram novas ocupações, mas ninguém quis dar trabalho a um ser tão frágil como o velho. Ele compreendeu a situação sem rodeios. Por outro lado, inquietava-o pensar em Ana María, esperando por ele ao lado da cerca no extremo oposto da cidade, para falar um pouco com ele e ganhar pão e cebola.

A mulher era lavadeira e com isso se mantinham. O velho tinha certeza de que ela jamais esfregaria isso na cara dele, embora seu silêncio tivesse adquirido uma consistência quase sólida. Mas a mulher não dizia nada porque não tinha direito a nada. Apenas o observava sentado na porta da cabana, pela manhã, ao meio-dia, ao entardecer, meditando. De mãos abertas, uma apoiada em cada joelho, um sorriso leve, parecia contar os segundos contidos em cada hora. Os lábios do velho se moviam quase imperceptivelmente. "Pobrezinha!", a mulher lia neles, e nessa palavra dita para outra encontrou sua própria condenação.

No entanto, o homem foi ver a menininha duas ou três vezes. Roubava um pedaço de pão da mulher e, murmurando entre dentes que ia procurar trabalho, saía muito cedo. A mulher sabia que não era verdade.

O velho caminhava lentamente, descansando de vez em quando ao lado de alguma árvore num parque, juntando do chão alguma página de jornal para ler enquanto repousava. E quando se sentia descansado, continuava caminhando, lentamente, até atravessar a cidade inteira e chegar ao jardim onde Ana María o aguardava na mesma hora dos antigos almoços debaixo do salgueiro.

A primeira coisa que o velho enxergava eram os olhos fundos, azuis, brilhando furtivos em meio aos galhos. Ao vê-lo chegar, a menininha se aproximava alvoroçada para que o amigo a levantasse por cima da cerca. Então, comendo e falando debaixo do salgueiro, era como se nada no mundo pudesse perturbá-los.

A mulher não conseguiu suportar a situação por mais tempo. O pouco que lhe restava de um mundo que nunca tinha sido abundante, e fora minguando com os anos, enfim desmoronou. Passava os dias trabalhando duro, com ferocidade, para matar dentro de si tudo que se atrevia a sentir. Mas antes de se entregar por completo ao inevitável, algum rescaldo de energia escondido levou-a a tomar uma decisão.

Um belo dia comprou um saquinho de balas e, depois de pegar um ônibus, dirigiu-se ao jardim vizinho à construção onde morava a garotinha. Instalou-se debaixo do salgueiro. Era, na realidade, imenso e verde o jardim, um luxo de árvores e de frescor e de amplitude. Perto dela, na sombra, restavam ainda as manchas negras das fogueiras onde o marido aquecia o chá. Sentou-se para esperar.

De repente, avistou ao longe a menininha chapinhando no córrego, o corpo branco ferido pelos reflexos da água. Ao divisá-la, no coração da mulher se emaranharam o espanto, a mudez, o ódio. Pôs-se de pé junto à cerca de arame farpado para que Ana María a visse ao longe e chegasse mais perto.

Mas Ana María não olhou para ela. No entanto, tirou os pés da água e, pouco a pouco, sem que a mulher soubesse como, contornando arbustos e silvas, foi se aproximando do salgueiro. Mas se manteve emboscada a certa distância.

Então a mulher viu os olhos fundos, azuis, fitarem-na com severidade da sombra, aprisionando-a em sua claridade hostil. Num último esforço, a mulher tirou de algum canto um sorriso. Mas a menininha permaneceu quieta detrás do arbusto, olhando para ela. A mulher começou a fraquejar. Tudo havia sido em vão. Tudo, sempre, foi em vão. Como último recurso, mostrou a ela os doces, dizendo:

— Quer um doce, senhorita?

A menina balançou a cabeça dizendo que não. A mulher insistiu:

— Estão gostosos...

— Não quelo... — respondeu Ana María.

Finalmente, uma máscara de desolação e fracasso desabou no rosto da mulher. Preparou-se para ir embora. Nesse momento, a menininha avançou alguns passos:

— Má! Má! Má! — exclamou, olhando fixo para ela. E a mulher escapuliu, derrotada.

Quando chegou em casa, disse ao velho que uma família para a qual lavava roupa oferecera uma vaga de empregada dormindo no serviço, de modo que não lhe faltaria casa nem comida. Além disso, uma vizinha queria arrendar o puxadinho onde viviam. Ela partiria na manhã seguinte. Ficaram os dois em silêncio. Então, o homem pensou ouvir a mulher perguntar de um canto do quarto:

— E você, o que vai fazer?

— Não sei — respondeu em voz alta. E a mulher olhou para ele, estranhando.

O homem não via a menininha fazia um mês. Estava tão velho, mais cansado a cada hora, que caminhar até o extremo oposto da cidade era quase impossível.

Mas amanhã, quando sua mulher não existisse mais, iria se despedir da menininha. Depois disso, nada importava. Talvez o melhor fosse ir até algum lugar deserto, um morro, por exemplo, e esperar a noite para morrer. Tinha certeza de que bastaria se encurvar no chão e desejar isso, a morte viria.

Na manhã seguinte, pegou o último pedaço de pão e caminhou mais devagar que nunca até o jardim de Ana María. Era domingo. As pessoas refugiadas nos parques, à sombra das árvores, não olhavam para ele, porque era como se já não existisse. A menininha o esperava como de costume ao lado da cerca. E, tal qual a primeira vez, angustiou-o o espanto de ver uma menininha tão pequena sozinha num jardim tão grande.

"Pobrezinha!", disse a si mesmo, se aproximando.

— Meu amô! — murmurou a menina ao vê-lo.

Ergueu-a por cima da cerca, e Ana María abraçou-o e o beijou, rindo.

— Minha senhorita linda! — exclamou o velho diversas vezes, acariciando-a com as mãos escuras. — E sua bolsinha, cadê? — murmurou alguns momentos mais tarde. O rosto de Ana María se obscureceu de repente. Ergueu os olhos e disse:

— Não... na...

Ficaram juntos um bom tempo à sombra do salgueiro, até o velho achar que já era hora de ir. Passou-a para o outro lado da cerca. E, acariciando sua cabeça loira por entre os arames, murmurou:

— Adeus, senhorita...

Ela olhou-o sobressaltada, como se compreendesse tudo.

— Não, não, meu amô, não... — disse, com os olhos engrandecidos pelas lágrimas.

— Adeus... — repetiu ele.

Ana María reteve com força a mão do velho. Mas de repente, como se lhe ocorresse um plano, sorriu. As lágrimas secaram e ela disse:

— Espela, espela... bouinha...

O homem viu a amiga se perder em meio à vegetação, como se fosse a última vez em que veria a menininha tão pequena, sozinha, fugindo em meio aos troncos e arbustos daquele jardim tão grande. Ana María abriu a porta de casa e entrou na sala, murmurando:

— Bouinha... bouinha... — procurando na cozinha, no quarto, na despensa.

Mas não encontrou.

Antes de entrar no quarto dos pais hesitou por um segundo. Mas empurrou a porta. Na luz verde povoada de zumbidos, o casal desfez brutalmente seu ninho, e ao verem a menina, envergonhados e furiosos, cobriram-se pela metade com o lençol. Os olhos da mulher perfuraram a filha na porta.

— Sua pequena imbecil! — bradou, levantando-se um pouco.

O cabelo estava bagunçado. Cobriu-se com uma ponta do lençol.

— Por acaso não sabe que não é para incomodar a gente? — gritou o homem.

— Bouinha! — murmurou Ana María, procurando-a com os olhos por todo o quarto, pesado com a atmosfera da intimidade dos pais.

— Já disse que não quero você brincando com esse saco. Vai acabar perdendo. Vamos... ande.

— Dê o saco menor, para ela ir duma vez... — murmurou o homem, estendendo o lençol para cobrir o corpo.

— Aí, em cima da cadeira... vai, anda...

A menina pegou a sacola e saiu correndo sem olhar os pais, que voltaram a afundar na cama, aliviados, mas incomodados.

Ana María correu pelo jardim, saltou, ou melhor, voou por cima do córrego, expondo-se aos medalhões de luz flutuante que caíam através do pequeno bosque diluindo tudo. O velho a aguardava junto à cerca. A menina disse:

— Upa, upa...

O velho a ergueu e colocou-a ao seu lado. Tremia um pouco, porque era muito velho e sabia o que estava prestes a acontecer, e não sabia muitas coisas. Ana María sentou-se no chão ao seu lado e tirou os sapatos do saco. Pediu ao homem:

— Papato... Põe pezinho...

O velho se ajoelhou para calçá-la com as mãos desajeitadas. Depois ficaram de pé debaixo do salgueiro, o idoso encurvado e escuro ao lado da menininha agarrada no saco. Olhou para ela como se esperasse algo. Então Ana María sorriu para ele como nos melhores tempos, do fundo dos olhos fosforescentes e azuis:

— Meu amô — disse a ele.

E de mãos dadas com o velho, conduziu-o para fora da sombra do salgueiro, em direção ao calor brutal do meio-dia de verão. Guiava-o, arrastando-o, e dizia:

— Vamu... vamu...

O velho foi atrás dela.

Passeio

Para Mabel Cardahi

1.

Aconteceu quando eu era muito pequeno, quando minha tia Matilde e tio Gustavo e tio Armando, irmãos solteiros de meu pai, assim como ele, ainda eram vivos. Agora estão todos mortos. Quer dizer, prefiro supor que estão todos mortos, é mais fácil, e já é tarde demais para me atormentar com perguntas que certamente não foram feitas no momento oportuno. Não foram feitas porque os acontecimentos pareceram paralisar os irmãos, deixando-os como se estivessem congelados de horror. Então começaram a construir uma parede de esquecimento ou indiferença para acobertar tudo e permiti-los emudecer, sem precisarem se martirizar com conjecturas vãs. Pode muito bem não ter sido assim, pode ser que a imaginação e minha memória me traiam. Afinal de contas, na época eu era apenas uma criança, sem motivo para partilhar da angústia das buscas — se existiram — ou do resultado de suas conversas.

O que pensar? Às vezes escutava os irmãos falando silenciosamente, lentamente, como era seu costume, trancados na biblioteca, mas a porta maciça filtrava o significado das palavras e só me permitia escutar o contraponto grave e pausado da voz deles. O que diziam? Gostaria que falassem lá dentro do que de fato importava e, abandonando a respeitosa frieza com que tratavam uns aos outros, expusessem suas dúvidas e angústias, fazendo-as sangrar. Mas tinha tão pouca fé nisso que, enquanto rondava ao lado das paredes altas do vestíbulo próximo à porta da biblioteca, ficou gravada em minha mente a certeza de que sempre optaram pelo esquecimento, reunindo-se apenas para discutir, como sempre, os pleitos de seu escritório jurídico, especializado em direito marítimo. Agora penso que talvez fosse justificada a vontade de apagar tudo, pois para que viver com o inútil terror de ser obrigado a aceitar que as ruas de uma cidade podem engolir um ser humano, anulá-lo, despojando-o da vida e da morte, suspenso numa dimensão mais incertamente perigosa que qualquer dimensão com nome?

E mesmo assim...

Um dia, meses depois dos acontecimentos, surpreendi meu pai olhando para a rua da sacada da sala do segundo andar. O céu estava congestionado, denso, e o ar úmido pesava sobre as grandes folhas murchas dos ailantos. Aproximei-me de meu pai, ávido por uma resposta que esclarecesse minimamente as coisas:

— O que faz aqui, pai? — sussurrei.

Quando respondeu, algo se fechou subitamente sobre o desespero de seu rosto, como a batida de uma escotilha se fechando sobre uma cena vergonhosa.

— Não está vendo? Estou fumando... — respondeu. E acendeu um cigarro.

Não era verdade. Eu sabia por que percorria a rua de cima a baixo com os olhos ensombrecidos, de vez em quando acariciando a costeleta castanha e aparada: tinha a esperança de ver que ressurgia, que voltava como se nada tivesse acontecido, aparecendo debaixo das árvores da calçada, com a cadela branca trotando em seu encalço. Esperaria desse jeito se tivesse certeza?

Pouco a pouco fui percebendo que não só meu pai, mas todos os irmãos, como se se escondessem uns dos outros e sem confessarem isso nem sequer a si mesmos, rondavam as janelas da casa, e se alguém olhasse da calçada em frente teria boas chances de ver a silhueta deles a postos junto à cortina, com o rosto envelhecido pelo sofrimento espiando através dos vidros.

2.

Ontem passei em frente à casa onde morávamos na época. Não andava por ali havia anos. Naquele tempo a rua era pavimentada com paralelepípedos de quebracho, e debaixo das grandes copas dos ailantos passava de vez em quando um bonde estrepitoso com os ferros soltos. Agora não há nem paralelepípedos de madeira, nem bondes, nem árvores nas calçadas. Mas nossa casa ainda está de pé, estreita e vertical como um livrinho apertado entre os grossos volumes dos edifícios novos, com uma loja no térreo, as sacadas do segundo andar tapadas por um cartaz malfeito anunciando camisetas de tricô.

Quando morávamos lá, quase todas as casas eram altas e finas como a nossa. A quadra estava sempre alegre com as brincadeiras das crianças nas ilhotas de sol da calçada e com as fofocas das empregadas dos lares prósperos quando voltavam do mercado. Contudo, nossa casa não era alegre. Digo assim, "não era alegre", em vez de "era triste", porque é exatamente o que quero dizer. A palavra "triste" não seria precisa, por suas conotações muito definidas, por seu peso e dimensões próprios. E o que havia em nossa casa era justamente o contrário: uma ausência, uma falta que, por desconhecida, era irremediável, algo que não pesava, ou pesava por não existir.

Quando minha mãe morreu, antes de eu completar quatro anos, fez-se necessária a presença de uma mulher para me acompanhar e proteger com seus cuidados. Como tia Matilde era a única mulher da família e morava com meus tios Gustavo e Armando, os três solteirões foram viver em nossa casa, que era ampla e vazia.

Tia Matilde desempenhou suas funções para comigo com o esmero característico de tudo que fazia. Não tenho dúvida de que gostava de mim, mas nunca consegui sentir esse carinho como experiência palpável que pudesse nos unir. Havia algo rígido em seus afetos, assim como no dos homens da família, e o amor ficava confinado dentro de cada individualidade, sem saltar fronteiras para se expressar e unir. Para eles, a expressão do afeto consistia em cumprir com os deveres para com os outros, e, sobretudo, não incomodar, jamais incomodar. Talvez já não tivessem necessidade de expressar o carinho de outra forma; afinal, tinham muita história juntos, muito passado em comum, e talvez nele tivessem expressado o afeto até a exaustão, e agora todo esse hipotético passado de ternura estivesse estilizado sob a forma de ações certeiras, símbolos úteis que dispensavam maiores elucidações. O respeito era a única forma restante de contato entre os quatro irmãos enquanto percorriam, silenciosos e isolados, os corredores da casa comprida que, à semelhança de um livro, só mostrava para a rua a estreita franja de sua lombada.

Eu, naturalmente, não tinha história em comum com tia Matilde. Como poderia ter, se era só uma criança e entendia apenas pela metade as sombrias motivações dos adultos? Desejava ardentemente que aquele carinho confinado transbordasse, que se expressasse de outro modo, num acesso de raiva, por exemplo, ou numa brincadeira boba. Mas ela não podia adivinhar meu desejo, porque sua atenção não estava focada em mim, eu era uma pessoa periférica em sua vida, tangente ao âmago, nunca central. E não era central porque todo o seu centro estava ocupado por meu pai e meus tios Gustavo e Armando. Tia Matilde nasceu a única mulher — mulher feia, ainda por cima — numa família de varões charmosos, e ao se dar conta da baixa probabilidade de um casamento se dedicou a velar pela comodidade desses homens, a comandar sua casa, a cuidar de suas roupas, a preparar para eles seus pratos favoritos. Desempenhava essas funções sem o menor servilismo, orgulhosa de seu papel por não ter dúvidas quanto à excelência e dignidade dos irmãos. Além disso, como todas as mulheres, tinha em grau máximo a fé muito obscura de que o bem-estar físico é, se não a coisa principal, certamente a primordial, e que não sentir fome, frio ou qualquer incômodo é a base para qualquer bem de outra ordem. Não sofria quando alguma dessas coisas falhava: seria mais adequado dizer que se impacientava, e quando via miséria ou fraqueza em seu entorno tomava medidas imediatas para remediar as inegáveis falhas de um mundo que sem dúvida devia, precisava ser perfeito. Em outro plano, isso se manifestava através da intolerância por camisas que não estivessem estupendamente passadas, por carne que não fosse de primeiríssima qualidade, pela umidade que se embrenhava na caixa de charutos por algum descuido. Nisso consistia o vigor indiscutível de tia Matilde, e por meio dele ela nutria as raízes da grandeza de seus irmãos, e aceitava a proteção deles por serem homens, mais sábios e mais fortes que ela.

Depois do jantar, seguindo o que sem dúvida era uma liturgia antiquíssima na família, tia Matilde subia ao andar dos dormitórios e preparava as camas do quarto de cada um dos irmãos, afastando os cobertores com suas mãos ossudas. Colocava uma manta aos pés da cama de um, o mais friorento; deixava um travesseiro de plumas na cabeceira de outro, afeito a ler antes de dormir. Depois, deixando acesos os abajures ao lado das amplas camas, descia para a sala de bilhar onde se juntava aos homens, tomava café e jogava algumas partidas de carambola antes que eles, como se guiados por ela, se retirassem para preencher as efígies vazias dos pijamas dispostos sobre os lençóis brancos entreabertos.

No entanto, tia Matilde jamais preparava minha cama. Eu subia para o quarto com o coração cheio de esperança de encontrar a cama ajeitada com a reconhecível perícia de suas mãos, mas sempre precisei me conformar com o estilo muito menos hábil de uma das empregadas. Nunca me concedeu esse emblema de importância, porque eu não era irmão dela. E não ser "um de meus irmãos" lhe parecia uma desgraça da qual eram vítimas muitas pessoas, quase todas, na realidade, inclusive eu, no fim das contas apenas o filho de um deles.

Às vezes, tia Matilde mandava me chamar em seu quarto e, costurando junto à janela alta, dirigia-se a mim sem jamais perguntar nada, dando por garantido que todos os meus sentimentos, gostos e reflexões resultavam do que dizia, certa de que nada me impediria de absorver integralmente suas palavras. Eu escutava com atenção. Ela discorria sobre o privilégio de ter nascido filho de um dos seus irmãos, e assim poder viver em contato com os três. Falava da absoluta probidade de sua atividade sagaz de advocacia nos mais complexos pleitos marítimos, informando-me de seu entusiasmo pela prosperidade e distinção da família, que sem dúvida eu prolongaria. Discorria sobre o embargo de um carregamento de bronze, sobre a avaria pela colisão com um insignificante rebocador, sobre os efeitos desastrosos da estadia excessiva de um barco de bandeira exótica no porto. Isso, para ela, era a vida, isso e os problemas da casa. Mas ao me falar dos barcos suas palavras não enunciavam a magia das roucas buzinas navegantes que eu volta e meia escutava à distância nas noites de verão, quando, desperto pelo calor, subia ao sótão e, espiando por um desvão, contemplava as luzes flutuando distantes, e os bosques de trevas da cidade jacente à qual eu não tinha acesso, porque minha vida era, e sempre seria, perfeitamente ordenada. Tia Matilde não me transmitia essa magia por desconhecê-la, aquilo não tinha espaço em sua vida, como também não poderia ter espaço na vida das pessoas destinadas a morrer dignamente e depois se instalarem com toda comodidade no céu, um céu idêntico à nossa casa. Mudo, eu a ouvia falar com o olhar preso na ponta do fio claro que, ao ser erguido contra sua blusa negra, parecia captar toda a luz da janela. Eu experimentava uma sensação melancólica de impossibilidade ao ouvir as buzinas navegantes em meio à noite e ver a cidade escura e estrelada, tão parecida com o céu ao qual ela não concedia nenhum mistério. Contudo, eu me regozijava com o mundo de segurança traçado em mim por suas palavras, com o magnífico caminho linear que desembocava numa morte sem medo, igual a esta vida, sem nada de fortuito ou inesperado. Porque a morte não era terrível. Era o corte final, limpo e definitivo, nada mais. O inferno existia, claro, mas não para nós, somente para castigar os demais habitantes da cidade, ou os marinheiros anônimos responsáveis pelas avarias que, terminados os pleitos, recheavam os cofres da família.

Tia Matilde era tão alheia à ideia de ameaça do inesperado, a qualquer ideia de medo, que, por achar que o medo e o amor andam muito juntos, fico tentado a achar que naquela época ela não amava ninguém. Mas talvez esteja enganado. À sua maneira, isolada e rígida, talvez uma espécie de amor a unisse aos irmãos. À noite, depois do jantar, reuniam-se na sala de bilhar para tomar café e jogar umas partidas. Eu os acompanhava. Ali, diante daquele círculo de amores confinados cuja arena não me incluía, eu sofria ao perceber como os fios de seus afetos já nem sequer tentavam se atar. Curiosamente, ao relembrar a casa, minha imaginação não me permite ver nada além de cinzas, sombras, matizes; mas ao evocar essa hora, sobre o verde estridente do atapetado, o vermelho e o branco das bolas e o cubinho de giz azul, eles voltam a se acender em minha memória, iluminados pela lâmpada baixa que iluminava uma área delimitada e condenava o resto do cômodo à penumbra. Seguindo uma das muitas formas rituais da família, a voz cristalina de tia Matilde ia resgatando da escuridão cada um dos irmãos, em turnos, para fazerem suas jogadas:

— Agora você, Gustavo...

E ao se inclinar sobre o verde da mesa, o taco nas mãos, iluminava-se o rosto de tio Gustavo, frágil como um papel, de uma nobreza estranhamente desmentida pelos olhos pequenos e juntos demais. Depois de jogar ele regressava à sombra, onde tragava um charuto descolando a fumaça frouxa até ela se dissolver na escuridão do teto. Então a irmã dizia:

— Muito bem, Armando...

E o rosto fofo e tímido de tio Armando, com os grandes olhos azul-claros opacados pelos óculos de armação dourada, descia à luz. Geralmente era uma jogada ruim, porque era "o menino", como às vezes chamava-o tia Matilde. Depois dos comentários suscitados por sua jogada, refugiava-se atrás do jornal e tia Matilde dizia:

— Pedro, sua vez.

Eu prendia a respiração ao vê-lo se inclinar para jogar, prendi-a ao vê-lo sucumbir aos mandos da irmã, e com o coração reduzido a um grão rogava para vê-lo se rebelar contra a ordem preestabelecida. Naturalmente, eu não era capaz de perceber que aquela ordem rígida era em si uma forma de rebelião, inventada por eles contra o caos, para não serem tocados pela mão terrível daquilo que não pode ser explicado nem solucionado. Meu pai, então, inclinava-se sobre o pano verde, medindo com o olhar suave as distâncias e posições das bolas. Fazia sua jogada, e ao fazê-lo soltava o ar agitando um pouco os bigodes e a costeleta ao redor da boca entreaberta. Então me passava o taco para eu aplicar o giz do cubo azul. Assim, atribuindo-me esse papel mínimo, me fazia tocar, ao menos de forma periférica, o círculo que o unia aos irmãos, sem me permitir participar mais dele senão tangencialmente.

Depois jogava tia Matilde. Era a melhor jogadora. Ao ver seu rosto bruto, como se tivesse sido construído com os defeitos dos rostos dos irmãos, descer nas sombras, eu sabia que ela ganharia, que só podia ganhar. E, no entanto... eu não via um clarão de alegria em seus olhos diminutos no centro do rosto, irregular como um punho apertado com força, quando, porventura, algum deles conseguia derrotá-la? Aquela gota de alegria se devia ao fato de que, embora desejasse, ela jamais teria deixado algum deles ganhar. Isso implicaria introduzir o misterioso elemento do amor num jogo no qual ele não tinha lugar, porque o carinho deve permanecer em seu lugar, sem se rebaixar ao ponto de deformar a realidade precisa de um jogo de carambola.

3.

Nunca gostei de cachorro. Talvez algum tenha me assustando quando era muito pequeno, não me lembro, mas sempre me desagradaram. De todo modo, naquela época meu desagrado era irrelevante, pois em minha casa não havia cães e, como eu saía pouco, não tinha muitas ocasiões para me incomodar. Aos olhos de meus tios e meu pai, os cães, assim como todo o reino animal, não existiam. As vacas, claro, produziam nata para enriquecer a sobremesa dominical, servida em bandeja de prata; os pássaros piavam agradavelmente ao crepúsculo na copa do olmo, único habitante do pequeno jardim nos fundos da casa. Mas o reino animal só existia na medida em que contribuía para o deleite de suas pessoas. Desnecessário dizer, portanto, que os cães, vagabundos como são os cães da cidade, nem sequer roçavam sua imaginação com a possibilidade de existência.

É verdade que às vezes, na volta da missa aos domingos, algum cachorro cruzava nosso caminho, mas era fácil não lhe atribuir existência. Tia Matilde, que sempre ia à frente comigo, simplesmente escolhia não o ver, e alguns passos atrás meu pai e meus tios se preocupavam com problemas importantes demais para repararem em algo tão banal quanto um cão de rua.

Às vezes, tia Matilde e eu íamos à missa cedo para comungar. Eu raramente conseguia me concentrar quando recebia o sacramento, porque em geral a ideia de estar sendo vigiado por ela de soslaio ocupava o primeiro plano de minha consciência. Embora seus olhos estivessem voltados para o altar ou sua testa estivesse encurvada perante o Santíssimo, qualquer movimento meu chamava sua atenção, tanto é que, ao sair da igreja, dizia, numa discreta reprimenda, que devia haver uma pulga perdida nos bancos, pois só isso poderia me impedir de refletir sobre a morte, sobre como era um fim desejável e previsível, e de pedir que não fosse dolorosa; afinal, para isso serviam as missas, as rezas e as comunhões.

Foi numa dessas manhãs.

Uma garoa minuciosa ameaçava se transformar em temporal, e os paralelepípedos de quebracho estendiam seus nítidos leques brilhosos de uma calçada a outra, cortados pelos trilhos do bonde. Como estava com frio e queria chegar logo em casa, apertei o passo sob o cogumelo enlutado do guarda-chuva segurado por tia Matilde. Passava pouca gente na rua porque era cedo. Um senhor muito escuro nos cumprimentou sem erguer o chapéu, por causa da chuva. Minha tia, então, monopolizou minha atenção, reiterando seu desprezo pelas pessoas de raça mista, mas de repente, perto de onde caminhávamos, um bonde que não escutei chegar freou bruscamente, fazendo-a suspender seu monólogo. O condutor pôs a cabeça para fora da janela:

— Cachorro imbecil! — vociferou.

Paramos para olhar.

Uma pequena cadela branca escapou praticamente do meio das rodas do bonde e, mancando com dificuldade, o rabo entre as pernas, foi se refugiar no umbral de uma porta. O bonde partiu outra vez.

— Esses cães, é o cúmulo deixarem andando soltos assim… — protestou tia Matilde.

Seguindo nosso caminho, passamos ao lado da cachorra encolhida no canto do umbral. Era pequena e branca, de patas curtas demais para seu porte e um focinho feio e pontiagudo, apregoando toda uma genealogia de cruzamentos de rua, o resumo de raças díspares que, ao longo de gerações, haviam percorrido a cidade em busca de comida nas latas de lixo e em meio aos rejeitos do porto. Estava ensopada, fraca, tremendo de febre ou frio. Ao passar na frente dela percebi uma coisa estranha: minha tia olhou a cachorra, e o olhar da cachorra cruzou com o seu. Não vi a expressão dos olhos de minha tia. Só vi que a cachorra olhou para ela, apropriando-se daquele olhar, fosse qual fosse seu conteúdo, apenas por se fixar nela.

Continuamos na direção de casa. Alguns passos mais adiante, quando estava prestes a esquecer a cachorra, minha tia me surpreendeu ao se virar bruscamente e exclamar:

— Pssst! Fora!

Havia se virado com uma certeza tão absoluta de encontrá-la atrás de nós que estremeci com uma pergunta muda, produto de minha surpresa: "Como ela sabia?". Não poderia tê-la ouvido, porque nos seguia a uma distância considerável. Mas ela não teve dúvidas. Talvez o olhar trocado entre as duas, do qual só consegui ver o aspecto mecânico — a cabeça da cachorra alçada diretamente para tia Matilde, a cabeça de tia Matilde voltada diretamente para ela —, contivesse algum compromisso secreto, alguma promessa de lealdade que não percebi? Não sei. Em todo caso, ao virar para enxotar a cadela, seu "Pssst" curto e definitivo soava como a voz do desejo impotente de afugentar um destino que já tinha sido obrigada a aceitar. Provavelmente eu esteja dizendo tudo isso à luz dos acontecimentos posteriores, e minha imaginação atribua significado a algo meramente trivial. No entanto, posso garantir que naquele momento senti uma estranheza, quase um medo, pela perda repentina de dignidade de minha tia quando aceitou se virar para trás, outorgando distinção a uma cachorra doente e suja disposta a nos seguir por motivos que não poderiam ter importância.

Chegamos em casa. Subimos as escadas e o animal ficou lá embaixo, olhando-nos sob a chuva torrencial recém-desencadeada.

Entramos, e o prazeroso processo de tomar café da manhã depois de comungar serviu para apagar de minha mente a cadela branca. Nossa casa nunca me pareceu tão protetora quanto naquela manhã, nunca me regozijei tanto com a segurança deslindada ao meu mundo por aquelas velhas paredes. O que fiz no resto daquela manhã? Não me lembro, mas deve ter sido o mesmo de sempre: ler revistas, fazer os deveres, vagar pela escada, descer até a cozinha para perguntar qual seria o almoço de domingo.

Numa de minhas vagabundagens pelos cômodos vazios — meus tios levantavam tarde nos domingos de chuva, deixando de ir à igreja —, ergui a cortina de uma janela para ver se a chuva prometia amainar. O temporal continuava. E parada ao pé das grades, ainda tiritando de frio e esquadrinhando a casa, vi mais uma vez a cachorra branca. Deixei a cortina cair para não a ver ali, ensopada, como se presa por um fascínio. De repente, atrás de mim, do ambiente escuro da sala, surgiu a voz baixa de tia Matilde, que, inclinada para riscar um fósforo e acender a lenha já disposta na lareira, perguntava:

— Ainda está aí?

— Quem?

Eu sabia quem.

— A cachorra branca...

Respondi que estava ali. Mas minha voz era insegura ao formar as sílabas, como se de alguma forma a pergunta de minha tia derrubasse as paredes que nos refugiavam, permitindo à chuva e ao vento inclemente se instalarem dentro de nossa casa.

4.

Deve ter sido o último temporal daquele inverno, pois lembro com nitidez que os dias seguintes clarearam e as noites começaram a amornar.

A cachorra branca continuou plantada em nossa porta, sempre com medo, esquadrinhando as janelas como se procurasse alguém. Pela manhã, ao sair para o colégio, eu tentava afugentá-la e mandá-la embora, porém mal subia no ônibus e a via ressurgir timidamente na esquina ou detrás de um poste de iluminação. As criadas também tentaram afastá-la, mas suas tentativas foram tão infrutíferas quanto as minhas, porque a cachorra nunca deixava de voltar, como se permanecer perto de nossa casa fosse uma tentação à qual, embora perigosa, ela devia obedecer.

Certa noite, estávamos todos nos despedindo ao pé da escada antes de irmos dormir. Tio Gustavo, que sempre era o encarregado disso, já havia apagado todas as luzes, menos a da escada, deixando o grande espaço do vestíbulo povoado pela densidade dos móveis. Tia Matilde estava recomendando que tio Armando abrisse a janela do quarto para deixar entrar um pouco de ar quando de repente emudeceu, deixando suas despedidas inconclusas e detendo os movimentos de todos nós, que começávamos a subir.

— O que foi? — perguntou meu pai descendo um degrau.

— Subam — murmurou tia Matilde, virando-se para olhar a penumbra do vestíbulo.

Mas não subimos.

O silêncio da sala, geralmente tão espaçoso, preencheu-se com a voz secreta de cada objeto — um grão de terra escorregando entre o papel velho e a parede, o rangido das madeiras, o trepidar de um vidro solto —, e esses escassos segundos foram inundados por ressonâncias. Alguém, além de nós, estava onde estávamos. Uma pequena forma branca venceu a penumbra da porta de serviço. Era a cachorra, que cruzou o vestíbulo mancando lentamente em direção a tia Matilde e, sem nem sequer olhar para ela, deitou-se a seus pés.

Foi como se a imobilidade da cadela tivesse possibilitado outra vez o movimento de nós que contemplávamos a cena. Meu pai desceu dois degraus, tio Gustavo acendeu a luz, tio Armando subiu pesadamente e se fechou em seu quarto.

— O que é isso? — perguntou meu pai.

Tia Matilde permaneceu imóvel.

— Como será que entrou? — perguntou-se de repente.

Suas palavras pareciam apreciar a proeza que implicava saltar algumas cercas naquele estado lamentável, ou se enfiar no porão por uma janela quebrada, ou burlar a vigilância das criadas e se embrenhar por uma porta aberta por acaso.

— Matilde, chame alguém para levá-la — disse meu pai, e subiu seguido por tio Gustavo.

Ficamos ela e eu olhando para a cachorra.

— Está imunda — disse em voz baixa. — E com febre. Olhe, está machucada...

Chamou uma criada para buscá-la, dando ordens para lhe darem comida e no dia seguinte chamarem um veterinário.

— Vai ficar aqui em casa? — perguntei.

— Como vai para a rua nesse estado? — murmurou tia Matilde. — Precisa sarar antes de soltarmos. E sarar logo, porque não quero animais em casa.

Depois acrescentou:

— Suba, vá dormir.

Ela seguiu a criada que levou a cachorra.

Reconheci a antiga urgência de tia Matilde para garantir que tudo ao seu redor corresse bem, o vigor e a perícia que faziam dela rainha inquestionável das coisas imediatas, tão segura dentro de suas limitações a ponto de, para ela, não existir nada necessário além de solucionar imperfeições, erros não de intenção ou motivo, mas de estado. A cachorra branca, portanto, sararia. Como o animal havia entrado na esfera de seu poder, ela mesma se encarregaria disso. O veterinário enfaixaria a pata ferida sob sua vigilância e, protegida por luvas de borracha e um lenço, ela mesma se encarregaria de lavar suas pústulas com desinfetantes, arrancando gemidos do animal. Mas tia Matilde permaneceria surda àqueles sons, segura, tremendamente segura, de que tudo o que fazia era para o bem.

Assim foi.

A cachorra ficou em casa. Eu não a via, mas conhecia o equilíbrio entre os habitantes dali, de modo tal que a presença de qualquer estranho, mesmo restrita aos confins do porão, era capaz de perturbar o costumeiro. Algo, alguma coisa delatava para mim sua existência sob o mesmo teto que eu. Talvez não fosse algo tão imponderável assim. Às vezes via tia Matilde, de luvas de borracha na mão, carregando um frasco cheio de líquido vermelho. Encontrei um prato com restos num corredor do porão, onde eu tinha ido admirar a bicicleta que acabara de ganhar de presente. Fraco, amortecido por pisos e paredes, às vezes chegava aos meus ouvidos a suspeita de um latido.

Uma tarde, desci até a cozinha e a cachorra branca entrou, parecendo um palhaço por causa das manchas de desinfetante vermelho. As criadas a enxotaram sem consideração. Mas vi que não mancava mais, e o rabo, antes murcho, enroscava-se como uma pena, deixando à vista seu traseiro desavergonhado.

Naquela tarde, perguntei a tia Matilde:

— Quando vai mandá-la embora?

— Quem? — perguntou.

Sabia perfeitamente.

— A cachorra branca.

— Ainda não está bem — respondeu.

Mais tarde pensei em insistir, dizendo que, embora a cachorra não estivesse totalmente saudável, sem dúvida nada mais a impediria de trepar nas latas para farejar o lixo em busca de comida. Não fiz isso, pois se não me engano foi naquela mesma noite que tia Matilde, depois de perder a primeira partida de bilhar, decidiu que não estava com vontade de jogar outra. Os irmãos continuaram jogando, e ela, afundada no imenso sofá de couro, indicava a vez de cada um. De repente se confundiu com a ordem dos nomes. Houve um momento de desconcerto, mas a ordem foi prontamente restabelecida por aqueles homens que rejeitavam o acaso quando este não lhes era favorável. Mas eu já tinha visto.

Era como se tia Matilde não estivesse lá. Respirava ao meu lado como sempre. O profundo tapete silenciador cedia como de costume sob seus pés. As mãos cruzadas tranquilamente — talvez ainda mais tranquilamente que em outras noites — pesavam sobre sua saia. Como é possível sentir com tanta certeza a ausência de um ser quando seu coração se encontra em outro lugar? Só o coração estava ausente, a voz com que ia chamando os irmãos carregava significados insólitos, pois nascia em outro lugar. As noites seguintes foram iguais, enturvadas pelo borrão quase invisível de sua ausência. Deixou de participar por completo do jogo e de convocá-los pelo nome. Eles pareceram não notar. Mas talvez notassem, porque as partidas se tornaram mais curtas, e notei um aumento infinitesimal na deferência com que a tratavam.

Certa noite, quando estávamos saindo da sala de jantar, a cachorra apareceu no vestíbulo e se uniu ao grupo familiar. Eles, como de costume, aguardaram na porta da biblioteca até que sua irmã os conduzisse até a sala de bilhar, dessa vez elegantemente seguida pela cachorra branca. Não fizeram nenhum comentário, como se não a tivessem visto, e começaram a partida como todas as noites.

A cachorra sentou-se aos pés de tia Matilde, muito quieta, os olhos vivíssimos percorrendo a sala e acompanhando as manobras dos jogadores, como se tudo aquilo a entretivesse muito. Agora estava gorda e tinha a pelugem brilhosa, o corpo inteiro, do focinho palpitante ao rabo prestes a se agitar, repleto de uma capacidade vital de diversão. Há quanto tempo estava ali em casa? Um mês? Talvez mais. Contudo, durante esse mês tia Matilde a obrigara a sarar, cuidando dela sem demonstrações de ternura, mas com a grande sabedoria de suas mãos ossudas empenhadas em recompor o descomposto. Havia curado suas chagas, implacável diante de sua dor e de seus gemidos. A pata estava curada. Havia desinfetado, alimentado, banhado a cachorra branca, e agora ela era um ser inteiro.

Tudo isso, porém, não parecia vinculá-la à cachorra. Talvez a aceitasse, como naquela noite meus tios também aceitaram sua presença: rechaçá-la teria sido conceder a ela uma importância que não poderia ter para eles. Tia Matilde me parecia tranquila, composta, dotada de um elemento novo que não chegava a transbordar para tocar seu objeto, e agora éramos seis os seres separados por algo mais vasto que espaços de tapete e de ar.

Numa de suas jogadas, tio Armando, que era desajeitado, derrubou no chão o cubinho de giz azul. Imediatamente, impulsionada por uma mola que a unia a seu picaresco passado rueiro, a cachorra correu até o giz e, afanando-o de tio Armando, que havia se inclinado para pegá-lo, segurou-o na boca. Então aconteceu algo surpreendente. Tia Matilde, como se de repente se desfizesse, irrompeu numa gargalhada que a agitou inteira durante uns segundos. Ficamos paralisados. Ao escutá-la, a cachorra abandonou o giz, correu até ela balançando o rabo erguido e saltou em seu colo. O riso de tia Matilde se aplacou, mas tio Armando, vexado, deixou a sala para não presenciar esse desmoronamento da ordem pela intromissão do absurdo. Tio Gustavo e meu pai continuaram o jogo; agora era mais importante que nunca não ver, não ver nada, não comentar, não se deixar participar dos acontecimentos, e quem sabe assim conter algo que avançava.

Não achei graça na gargalhada de tia Matilde. Era muito evidente que havia sido motivada por algo sombrio. A cachorra se aquietou em seu colo. Os estampidos das bolas se entrechocando, precisos e espaçados, pareciam conduzir a mão de tia Matilde de seu lugar de repouso no sofá para o colo, e então para as costas da cadela adormecida. Ao ver aquela mão inexpressiva repousando ali, também observei que a tensão, uma tensão que eu jamais identificara como tal nas feições de minha tia — nunca suspeitei que pudesse ser algo além de dignidade — havia se dissolvido, e uma grande paz suavizava seu rosto. Não consegui resistir. Obedecendo a algo mais poderoso que minha vontade, aproximei-me dela no sofá. Esperei que ela me chamasse com um olhar e me incluísse com um sorriso, mas ela não fez isso, pois a relação recém-estabelecida era muito exclusiva, e ali não havia lugar para mim. Era uma união entre apenas dois seres. Mesmo sem querer, eu estava de fora. E os outros, os irmãos, permaneciam isolados, porque ignoraram o perigoso convite que tia Matilde se atreveu a escutar.

5.

Quando chegava do colégio à tarde, eu ia direto para o térreo e, depois de montar na bicicleta nova, dava volta atrás de volta no jardim estreito dos fundos da casa, ao redor do olmo e do banco de ferro. Atrás da cerca, as nogueiras da outra casa começavam a apresentar um leve esboço primaveril, mas eu não prestava atenção nas estações e em suas dádivas por ter coisas muito mais sérias em que pensar. E como sabia que ninguém descia para o jardim, a não ser que o bafo do ápice do verão os obrigasse a isso, ali era o melhor lugar para meditar sobre o que estava acontecendo em casa.

Superficialmente, podia-se dizer que não estava acontecendo nada. Mas como permanecer tranquilo diante da curiosa relação estabelecida entre minha tia e a cadela branca? Era como se tia Matilde, depois de servir com esmero e se conformar com sua vida ímpar, por fim tivesse encontrado sua igual, alguém que falava sua língua mais inconfessa, e, como se fossem duas damas, as duas levavam uma vida íntima cheia de cordialidades e refinamentos gratos. Comiam bombons que vinham em caixas amarradas com fitinhas frívolas. Minha tia colocava laranjas, abacaxis e uvas nas fruteiras fundas, e a cadela a observava como se criticasse seu bom gosto ou fosse dar sua opinião.

Era como se tivesse descoberto uma parte mais benigna da vida naquela troca de agrados, e agora tudo tinha perdido importância diante daquele novo mundo afetuoso.

Era comum que, ao passar pela porta de seu quarto, eu escutasse uma gargalhada semelhante à que fizera desmoronar a antiga ordem de sua vida naquela noite, ou escutá-la conversando — não monologava, como fazia comigo — com uma interlocutora cuja voz eu não ouvia. Era a vida nova. A cadela, a culpada, dormia num cesto no seu quarto, um cesto primoroso, feminino, a meu ver absurdo, e seguia-a por todos os cantos, menos na sala de jantar. Era proibida de entrar ali, mas esperava a saída de sua amiga e a seguia até a biblioteca ou a sala de bilhar, a depender de onde nos instalássemos, e sentava-se ao seu lado ou no seu colo, as duas trocando, de tempos em tempos, olhares cúmplices de entendimento. Eu sentia que a cachorra era a mais forte das duas, a que mostrava e ensinava coisas desconhecidas a tia Matilde, que havia se entregado por completo à sua experiência.

Como era possível?, eu me perguntava. Por que precisou esperar até agora para finalmente conseguir atravessar um limite e entabular um diálogo pela primeira vez na vida? Às vezes ela me parecia insegura a respeito da cadela, como se temesse que, assim como chegou, um belo dia ela também fosse partir, deixando-a sozinha, com todo aquele novo fluxo pesando em suas mãos. Ou ainda temia por sua saúde? Era muito estranho. Essas ideias pairavam opacas em minha imaginação, enquanto escutava o rangido do cascalho da trilha sob as rodas de minha bicicleta. Não era nada opaco, por outro lado, meu intenso desejo de ficar gravemente doente, para ver se assim também conseguia cultivar uma relação parecida. Porque a doença da cadela tinha sido a causa de tudo. Sem isso, minha tia jamais teria se vinculado a ela. Mas eu tinha uma saúde de ferro, e também estava claro que no coração de tia

Matilde só cabia um amor por vez, sobretudo quando se tratava de um amor tão imenso. Meu pai e meus tios não pareciam ter notado qualquer mudança. A cadela era silenciosa, e pareceu abandonar os modos de vira-lata e adquirir as maneiras um tanto dignas de tia Matilde, conservando, contudo, toda a sua condição de fêmea cujo bom humor e disposição para a aventura não tinham sido afetados pelas penúrias da vida. Para eles, era mais fácil aceitá-la a rejeitá-la, pois isto teria, no mínimo, comprometido seus comentários, e quem sabe até gerado uma incômoda revisão de seus cânones de segurança.

Uma noite, quando o jarro de limonada já havia feito sua aparição sobre a mesa da biblioteca, refrescando aquele canto da penumbra, e as janelas estavam abertas para deixar o ar entrar, meu pai parou bruscamente ao entrar na sala de bilhar.

— O que é isso? — exclamou olhando para o chão.

Consternados, os três homens pararam para olhar uma pequena poça redonda no piso encerado.

— Matilde! — chamou meu tio Gustavo.

Ela se aproximou para olhar e enrubesceu de vergonha. A cadela havia se refugiado debaixo da mesa de bilhar no cômodo vizinho. Ao se dirigir até a mesa, meu pai a viu ali e, mudando bruscamente de rumo, saiu da sala seguido pelos irmãos, dirigindo-se para os dormitórios, onde cada um se fechou calado e sozinho.

Tia Matilde não disse nada. Subiu para o quarto seguida pela cadela. Eu permaneci na biblioteca com um copo de limonada na mão, olhando o céu do verão e escutando, escutando ansiosamente alguma buzina de barco e o rumor da cidade desconhecida, terrível e também desejada, que se esparramava debaixo das estrelas.

Logo ouvi tia Matilde descer, de chapéu posto e com as chaves tilintando nas mãos.

— Vá dormir — disse. — Vou levá-la para passear na rua e fazer suas necessidades.

Então acrescentou algo que me fez tremer:

— A noite está tão linda.

E saiu.

Dessa noite em diante, em vez de subir para preparar as camas dos irmãos após o jantar, ela ia até seu quarto, punha o chapéu e descia outra vez, fazendo as chaves tilintar. Saía com a cachorra sem dizer nada a ninguém. E meus tios, meu pai e eu ficávamos na sala de bilhar, e a estação avançava, sentados nos bancos do jardim, com todos os farfalhares do olmo e a clareza do céu pesando sobre nós. Jamais se falou dos passeios noturnos de tia Matilde, jamais demonstraram de alguma maneira perceberem que algo importante havia mudado na casa com a introdução de um elemento contrário a toda ordem.

No início, tia Matilde passava fora de casa um total de vinte minutos ou meia hora, e então voltava para beber alguma coisa conosco e trocar comentários triviais. Mais tarde, as saídas foram se prolongando inexplicavelmente. Já não era uma dama levando sua cachorrinha para passear por questões de higiene; lá fora, nas ruas, na cidade, havia algo poderoso que a arrastava. Esperando por ela, meu pai olhava furtivamente o relógio de bolso, e se o atraso fosse muito grande, tio Gustavo subia para a sala do segundo andar, como se tivesse esquecido alguma coisa ali, para espiar pela sacada. Mas permaneciam calados. Certa ocasião em que o passeio de tia Matilde se prolongou demais, meu pai caminhou diversas vezes pela trilha que serpenteava os canteiros de hortênsias, abertas como olhos azuis vigiando a noite. Tio Armando derramou uma xícara de café. Eu os observava à espera de que enfim explodissem, dissessem alguma coisa, preenchessem com manifestações de angústia aqueles minutos que se prolongavam e prolongavam uns atrás dos outros sem a presença de tia Matilde. Era meia-noite e meia quando chegou.

— Por que me esperaram de pé? — perguntou sorridente.

Trazia o chapéu na mão, e seu cabelo, em geral tão cuidado, estava bagunçado. Reparei num fio de barro manchando seus sapatos perfeitos.

— O que aconteceu? — perguntou tio Armando.

— Nada — foi sua resposta, e com isso barrou para sempre qualquer possível direito dos irmãos de se imiscuírem naquelas horas desconhecidas, alegres ou trágicas ou anódinas, que agora eram sua vida.

Digo que eram sua vida porque durante os instantes que permaneceu conosco antes de subir para o quarto, com a cadela, também embarrada, ao lado, percebi uma animação em seus olhos, uma alegre inquietude parecida com a dos olhos do animal, como se tivessem acabado de se esbaldar em cenas nunca antes vistas, às quais não tínhamos acesso. As duas eram companheiras. A noite as protegia. Pertenciam aos rumores, às buzinas dos barcos que, atravessando o cais, as ruas escuras ou iluminadas, as casas, as fábricas e os parques, chegavam aos meus ouvidos.

Os passeios com a cachorra continuaram durante algum tempo. Agora nos despedíamos imediatamente após o jantar e cada um se trancava em seu quarto, meu pai, tio Gustavo, tio Armando e eu. Mas ninguém dormia antes de ouvi-la chegar, tarde, às vezes terrivelmente tarde, quando a luz do alvorecer já clareava a copa de nosso olmo. Somente depois de ouvi-la fechar a porta de seu dormitório cessavam os passos com os quais meu pai media seu quarto, ou enfim a janela de um dos irmãos se fechava para excluir o fragmento de uma noite que já não era perigosa.

Uma vez a ouvi subir muito tarde, e como pensei ouvi-la cantarolar suavemente e com grande doçura uma melodia, entreabri minha porta e espiei. Ao vê-la passar por meu quarto, com a cadela branca aninhada nos braços, seu rosto me pareceu surpreendentemente jovem e perfeito, embora tivesse algo de sujo, e vi um pequeno rasgo em sua saia. Aquela mulher era capaz de tudo;

tinha a vida inteira pela frente. Deitei-me aterrorizado, pensando que era o fim.

E não estava enganado. Porque uma noite, muito pouco tempo depois, tia Matilde saiu para passear com a cachorra após o jantar e não voltou mais.

Esperamos despertos a noite inteira, cada um em seu quarto, e ela não regressou. No dia seguinte ninguém disse nada. Mas continuaram as esperas mudas, e todos rondávamos em silêncio, sem aparentá-lo, as janelas da casa, à sua espera. Desde aquele primeiro dia o medo deitou por terra a dignidade harmoniosa dos rostos dos três irmãos, e eles envelheceram muito em pouco tempo.

— Sua tia foi viajar — me respondeu a cozinheira quando finalmente me atrevi a perguntar.

Mas eu sabia que não era verdade.

A vida em casa continuou como se tia Matilde ainda morasse conosco. Volta e meia eles se reuniam na biblioteca, e talvez ali, trancados, conseguissem conversar e transpor o muro de temor que os isolava, dando rédeas soltas a dúvidas e receios. Mas não sei ao certo. Várias vezes recebiam visitantes que claramente não pertenciam ao nosso mundo e conversavam a portas fechadas. Mas não acho que trouxessem notícias de uma possível investigação, talvez fossem apenas chefes de algum sindicato de estivadores exigindo indenização por algum acidente. A porta da biblioteca era maciça demais, pesada demais, e eu jamais soube se tia Matilde, arrastada pela cadela branca, se havia se perdido na cidade, ou na morte, ou numa região mais misteriosa que ambas.

O homenzinho

Para Inés Figueroa

Desde minha primeira infância eu soube que em minha casa a questão dos “homenzinhos” era um problema sério. Quem enceraria? Quem se encarregaria de revisar as telhas de lariço e passar uma demão de óleo antes do inverno? Quem lavaria os vidros, limparia a chaminé, consertaria o galinheiro parcialmente derrubado pelo último vendaval? A resposta era invariável: o “homenzinho”.

Mas acontece que os “homenzinhos” pertenciam a uma raça elusiva, escassa, terrivelmente imperfeita, tornando as crises tão frequentes quanto premidas. Minha mãe, cada vez mais desesperada conforme via se acumularem tantas coisas urgentes por fazer, procurava meu pai para ajudá-la a solucionar o problema do “homenzinho”. Mas ele, sem erguer os olhos dos livros de medicina, murmurava:

— Por que não diz para María Salinas ou Fanny emprestarem seus “homenzinhos”? Para elas, nunca estão em falta...

— Você vive no mundo da Lua... — murmurava minha mãe.

Fazendo beiço para a reprimenda entrevista, subia para se trancar no quarto, enquanto meu pai, que mal escutara, voltava a se concentrar na leitura. Para sua mulher, todos que não sofriam plenamente a angústia dos problemas domésticos viviam fora do que chamava de "a realidade", ou seja, no mundo da Lua.

Meu irmão mais novo e eu dividíamos o mesmo quarto. À noite, apagadas todas as luzes, abríamos devagarinho a veneziana para enfiar a cabeça entre as heras que a emolduravam. No silêncio da noite limpa e veranil escutava-se o jorro da mangueira de alguém refrescando a grama. Ou avistávamos China, nossa enorme cachorra pastora, farejando entre as flores desabrochadas na noite clara. Meu irmão dizia discernir na amigável face da lua cheia cor de limão, pendente sobre o teto da casa à nossa frente, as feições de nosso pai. Eu, por outro lado, singrando o ar do jardim, aguardava que ele se elevasse como um bruxo bonachão até o satélite benigno, onde, segundo minha mãe, existia um lar para todos que não entendiam cabalmente a verdadeira hecatombe doméstica representada pela escassez de "homenzinhos".

Os "homenzinhos" raramente duravam muito em casa. Alguns pareciam perfeitos no início, mas logo se descobria que não eram exatamente exemplos de honradez ou atividade, e então eram informados de que seus serviços já não eram necessários. Outros, os menos avisados, cometiam a besteira de conquistar a inimizade da María Vallejos, nossa velha ditadora da cozinha, e esta passava a servi-lhes um cozido tão minguado, e com tanta má vontade, que eles mesmos decidiam não voltar. Mas a maioria dos "homenzinhos" desaparecia sem motivo, em busca de sabe-se lá que horizontes ou liberdades imprecisos, e ressurgia em nossa casa só muito de vez em quando atrás de trabalho.

Muitos, muitos "homenzinhos" vieram, trabalharam para nós intermitentemente e desapareceram. Por exemplo, Cucho e seu olho turvado por uma nuvem celeste. E Ambrosio, antigo sacristão, que ainda conservava algo de refinado e imaculado. E Juan, o Bobo, assim apelidado para diferenciá-lo de outro de mesmo nome.

Mas aquele de quem mais lembro é Juan Vizcarra, príncipe e modelo para os "homenzinhos", detentor do mais longo, embora interrompido, reinado em nossa casa.

Certa tarde, minha mãe apareceu radiante de satisfação. Atirou o chapéu num canto qualquer e, depois de alisar brevemente a franja diante do espelho grande da entrada e contemplar de soslaio o volume misterioso que sua silhueta estava adquirindo, beijou meu pai, que lia junto à lareira. Sentou-se ao lado dele. Ele a observou de canto de olho, adivinhando que a mulher finalmente havia solucionado algum de seus trágicos problemas domésticos. Disse vagamente:

— Parece contente...

Eu tinha sete anos. Mas como sabia que minha mãe gostava que arrancassem dela suas preocupações com carinho e insistência, não me surpreendeu quando a ouvi dizer:

— Hmm, é, mais ou menos...

Meu pai continuou imerso na leitura, deixando o tempo passar até que a esposa não conseguisse mais controlar a própria impaciência e contasse tudo. Como de costume, o olhar de minha mãe percorria a sala em busca de algo para corrigir, de alguma coisa para pôr no lugar. De repente se fixou em mim. Recostado ao lado da China, cuja barriga, assim como a de minha mãe, inflara prodigiosamente nos últimos meses, eu me ocupava recortando ilustrações de revistas velhas. Meus sapatos e meias estavam manchados de barro porque, esquivando-me de toda vigilância, eu passara a tarde de chuva brincando sozinho no jardim.

— Por que está tão sujo?

Continuei recortando as ilustrações como se não tivesse ouvido.

— Por que está tão sujo? Não disse para não te deixarem sair para o jardim quando está chovendo? É só eu sair de casa e tudo vira de cabeça para baixo. Não sei o que têm na cabeça! Todos vivem no mundo da Lua! Veja só seu pai, acha que com o nariz enfiado no livro ele repara na realidade das coisas?

Piscava, prestes a chorar. Meu pai tirou os óculos e, marcando com eles a página que estava lendo, fechou o livro. Passou um braço ao redor da esposa e puxou-a para junto de si. Ela resistiu de início, mas foi cedendo e ficaram muito próximos, conversando em voz baixa. Meu pai escutava, encantado:

— ... E no fim consegui convencer a Teresa Barriga a me emprestar um "homenzinho" dela, mas deu trabalho convencer. Não é mais um rapazinho qualquer, é dos melhores, trabalhador, pelo que dizem. Amanhã vem trabalhar aqui...

Continuaram conversando, agora sobre coisas que não entendi. Para eles eu não existia. A China roncava feito um novilho desmesurado diante da lareira. Sem ninguém perceber, recolhi meus papéis e subi para o meu quarto na ponta dos pés.

Juan Vizcarra apareceu no dia seguinte. À época ainda era um rapazote sem rugas, muito moreno, de uns dezesseis anos, dez a mais que eu. Tinha pernas um pouco curtas, pescoço grosso e torso potente e carnudo. O rosto tranquilo se abria de repente num sorriso tão grande que parecia ativar o corpo inteiro. Quando cheguei do jardim de infância naquela tarde, vi-o de pé sobre a canaleta do beiral mais alto. Com admirável malícia e precisão, assoviava uma melodia. Dava passos grandes e seguros, como se caminhasse em terra firme.

— Vai cair lá de cima — disse a empregada, que carregava minha mochila.

Juan se virou. Parecia se equilibrar graças a alguma magia.

— Olá, garotinho! — exclamou do alto.

Ao ver que ele acompanhava suas palavras com passos de dança, aproximei-me da empregada e repeti em voz um pouco mais fraca:

— Vai cair...

Juan desceu da escada não como todo mundo faz, mas segurando os degraus só com as mãos, igual a um acrobata.

Quando chegou no chão, inclinou-se numa reverência circense tão expressiva que me fez rir. A empregada segurou minha mão e me levou para dentro de casa porque o chá da tarde já estava pronto. Ela e as outras empregadas começaram a cacarejar ao meu redor enquanto serviam, mas eu não era o centro de suas atenções:

pelos comentários, compreendi que Juan Vizcarra as fascinava. A María Vallejos, escura como uma barata, odiava os morenos. Como para ela a maior virtude do mundo, à exceção de ser devoto de santo Antônio de Pádua, era ter pele clara e cabelos loiros, estranhei ao ouvi-la dizendo às companheiras:

— Juan Vizcarra é negro sim, menina, mas simpático, dos mais simpáticos e trabalhadores...

O entusiasmo era insólito, porque nossas três empregadas viam os "homenzinhos" com muito receio. Tanto é que eles raramente almoçavam com elas na cozinha: sua refeição era servida nos confins da casa, atrás do pé de framboesa, numa espécie de meia-água que chamávamos de lavadouro. Além disso, as empregadas vigiavam estritamente os "homenzinhos" para denunciar a mais mínima infração à honra ou ao zelo com o trabalho. Mas nada temi pelo almoço de Juan Vizcarra: sem dúvida comeria com elas e ficaria com os nacos mais suculentos da panela, talvez até ganhasse um copo do bom vinho de meu pai.

Juan Vizcarra continuou indo com regularidade à nossa casa. Minha mãe, apesar do parto iminente, tinha fôlego de sobra para se regozijar com a existência de um "homenzinho" tão perfeito.

Contaram-nos que o irmão enviado por minha vozinha de Paris estava prestes a chegar. Mas, entreouvindo certas conversas, adivinhamos na gordura superlativa de minha mãe alguma relação misteriosa com a chegada do garoto. Curiosamente, a mesma coisa estava acontecendo com a China, embora jamais tivessem dito que o pacote de nossa avó incluía cãezinhos. A relação entre os fatos era muito confusa.

À noite, no quarto, nossas conjecturas se manchavam de incerteza. Apagada a luz, o silêncio pesava como nunca. Lentamente, a respiração compassada de meu irmão se destacava do silêncio, como se destacava da escuridão a onda branca de seu lençol e travesseiro.

— Ouve — murmurou de repente.

— Que foi?

— Amanhã vão mandar a gente para a casa da tia Teresa.

— Por quê?

— Porque amanhã chega o irmãozinho.

Ficamos em silêncio. Logo ouvi soluços abafados.

— O que foi?

— Nada...

— Então fique quieto...

— É que a China estava gemendo e a María Vallejos disse que ela ia morrer. E está gorda nos mesmos lugares que a mamãe...

— Não seja bobo.

No dia seguinte nos mandaram cedo para a casa da tia Teresa Barriga, na quadra seguinte. Mas, logo depois do chá da tarde, o qual esperamos porque lá sempre tinha pão com ovo, mamão cristalizado e bolos, fugimos de volta para casa. Juan Vizcarra abriu o portão para nós.

— Vão se irritar com vocês — advertiu. — O irmãozinho está nascendo.

Não sabíamos o que fazer, o que perguntar. Aguardávamos as palavras ou os fatos que Juan Vizcarra certamente evocaria para esclarecer o mistério que os mais velhos escondiam de nós. Era o único em quem podíamos confiar.

— Venham, vou esconder os dois para não sofrerem castigo.

Ele nos pegou pela mão e nos levou até o lavadouro.

No ponto mais escuro, a China jazia sobre uma esteira de palha. Não se levantou balançando o rabo como de costume, apenas apoiou a cabecinha nas patas e olhou para nós.

— Ela vai morrer? — perguntou meu irmão.

Seus lábios tremiam, ainda estavam circundados por migalhas de bolo.

Juan respondeu que não. A ponto de chorar, perguntei se minha mãe ia morrer. Juan riu dizendo óbvio que não, ela estava muito bem.

— Então por que a China está doente?

— Cheguem mais perto — murmurou. — Vejam...

Nós três nos ajoelhamos ao lado da esteira. Dois filhotinhos cegos, salpicados de preto e branco, estavam presos às tetas da cachorra. A China mexeu o rabo devagarinho. Depois parou e Juan Vizcarra ficou sério.

Prendendo a respiração e sem piscar, contemplamos as manobras de nosso "homenzinho" para auxiliar o nascimento do último cachorro. Eu possuía uma vaga noção maliciosa do que estava acontecendo, e por isso quase dei risada ao perceber o que Juan estava fazendo, mas um gemido muito fraco da China me obrigou a retomar a concentração sobressaltada pelos acontecimentos. O cachorro nasceu encharcado, envolto numa substância cor de café. Depois de limpá-lo, a mãe o empurrou diversas vezes com a ponta do nariz, com uma pata, mas o cachorro não se mexeu: estava inerte, como um pedaço de pano. Meu irmão começou a choramingar baixinho. As lágrimas chegaram aos meus olhos. Contive-as apenas porque era um ano mais velho. Juan contemplava o cachorro com o cenho franzido:

— Shhh... não chore, ele vai viver... — murmurou sem erguer os olhos.

E começou a apertar as patas frágeis, a pressionar lentamente, ritmicamente o corpo do animalzinho entre seus grandes dedos vermelhos e sujos. Continuou fazendo isso pelo que me pareceu uma eternidade, o rosto suado, os olhos sérios, a atenção fixa. O silêncio havia engolido a casa inteira. O mundo se reduziu ao compasso das mãos de Juan.

De repente, reagindo a uma pressionada, a vida brotou no corpo inerte. O filhote se moveu, estremecendo. Juan continuou pressionando até o ritmo da vida se estabelecer firme, e então pôs o cãozinho numa teta da China.

— Pronto... — sussurrou Juan.

Relaxou da tensão, e ao vê-lo sorrir nós também relaxamos. Ele pegou um lenço sujo e enxugou a testa e as mãos.

— Esse é meu — ele disse, tocando de leve o recém-nascido com um dedo.

— E esse é meu — disse meu irmão.

Então todas as nossas perguntas reprimidas desabaram sobre Juan Vizcarra. Ele respondeu tudo com uma simplicidade tão transparente que ficamos completamente satisfeitos. Mais tarde nos levaram para ver minha mãe, que descansava em sua cama com um nenê vermelho e gritão ao lado.

— Olhem — exclamou — o presente que a vozinha mandou de Paris...

— De Paris?

Meu irmão ia expor nossa descoberta recente para confrontar a mentira, mas dei uma cotovelada para ele se calar. Para que dizer alguma coisa? Os adultos nos excluíam daquela realidade, muito mais mágica que as lendas triviais urdidas por suas limitadas imaginações. Para que falar? Além disso, os adultos eram tão bobos que podiam acabar despedindo Juan...

Mas não o despediram. Durante muitos anos, Juan Vizcarra continuou sendo o "homenzinho" oficial da casa. Todos o adoravam, principalmente nós dois: tudo o que suas mãos rudimentares tocavam ganhava vida, ou se consertava como se por encantamento. Não havia nada que não soubesse fazer com admirável destreza, desde capar um galo até arrumar de uma vez por todas o famoso despertador da María Vallejos, sua mais estimada posse, que até então passara grande parte do tempo na relojoaria. Juan Vizcarra almoçava em casa com frequência aos domingos e nos levava para passear no morro. Ele nos ensinou a fazer pipas e empiná-las, nos ensinou a rastrear aranhas e escaravelhos e a pegá-los sem nojo, e passamos a ter os viveiros de insetos mais invejados do colégio. E Juan Vizcarra continuava indo à nossa casa ao menos uma vez por semana para encerar, arrumar venezianas, limpar o galinheiro, organizar os baús do sótão. Ignorávamos por completo a vida de nosso "homenzinho" longe de casa. De vez em quando perguntávamos, e em geral ele mudava de assunto com alguma piada.

— Se esse Juan não fosse tão orgulhoso, poderíamos fazer algo para ajudá-lo — dizia minha mãe, porque agora que estávamos mais velhos, seu passatempo favorito era fazer "algo" pelas pessoas.

— Esse safado deve ter uma mulher e uma pilha de moleques por aí — opinava a María Vallejos.

— E o que vocês sabem da vida dos outros...! — murmurava Juan, fechando o rosto por um instante. Mas logo voltava a assoviar sua melodia e a rir.

Era como se não tivesse casa nem família nem amigos, como se sua existência começasse no momento em que entrava assoviando em nosso jardim, sem tocar a campainha, anunciado pela corrida e pelos latidos eufóricos dos cães. Dávamos a ele de presente todas as nossas roupas usadas, ternos, camisas, sapatos, e houve uma época em que Juan Vizcarra foi a referência dos "homenzinhos" em termos de elegância. Porém mais tarde já não usava as roupas com que lhe presenteávamos e andava muito desalinhado.

— E o que vocês sabem da vida dos outros...!

Foi mais ou menos nessa época que Juan Vizcarra começou a se ausentar, de início por duas ou três semanas. Na primeira vez disse que andara doente, e depois de analisá-lo muito e dizer que sua saúde era perfeita, meu pai receitou alguns remédios, porque não estava mesmo com a cara boa. Porém logo passou a oferecer desculpas mais fracas. Mais tarde paramos de perguntar, e os nervos de minha mãe — antes tão segura de que a crise de "homenzinhos" era coisa do passado — começaram a se descompor outra vez.

À medida que meu irmão e eu fomos crescendo, os desaparecimentos de Juan Vizcarra se tornaram mais frequentes e cada vez mais longos. Já não conversava conosco informalmente: tratava-nos por "don". Onde diabos se metia? Com quem poderíamos averiguar alguma coisa? Fazíamo-nos essas perguntas o tempo todo, e meu pai questionou seriamente o próprio Juan, os dois trancados em seu escritório. Quando saiu, meu pai sacudiu a cabeça, já bastante calva: nada. Estava preocupado porque, embora tivesse pouco contato com Juan, também gostava dele. Precisamos nos conformar em suprir as ausências de Juan Vizcarra com as ineficiências de outros "homenzinhos!".

— E o que vocês sabem da vida dos outros!

Certa época, Juan Vizcarra ficou quase dez meses sem aparecer. Uma tarde, meu pai chegou desolado contando que nosso "homenzinho" estava em sua ala do hospital, a perna direita cortada por um bonde. Ficamos consternados. Mas quando meu pai prosseguiu e explicou que o estado de Juan era especialmente grave em razão da prolongada ebriedade, enfim tudo ficou claro para nós.

Juan Vizcarra era um bêbado!

Quem teria acreditado ser esse o motivo de suas ausências? Era tão jovial em seus modos, tão esperto e ligeiro, que era difícil aceitar a realidade. Mas ali estava ela. O que fazia com tantos presentes? Claro, ele os vendia para se embebedar, e desaparecia para ninguém descobrir seu segredo.

Fui visitá-lo no hospital. Ao ver o rosto inchado, apenas um arremedo confuso de suas antigas feições, e toda a alegria de seus olhos avermelhada, custei a me desfazer da máscara que minha imaginação guardava de um Juan imutável, sempre sem rugas, idêntico a quando o vi descer a escada segurando os degraus. Os braços estavam fracos; as mãos grossas, inertes sobre o lençol. Era quase um velho, e tinha apenas dez anos a mais que eu! Que falha misteriosa em seu mundo, sem dúvida um mundo miserável, o levara a isso?

— E o que vocês sabem da vida dos outros!

A María Vallejos chorou muito. Acordava de mau humor, com bolsões debaixo dos olhos, culpando-nos, os ricos, por tudo, como lhe era de costume quando alguma coisa acontecia. Vestir-se para ir ao hospital ver Juan era uma cerimônia tão demorada e complexa para nossa velha cozinheira que, naquele dia, não podíamos contar com o almoço. Minha mãe levou roupas, dinheiro e uvas para o doente, enquanto meu pai o atendeu com especial interesse. Recuperou-se relativamente depressa, e as famílias para quem trabalhara fizeram uma vaquinha para lhe comprar uma perna ortopédica. Mas Juan Vizcarra nunca mais seria o "homenzinho" de antes.

Depois de várias semanas, Juan Vizcarra voltou para nossa casa, alegre, hábil, bem instalado no lavadouro, atrás do pé de framboesa. Mas seu bom humor durou pouco: depois de um tempo se tornou folgado e resmungão. Não saía de casa nem mesmo aos sábados e domingos. Eu costumava vê-lo, muito bem aprumado com a roupinha de domingo que conseguiu comprar com as economias dessa época, sentado ao sol, mudo, as mãos cruzadas e o olhar fixo no vazio. Juan Vizcarra não assoviava mais nenhuma melodia e mal respondia quando falávamos com ele.

— E o que vocês sabem da vida dos outros!

— Repararam como Juan Vizcarra está bem? — exclamava minha mãe. — É porque não bebe mais. Viram as roupas novas que comprou? E como mal se nota que é coxo? Queria que agora ele comprasse um rádio a prestações. Com o que ganha, dá e sobra. Afinal de contas, o coitadinho precisa se dar algum luxo...

Mas Juan não comprou um rádio. Um belo dia, depois de trabalhar com menos entusiasmo que nunca, pegou a trouxa de roupas e foi embora sem se despedir de ninguém. Da janela de meu quarto, eu o vi saindo: andava com a ansiedade estampada no rosto, mas, depois de tanto tempo, assoviava alegremente. Ninguém chegou a compreender a razão de seu descontentamento nem o motivo da partida.

A terra pareceu engoli-lo. Juan — outro Juan, o que chamávamos de "o Tonto" — passou a ser o "homenzinho" da casa. Mas a María Vallejos não perdia oportunidade de dizer a ele:

— Até manco e bebum Juan Vizcarra era melhor que tu!

Após dez meses, uma idosa incrivelmente decrépita e maltrapilha, de lenço anacrônico na cabeça, pediu com a voz quase oculta pela humildade para falar com alguém da família. Era uma tia de Juan Vizcarra. Explicou que o sobrinho havia ingressado tempos antes, por vontade própria, num albergue para tratamento de alcoólatras. Mas um mês depois de receber alta tinha vendido a perna ortopédica e voltado a encher a cara.

Deram-lhe dinheiro para comprar uma perna de pau. Esta, pelo menos, seria mais difícil de vender. E Juan, de perna de pau, voltou a aparecer em casa. Já não estava triste, mas muito alegre, quase como no início, embora agora exigissem dele pouco trabalho.

— Bêbado asqueroso! — gritava para ele a María Vallejos. Mas a comida de Juan Vizcarra era servida com especial esmero e abundância.

Dormia em casa. Ao lado de seu colchão no lavadouro, viam-se os pertences espalhados pelo chão: um velho cancioneiro, alguns maços do cigarro que fumava, um cinzeiro de cobre feito por ele mesmo, sabe-se lá como. Nada além disso. Saía para trabalhar nas famílias que ainda o solicitavam e entregava todo o seu dinheiro à María Vallejos, para que o guardasse até sábado. Então, a velha lhe devolvia tudo e o bom Juan se despedia, por recomendação da cozinheira, sábado ao meio-dia. Passava o dia fora, assim como domingo e segunda-feira. Voltava na terça-feira pela manhã, assoviando, geralmente um pouco machucado, mas sóbrio e disposto.

Até que voltou a se perder. Dessa vez para sempre. Sua tia nos visitou outra vez e contou que Juan tinha vendido a perna de pau. Mandaram por ela recado pedindo que ele voltasse.

Mas Juan Vizcarra não voltou nunca mais.

Às vezes, ao ver um brinquedo quebrado nas mãos da primeira neta, minha mãe costuma dizer:

— Que Juan conserte...!

E, quando ouve as próprias palavras, o silêncio recai sobre sua cabeça grisalha.

As empregadas nunca mais aceitaram um "homenzinho" trabalhando na casa por muito tempo: suas falhas são logo descobertas e eles acabam despedidos. A crise de "homenzinhos" é eterna. Meu irmão e eu lembramos de Juan Vizcarra com certa frequência, mas não, talvez não com tanta frequência. Estamos sempre muito atarefados, e a casa com suas lembranças não é mais que um porto, uma parcela muito pequena de nossa vida.

Certa tarde, eu andava apressado pela rua de um bairro miserável. Ao passar diante da porta de uma cantina popular, vi um mendigo incrivelmente esfarrapado. Muitas quadras depois me dei conta de que o mendigo que me olhara com insistência, mas sem dizer nada, era Juan Vizcarra.

Era um idoso, e Juan Vizcarra era só dez anos mais velho que eu! Voltei correndo à cantina, mas o mendigo não estava mais lá... Juan era tão orgulhoso! Mas, no fim das contas, talvez não fosse Juan, talvez fosse coisa da minha imaginação achar que aquele mendigo manco, caído numa poça de sujeira na frente de uma cantina, era Juan Vizcarra.

Às vezes penso em procurá-lo. Não consigo esquecer a melodia maliciosa que assoviava ao entrar em casa pela manhã, nem a habilidade de seus dedos vermelhos e obtusos para fazerem a vida brotar diante de meus olhos maravilhados de menino. Penso em procurá-lo... não sei para quê. Mas os anos passam. Agora só muito de quando em quando chego a me perguntar:

— Que fim terá levado Juan Vizcarra?

China

De um lado, o muro cinza da Universidade. À frente, a agitação fedorenta das vendinhas de comida se alterna com a tranquilidade das lojas de livros usados e o rebuliço dos estabelecimentos onde homens suarentos dobram e passam roupas em meio a estalidos de vapor. Mais adiante, no fim da primeira quadra, as casas recuam e a rua se alarga. Ao cair da noite, é a parte mais agitada da rua. Um mundo inteiro se aglomera em torno das barraquinhas de fruta. As laranjas de casca áspera e as maçãs verdes polidas e duras como esmalte mudam de cor sob os letreiros de neon, vermelhos e azuis. Abismos de escuridão ou de luz caem sobre os rostos aglomerados ao redor do charlatão vociferante, engalanado com uma serpente viva. No inverno, cachecóis surrados escarlates embuçam os rostos, revelando apenas o brilho turvo ou confiante, perspicaz ou bovino, que ostenta nos olhos cada ser distinto. Um que outro bonde avança pela via estreita, agitando tudo com sua estrondosa senescência mecânica. Numa sacada do segundo andar surge uma mulher volumosa enrolada numa bata listrada. Sopra um braseiro, e as faíscas voam feito o rabo de um cometa. Por alguns instantes, o rosto da mulher é claro e quente e absorto.

Como todas as ruas, esta também é pública. Para mim, porém, nem sempre foi. Por muitos anos nutri a convicção de que era o único ser estranho com direito a se aventurar em meio às luzes e suas sombras.

Quando era pequeno, eu morava numa rua próxima dali, mas de características muito diferentes. Lá as tílias, os semáforos duplos, de formas requintadas, a calçada pouco disputada e as fachadas sóbrias falavam de um mundo completamente diferente. Uma tarde, no entanto, acompanhei minha mãe até outra rua. O objetivo era encontrar uns talheres. Suspeitávamos que uma empregada os tinha roubado e levado a uma casa de penhores situada ali. Era inverno e tinha chovido. Ao fundo dos cruzamentos viam-se resquícios de luz aquosa, e acima de alguns telhados as nuvens ainda se cerniam em grandes manchas pardas e elusivas. A calçada estava úmida, e as cabeleiras das mulheres grudavam, escorridas, nas bochechas. Escurecia.

Ao entrar pela rua, um bonde veio para cima de nós com estrépito. Busquei refúgio perto de minha mãe, junto a uma vitrine cheia de caixinhas de música. Numa delas, dentro de um recipiente oval, uma garotinha sorria. Pedi a minha mãe que a comprasse para mim, mas ela não prestou atenção e seguimos em frente. Eu estava de olhos muito abertos. Queria não só olhar todos os rostos que passavam ao meu lado, mas também tocá-los, cheirá-los, tão maravilhosamente diferentes me pareciam. Muitas pessoas carregavam pacotes, bolsas, cestos e toda sorte de objetos sedutores e misteriosos. Na aglomeração, um pedreiro carregando um colchão desajeitou o chapéu de minha mãe. Ela riu, dizendo:

— Meu Deus, isso aqui parece a China!

Seguimos rua abaixo. Era difícil desviar das poças na calçada cheia de fendas e ranhuras. Ao passar diante de uma vendinha de comida, descobri que o cheiro, misturado ao da capa de chuva de minha mãe, era agradável. Tinha vontade de ser dono de todas as coisas das vitrines. Ela estava horrorizada, dizia que tudo era vagabundo ou de segunda mão. Centenas de vasos de vidro opaco, com medalhões de bandeiras e flores. Cofrinhos de gesso em forma de gato pintados de magenta e prata. Frascos cheios de bolinhas multicoloridas. Séries de cartões-postais e piões. Mas me seduziu principalmente uma loja tranquila e limpa, sobre cuja porta havia um letreiro dizendo "Costureiro Japonês".

Não lembro qual foi o desfecho da questão dos talheres. Mas o fato é que aquela rua ficou marcada em minha memória como algo fascinante, diferente. Era a liberdade, a aventura. Longe dela, minha vida se desenrolava de forma simples no compasso das horas.

O "Costureiro Japonês", por mais que eu quisesse, jamais remendaria minhas roupas. Isso seria feito por pequenas freirinhas engomadas de dedos ágeis. Em casa, à tarde, desesperava-me pensando na "China", nome com que batizei aquela rua. Existia, é claro, outra China. A das ilustrações dos contos de Calleja, a das aventuras de Pinóquio. Mas agora aquela China não tinha importância.

Uma manhã de domingo me desentendi com minha mãe. A modo de vingança, fui ao escritório e estudei demoradamente o mapa da cidade pendurado na parede. Depois do almoço, meus pais tinham saído e as empregadas tomavam sol primaveril no pátio dos fundos. Propus a Fernando, meu irmão mais novo:

— Vamos para a "China"?

Seus olhos brilharam. Pensou que íamos brincar, como tantas vezes havíamos feito, de viajar na escada dobrável debaixo da laranjeira, ou quem sabe nos fantasiássemos de orientais.

— Como eles saíram — disse Fernando —, podemos roubar coisas da gaveta da mamãe.

— Não, seu bobo — sussurrei —, dessa vez vamos para a "China".

Fernando vestia um macacão azulado e sandálias brancas. Peguei-o com cuidado pela mão e nos dirigimos à rua com a qual eu sonhava. Caminhávamos debaixo de sol. Íamos à "China", eu precisava mostrar o mundo a ele, mas, sobretudo, precisava cuidar das crianças pequenas. Conforme nos aproximávamos, meu coração batia mais depressa. Por sorte era domingo de tarde, pensei. Havia pouco trânsito, e não corríamos perigo ao atravessarmos de uma calçada para outra.

Por fim chegamos à primeira quadra da minha rua.

— É aqui — eu disse, e senti meu irmão se apertando contra meu corpo.

A primeira coisa que estranhei foi não ver letreiros luminosos, nem azuis, nem vermelhos, nem verdes. Tinha imaginado que naquela rua mágica sempre era noite. Ao prosseguir, percebi que todas as lojas tinham fechado. Nem os bondes amarelos passavam. Uma terrível desolação foi tomando conta de mim. O sol era morno, e tingia casas e ruas de uma suave cor de mel. Tudo estava claro. Circulava muito pouca gente, sempre a passos lentos de mãos vazias, como nós. Fernando perguntou:

— E por que aqui é a "China"?

Eu me senti perdido. De repente, não sabia como satisfazê-lo. Vi meu prestígio com ele decair e, se não tivesse uma ideia genial imediatamente, meu irmão nunca mais acreditaria em mim.

— Vamos ao "Costureiro Japonês" — eu disse. — Lá sim é a "China".

Tinha poucas esperanças de convencê-lo com isso. Mas Fernando, que estava começando a ler, sem dúvida conseguiria juntar as letras do grande letreiro desbotado pendurado sobre a loja. Talvez isso aumentasse sua fé. Da calçada da frente, soletrou com perfeição.

Então eu disse:

— Está vendo, bobão, não acreditou em mim.

— Mas é feio — respondeu com um bico.

As lágrimas estavam a ponto de encher meus olhos se não acontecesse alguma coisa importante, rápido, imediatamente. Mas o que poderia acontecer? Na rua quase deserta, até as lojas haviam fechado as pálpebras sobre suas vitrines. Fazia um calor lento e agradável.

— Não seja bobo. Vamos atravessar a rua para você ver — animei-o, mais para ganhar tempo que qualquer outra coisa. Naquele momento odiei meu irmão, pois o fracasso total era questão de segundos.

Ficamos parados diante da cortina metálica do "Costureiro Japonês". Como a mecha de Lucrecia, a nova empregada da cozinha, a cortina era uma dura perfeição de ondas. Havia uma portinhola nela, e achei que talvez isso interessasse meu irmão. Só me ocorreu dizer a ele:

— Veja... — e fazê-lo tocar.

Escutamos um ruído lá dentro. Amedrontados, saímos da frente e vimos a portinhola se abrir. Por ela saiu um homem pequeno e enxuto, amarelo, de olhos puxados, que em seguida passou o ferrolho na porta. Ficamos espremidos contra um semáforo, olhando fixamente para seu rosto. Passou por nós e sorriu. Nós o acompanhamos com a vista até ele dobrar na rua seguinte. Emudecemos. Só quando passou um vendedor de algodão-doce saímos desse estado de sonho. Eu, que tinha um peso, e além disso estava sentindo muito afeto por meu irmão por ter conseguido me exibir diante dele, comprei duas unidades e lhe ofereci a maravilhosa substância rosada. Ensimesmado, me agradeceu com a cabeça e voltamos devagar para casa. Ninguém havia reparado em nossa ausência. Ao chegarmos, Fernando pegou o livro Pinóquio na China e ficou decifrando as letras cuidadosamente.

Os anos passaram. "China" foi durante muito tempo como o forro em tom brilhante de um agasalho escuro. Eu costumava voltar lá em minha imaginação. Mas pouco a pouco comecei a esquecer, a ter medo sem motivo, medo de fracassar lá de alguma forma. Mais tarde, quando deixei de me interessar por Pinóquio, nosso professor de boxe nos levava a um ginásio na zona intermediária da rua: devíamos aprender a dar socos não só com força, mas com técnica. Era a época das calças largas recém-estreadas e dos primeiros cigarros. Mas aquela parte da rua não era a "China". Na verdade, eu quase tinha esquecido a "China". Agora era muito mais importante consultar no Dicionário Enciclopédico de meu pai as palavras que, no colégio, os mais velhos murmuravam entre risos.

Mais tarde entrei para a Universidade. Comprei óculos de armação escura.

Nessa época, quando compreendi que não cuidar direito do comprimento do cabelo era sinal de sofisticação, costumava voltar àquela rua. Mas já não era minha rua. Já não era a "China", embora nada ali tivesse mudado. Ia aos sebos em busca de volumes capazes de conferir prestígio à minha biblioteca e ao meu intelecto. Não via a tarde cair sobre os montes de fruta nos quiosques, e as vitrines, com seus manequins de cera emperiquitados, poderiam muito bem nem existir. Interessavam-me apenas as estantes empoeiradas e cheias de livros. Ou a silhueta famosa de algum homem que futricava nelas, silencioso e reservado. A "China" havia desaparecido. Nessa época, não lembro de ter olhado uma vez sequer para o letreiro do "Costureiro Japonês".

Mais tarde, passei diversos anos fora do país. Um dia, quando voltei, perguntei ao meu irmão, à época estudante na Universidade, onde poderia comprar um livro que me interessava muito particularmente e não conseguia encontrar em lugar nenhum. Sorrindo, Fernando respondeu:

— Na "China"...

E eu não entendi.

Santelices

1.

— Porque você há de compreender, ora, Santelices, que se deixássemos todos os pensionistas fazerem a mesma coisa, acabaríamos no olho da rua. Sim, sim, já sei o que o senhor me dirá e dou toda razão. Acha que não daríamos permissão para pendurar alguma coisinha, sendo que já vive conosco há três anos e, suponho, não deve mais sair?

Era impossível entender como don Eusebio falava tanto, pois os músculos vencidos de sua boca desdentada pareciam incapazes de produzir algo além de frágeis bicos e borbotões. Santelices refletiu que, caso cedesse às facilidades que a Bertita lhe oferecia para não precisar usar dentadura — "Confie em mim, Santelices", dizia, ou "Fique à vontade, aqui não tem garotas bonitas para namorar" —, sua boca logo, logo acabaria igual à de don Eusebio.

— Mas pregar vinte e cinco é demais.

— Vinte e três... — corrigiu Santelices, travando a língua.

— Vinte e cinco, vinte e três, tanto faz. Ponha-se no meu lugar. Como ficaria o papel de parede da casa se todos resolvessem pendurar vinte e cinco quadrinhos no seu quarto? Se dá conta? Depois ninguém mais ia querer os quartos. O senhor sabe como essa gente se importa com ninharias, como exigem, e aposto que antes de morarem aqui nem sabiam o que era uma privada de louça...

— Claro, mas eu nem usei pregos...

— Pregos, tachinhas, tanto faz, dá no mesmo. Veja essa parede. E aquela ali. Não quero nem pensar na confusão que a Bertita vai armar quando vir. E quanto me custaria empapelar tudo de novo? Faça o cálculo. Uma dinheirama! Sem-vergonhas como são os sujeitos que colocam papel na hora de cobrar...

— Mas o papel já estava ruinzinho, né...

— Faça um favor e me diga, Santelices: o que lhe deu de repente para pendurar todos esses desenhos feiosos na parede? E de onde diabos tirou tantos? Francamente, o senhor anda me parecendo meio esquisito... como se tivesse enlouquecido. E se tem uma coisa que você não é, é louco, Santelices. Ainda esses dias comentei com a Bertita como, se todos os pensionistas daqui fossem iguais ao senhor, tão tranquilos e organizados com suas coisas, este negócio seria um prazer, e não esse calvário...

— Fico muito agradecido, mas...

— Não precisa agradecer. Diga apenas a mais pura verdade. Mais que um pensionista, o senhor é da família, quase um parente, se me permite dizer, sobretudo por ser uma pessoa humilde no trato, sem a arrogância de alguns. E vou contar um segredo, de homem para homem; então não saia repetindo por aí... olha só, sabe que a Bertita...

— Como pode pensar isso, don Eusebio...

O velho baixou a voz:

— Se fossem retratos de mulheres em traje de banho, ou dessas com bem pouquinha roupa de baixo, de rendas pretas, dessas que aparecem nesses calendários tão bonitos que vendem hoje em dia, sabe, eu até entenderia. O que posso dizer, entenderia, sim. Sou velho, mas o senhor me conhece e sabe que sou muito jovem de espírito, alegre e coisa e tal. E nem contaria nada para a Bertita. Mas isso... É muito estranho, ora, Santelices; não venha me dizer que não é...

— Sei lá, mas...

— E veja só o estado do papel de parede... olhe esse buraco...

— Mas, don Eusebio, se pretendo ficar com o quarto...

— ... e esse outro. A massa da parede está caindo no lençol que eu mesmo troquei na semana passada. Veja só, meu Deus! Antes que minha pobre filhinha veja isso e sofra um ataque, vou eu mesmo chamar alguém e pedir um orçamento e, custe quanto custar, é o senhor quem terá que arcar com tudo...

E don Eusebio saiu do quarto, levando consigo um punhado de lascas como prova da perversidade do inquilino.

2.

Santelices estava atrasado para o escritório. Geralmente punha as meias e os suspensórios, a camiseta e a cueca, sentado em cima da cama. Quando fazia muito frio pela manhã se vestia quase inteiro, sem se descobrir, no calorzinho acumulado pelas cobertas durante a noite. Faltavam dois minutos para seu horário de entrada, às oito e meia. Sentado na beira da cama, tremia sem saber o que fazer. As ilustrações e fotografias penduradas na parede na noite anterior, arrancadas apressadamente durante a reprimenda de don Eusebio, estavam marcadas, amassadas, emaranhadas com as calças do pijama sobre os lençóis azedos, ainda com cheiro de seu corpo.

Ao subir para o quarto depois do jogo de canastra na noite anterior, soube imediatamente o que faria. A intenção vinha se acumulado desde muito tempos antes, porque na semana passada, quando passou em frente a uma ferragem, entrou e comprou um quilo de tachinhas sem saber por quê. Era muito difícil dormir sentindo que aqueles amplos olhos amarelos, os pés acolchoados, os corpos suntuosos imersos na letargia cálida de outros climas, viviam como prisioneiros, empilhados na última gaveta de sua cômoda. Era como se tivesse escutado seus gritos lá dentro, e não pôde resistir, embora fossem cerca de três da manhã.

Porque na noite passada, como se adivinhasse a intenção dele de fazer algo à sua revelia depois de se recolher no quarto, a Bertita havia prolongado o jogo de canastra, rodada após rodada, até um horário impensável. Santelices estava com sono e reclamou, pois precisava trabalhar cedo no dia seguinte. Mais que sono, sentia uma vontade de subir, de ir para seu quarto, como em outras noites, quando a Bertita se mostrava menos implacável com o horário, para abrir seus álbuns de recortes e fotografias, seus livros, suas pastas com estampas, seus envelopes repletos de ilustrações, desenhos, dados e artigos. Como a Bertita sabia que Santelices era louco pela canastra que costumava jogar com ela, Eusebio e um morto após o jantar, ao ponto de nunca abandonar uma partida enquanto ainda restassem cartas sobre a mesa, era fácil mantê-lo ali, prolongando a partida.

Não jogavam valendo dinheiro. Cada um tinha um saquinho com feijões — uns feijões grandes, bem brancos, como se fossem de porcelana — que faziam as vezes de dinheiro. Aos sábados acertavam as contas. Quem perdia pagava entradas de cinema para os três, para ver um filme escolhido pelos vencedores, e ela voltava a guardar os saquinhos.

No fim daquela noite, Santelices estava quase dormindo. Pesavam as cartas em sua mão e as pálpebras sobre os olhos, até que, no fim, na mesa da sala de jantar, de pé-direito alto, iluminada por uma única lampadinha, não enxergava mais nada além de uma salada de espadas, paus e copas. A cada rodada, a Bertita o arrancava do estupor com uma cotovelada.

— Ora, vamos, Santelices — dizia. — É sua vez. A graça da canastra é ser rápido, sobretudo quando jogamos com morto...

— Parece que nessa noite jogamos com dois mortos — observou don Eusebio, soltando uma gargalhada tão enérgica que a dentadura de Santelices se agitou feito um peixe rosado no copo sobre a mesa trepidante.

— Chega, papai — ordenou a Bertita. — Às vezes você parece ter oito anos, e não oitenta. Pare de rir.

No fim, Santelices despertou um pouco, porque don Eusebio começou a inventar regras novas para favorecer a si mesmo no jogo.

De início até deixou passar, porque estava sonolento demais para discutir, e tinha a esperança de que tudo terminasse logo. Mas quando don Eusebio garantiu sem embaraços que as regras certas da canastra permitiam pegar as cartas e o coringa do monte antes de baixar, contanto que a carta fosse um ás, a indignação acordou Santelices de supetão.

— Não é verdade — vociferou, agarrando a mão do velho, já estendida para se apoderar do monte.

Bertita se engasgou com a granadina que estava tomando.

— Está insinuando que meu pai é um trapaceiro?

— Não pode, não pode, não pode — chiava Santelices. — Quando eu passava os verões nas termas de Panimávida, conheci uma senhora que visitou o Uruguai...

— Até parece que passou um verão nas termas! — gritou o velho, a mão ainda contida pela de Santelices.

— Solte meu pai e, por favor, pare de mentir — disse a Bertita. — Você sabe que nada me incomoda tanto quanto gente mentirosa, ai...

— E depois sou eu o mentiroso — protestou don Eusebio. — Me sirva um gole de granadina, filha, essa briga me deu vontade de tomar alguma coisa doce...

— Não. Tem muito pouco.

— Vai ficar inchada. Meia garrafa numa noite é demais...

— Não pode pegar o monte — insistiu Santelices. — Não pode, não pode; não vão me fazer de bobo...

— E por que alguém o faria de bobo por uns poucos feijões? — disse don Eusebio.

— E o cinema, por acaso é de graça? Fui eu quem pagou nos últimos quatro domingos.

— Bá, o cinema, o cinema...

— Essa canastra está um porre — disse a Bertita. — Nunca me entediei tanto na vida. Bom, vamos terminar, agora fiquei com sono. Maioria de votos. O que você diz, Santelices? Pode ou não pegar o monte com um ás e um coringa antes de baixar?

— Não pode.

— Não pode, um voto. Eu voto que sim. Um voto a favor e um voto contra. E você, papai: pode ou não pode?

— Não pode — respondeu o velho, distraído enquanto olhava a garrafa de granadina com cobiça.

A Bertita, indignada com a confusão do pai que, segundo ela, deixou-a fazendo papel de ridículo, misturou todas as cartas da mesa com um tapa e se levantou. Foi dormir sem se despedir, deixando para os homens a tarefa de organizar e guardar as cartas. Mas não se esqueceu de levar os saquinhos de feijão.

Subindo a escada até seu dormitório, Santelices pensava em como lhe restavam apenas quatro horas de sono antes de acordar para ir ao escritório. Por um vidro quebrado da claraboia, uma gota insistente caía dentro de uma bacia. Das peças voltadas para o corredor escuro chegavam roncos de pensionistas com quem don Eusebio e a Bertita não se misturavam: somente a ele concediam o privilégio de sua intimidade. A forma precisa e gelada da chave em sua mão e o minúsculo ruído metálico ao enfiá-la na fechadura deixaram-no um pouco desperto. Vestiu o pijama. De chaveiro na mão, foi até a cômoda e abriu a última gaveta.

Bastou espalhar os envelopes em cima da cama e abrir algumas pastas para que o quarto se transformasse. Novos cheiros, potentes e animalescos, venceram os cheiros fatigados de costume. Criaram-se galhos imóveis, prontos para tremer depois de um salto feroz. No mais fundo da vegetação, os arbustos estalaram sob o peso de patas sorrateiras e a grama se agitou com a astúcia dos corpos vagantes. As efusões animais deixaram o ar impuro. E a sombra verde e violeta, e a luz manchada, comoveram-se com a perigosa presença da beleza, da ameaça que paira na graça e na força.

Santelices sorriu. Isso a Bertita era incapaz de compreender. Já não importavam nem a hora, nem o sono, nem o escritório: o tempo havia ampliado seus limites num abraço generoso. Santelices pegou todas as imagens. Estendeu-as na cama, no chão, na mesa, na cômoda e na penteadeira, e, contemplando-as com lentidão e regozijo, buscou o quilo de tachinhas. Sua coleção era a maior, a mais bela do mundo. Embora jamais a tivesse mostrado ou falado sobre ela com ninguém, bastava-lhe essa certeza íntima para que se sentisse superior, firme, orgulhoso diante dos outros, que jamais sequer suspeitariam que ele guardava aquilo na última gaveta de sua cômoda.

Com seu primeiro salário de arquivista, muitos anos antes, dera-se ao luxo de comprar uma caixa de chocolates enfeitada com uma fita azul-celeste, em cuja tampa figurava um mimoso cachorro de espécie doméstica, brincando com um novelo de lã. Depois de comer os bombons, resistiu a colocar a caixa no lixo por achá-la muito bonita, e acabou guardando-a. Manteve-a guardada durante muitos anos. Às vezes lembrava do sorriso que não era sorriso, da insinuação de perigo na pata brincalhona de unhas pouco expostas. Então pegava a caixa para admirá-la. Com o tempo, passou a pegá-la com mais frequência, até sentir que isso não bastava, que ali a razão essencial para tê-la guardado estava diluída, quase completamente ausente. Uma tarde, folheando números antigos de revistas num sebo, descobriu uma reportagem colorida mostrando não a espécie doméstica, mas outras, maravilhosamente diferentes: aquelas que vivem na selva e matam. Lembrou-se da caixa de bombons, e ao se apaixonar pelo que via, esqueceu-se dela. Ali, nas fotografias sensacionais que contemplava com a nuca fria de emoção, a proximidade da ameaça e a crueldade nua pareciam intensificar a beleza, dotando-a de uma eficácia angustiante, fazendo-a ferver, flamejar, cegar, até deixá-lo de mãos suadas e pálpebras trêmulas. Comprou a revista com gula. Desde então começou a percorrer as livrarias com frequência, procurando algo, algo capaz de prolongar aquela emoção, de ampliá-la, de multiplicá-la, e comprava tudo que conseguia encontrar. Às vezes era tentado por livros caríssimos, que deixavam sua conta zerada por vários meses. Mais de uma vez encomendou do exterior monografias em idiomas incompreensíveis, mas, ao folheá-las, ao acariciá-las, sentia ter adquirido algo, algo mais.

Às vezes passavam-se meses em que, em sua peregrinação pelas livrarias, não conseguia achar nada. Na penumbra do quarto, apenas com o globo azul da penteadeira aceso, olhava as estampas, procurava sua emoção extraviada em meio às ilustrações, que permaneciam perversamente inanimadas, reduzidas a papel e tinta impressa. Algo nele mesmo também permanecia inanimado. A avidez da busca paralisava sua imaginação, porque a ânsia de obter algo muito preciso crescia como uma videira, cegando e imobilizando, sem deixar espaço para nada além de si mesma.

Foi numa tarde dessas que a Bertita disse a ele:

— Escute, Santelices, alguém por aí roubou sua namorada, para você andar estranho assim?

Foi como se houvessem tirado dele o pouco que ainda tinha.

No escritório, deu uma doença como desculpa e foi ao zoológico. Passou um longo tempo ao lado das jaulas das feras. As moscas zumbiam ao redor das bocarras e dos excrementos fétidos. Os rabos estavam sujos, as peles, raspadas e opacas, as jaulas eram decepcionantemente pequenas. Quando os cuidadores usavam forcados compridos para lhes atirar pedaços de carne bovina, as feras se lançavam sobre os nacos ensanguentados, fazendo estalar os ossos, grunhindo, soltando baba quente ao devorá-las. Santelices fugiu. Era aquilo que queria, mas não era aquilo. No período posterior à visita ao zoológico, nas buscas pelas livrarias, já não se conformava com as belas ilustrações apresentando o sorriso triangular e o passo sinuoso das feras como uma satisfatória insinuação de morte. Sedento, buscava cenas ferozes, onde a realidade das bocarras fumegantes ainda estivesse tingida pelo ardor do sangue, ou onde o peso do animal deixasse cair toda a sua brutalidade sobre a vida espantada. O peito de Santelices palpitava junto com a vítima e, para salvar-se do pânico, ele grudava os olhos no agressor em busca de identificação.

Na noite anterior havia concedido liberdade aos mais bonitos, aos príncipes, aos seus preferidos. Pendurou-os sobre a cabeceira da cama, ao lado da penteadeira e do guarda-roupa com espelho, e ficou muito tempo deitado na cama de luz acesa, mais que os observando, sentindo como se adonavam do quarto. Proferiram sons perigosos, que podiam não ser mais que uma pata pisando na poça, um galho quebrado ou o erguer repentino de orelhas pontiagudas. Vieram corpos de caminhar perfeito, piscadas de olhos que, no escurecer, fulguravam até queimar, cheiros, baforadas de ar usado em pulmões poderosos, presenças, atritos, calor de peles estendidas sobre a elegância de músculos precisos, toda uma enervante incitação a participar de uma vida candente, a se expor para ser bocarra e sangue, vítima e agressor.

Mas Santelices pegou no sono.

Menos de uma hora depois, don Eusebio bateu na porta e entrou sem esperar. Ao acender a luz, explicou que vinha para pedir, por favor — e Santelices sem dúvidas atenderia, dada a intimidade exclusiva que lhe era oferecida —, que ele acordasse cedo naquele dia, pois o aquecedor de água de um dos banheiros estava ruim e seria conveniente descongestionar o outro o máximo possível na hora em que os pensionistas saíam para o trabalho. Não conseguiu terminar sua explicação, porque os olhos se fixaram de repente, a boca desdentada ficou aberta, e um segundo após a pasmaceira começou a reprimenda, obrigando Santelices a arrancar imediatamente tudo aquilo da parede.

Quando o velho saiu, Santelices demorou muito para se vestir. Não se importava de chegar tarde no escritório naquele dia; afinal, em dezesseis anos de trabalho, jamais se atrasara. Enquanto descia na ponta dos pés, revolveu em seu estômago a certeza de que a Bertita o escutaria saindo. Voltou para o quarto e trocou os sapatos por outros de sola de borracha, e voltou a descer, ainda mais silenciosamente. Não havia luz no quarto dela... ou sim? Deslizou em frente à porta dela com a maior suavidade que conseguiu, mas ouviu o grito esperado:

— Santelices!

Deteve-se com o chapéu elevado sobre a cabeça calva.

— Falou comigo, Bertita?

— Não se faça de bobo, escute. Venha aqui...

Santelices hesitou de mão na maçaneta antes de entrar, examinando duas moscas mortas, secas havia anos, presas entre a cortininha empoeirada e o vidro. Bertita ainda estava na cama, sentada em meio ao que parecia um mar de almofadas gordas na imensa cama finamente entalhada. Sobre a mesa de cabeceira havia uma caixa de pó de maquiagem virada de cabeça para baixo, um pente com cabelos emaranhados, grampos, rolinhos, pregadores. Ao lado dela, don Eusebio vigiava de escova na mão e pano amarrado na cabeça.

— Não tem nada importante para fazer, para ficar parado aí feito idiota? — gritou a Bertita para ele, e o velho saiu correndo para substituir a criada despedida na semana anterior.

Quando ficaram sozinhos, a Bertita baixou os olhos e começou a choramingar. As mãos tremiam sobre a colcha de cetim azul. O peito era como uma grande bomba que ela inflava, inflava. As lágrimas se juntavam nas amplas bochechas com pó recém-aplicado; ao ver isso, Santelices entendeu que a Bertita havia se arrumado especialmente para esperá-lo, e quis sair do quarto.

— Santelices! — ouviu de novo.

A Bertita o mantinha preso em seu olhar, agora seco.

— É que...

— Me diga, olhe...

— É que eu não...

— Como pode, depois de tudo que fiz por você...

E começou a choramingar de novo, dizendo:

— Todos esses desenhos sujos... você me odeia...

— Como você pode dizer...

— Sim, sim, me odeia. E agi como uma mãe para você quando foi operado, preparando comidinhas especiais, acompanhando-o o tempo todo para que não se entediasse sozinho, e lembre-se de que cedi este quarto, meu próprio quarto e minha própria cama, para você ficar mais confortável e se recuperar bem. É o cúmulo da ingratidão...

Santelices lembrou com um calafrio da convalescença no dormitório de Bertita após sua operação de úlcera. Havia imaginado o mês de repouso na cama, com salário pago e substituto no escritório, como o paraíso na Terra. Teria muito tempo para examinar com tranquila demora os álbuns de recortes e fotografias! Poderia ler tudo sobre os hábitos das espécies, sua distribuição geográfica, seus estranhos hábitats! Mas sem permitir a ele qualquer resistência, a Bertita instalou-o no andar de baixo quando ainda estava fragilizado demais, em seu próprio quarto, para tê-lo ao alcance da mão, e passava o dia inteiro ao seu lado, sufocando-o de cuidados, sem deixá-lo sozinho nem um minuto por dia, distraindo-o, vigiando-o, vendo em cada gesto mínimo um desejo inexistente, um significado que ele não lhe queria atribuir, um pedido de algo de que não precisava. Lá em cima, em seu próprio quarto, os olhos brilharam cegos e os corpos perfeitos permaneceram planos na gaveta da cômoda durante o mês inteiro, à sua espera. Porque a Bertita não permitiu que Santelices voltasse para o quarto até estar completamente satisfeita com a recuperação dele.

— Mas ora, Bertita, eu valorizo tanto sua...

— Valoriza, é? — perguntou, parando de chorar de repente, enquanto agitava as ilustrações trazidas por don Eusebio. É mesmo, é? E acha que por isso tem direito de quebrar a casa inteira quando der na telha? E esses desenhos asquerosos... Por isso se trancava no quarto; mas agora eu descobri, e você não poderá fazer suas coisas estranhas sem eu ficar sabendo, e essas coisas não podem acontecer nesta casa, podemos até ser pobres, mas somos gente decente. Veja só você, depredando a casa de gente decente. Quer tudo de mão beijada, sim, bem isso, igual a todos os homens, quer alguma mulher, alguma idiota, se sacrificando por eles para depois fazerem coisas esquisitas e nem sequer contarem... e mais tarde passam a odiá-la...

— Como pode pensar isso, Bertita, se gosto tanto de você...

— Não venha debochar de mim só por ser uma pobre solteirona sozinha, obrigada a aguentar o imprestável do meu pai que não serve nem para me defender. Você conheceu ele já velho, com poucos anos de vida pela frente, mas precisava ver como era antes; o tanto que nos fez sofrer, meu Deus. Um desconsiderado, como todos os homens, como você: egoísta, convencido, um porco, porque esses desenhos, olhe para eles, não me venha com histórias, são a mais pura porquice. E depois joga canastra se fazendo de santinho, para vender gato por lebre... claro. Pensam que a gente é boba. Vou mandar estucar seu quarto de novo e aplicar o papel de parede mais caro, e mesmo se custar um milhão é você quem vai pagar. Vou agora mesmo ver a sujeirama que você deixou lá em cima, corro até o risco de acabar resfriada por culpa sua.

Ao ver o grande corpo da Bertita se erguendo de um salto entre os lençóis e as almofadas, impudicamente vestido com uma camisola semitransparente comprada de uma senhora da pensão após uma viagenzinha, Santelices abriu a porta e fugiu. O cheiro de quarto fechado, de pó, de granadina pegajosa e rosada, de corpo frouxo de virgem velha, perseguiu-o na corrida de quatro quadras até o escritório. Subiu os cinco andares apurado, porque o elevador estava estragado, entrou sem cumprimentar ninguém e se trancou no escritório com ordens de não ser perturbado por motivo algum, não atenderia a pedidos de relatório até segunda-feira, porque hoje precisava revisar material. Passeou entre as estantes cheias de arquivos. No parapeito da janela umas pombas bicavam alguma coisa e de vez em quando olhavam para ele. Sentou-se à escrivaninha e levantou-se outra vez. Pela janela, olhou o estreito pátio interno cortado ao meio pelos raios oblíquos, as nuvens se arrastando lá em cima no céu limpo da manhã, e a mocinha loira que brincava no fundo do pátio, cinco andares abaixo.

Esperou a manhã inteira, não saiu para almoçar e permaneceu fechado a tarde inteira. Olhou tudo diversas vezes, o céu, as estantes, a menina brincando com o gato, tentando não pensar, afastar-se do momento de chegar em casa e descobrir que agora já não tinha mais nada...

3.

Quando Santelices saiu do trabalho naquela tarde, vagou pelas ruas e pelos arredores do zoológico, que já estava fechado para o público. Dava diversas voltas perto das grades, parava bruscamente ao discernir em meio à turva multiplicidade de cheiros aqueles que conhecia. Da prisão das jaulas noturnas chegavam aos seus ouvidos rugidos fracos que foram se esgotando. No entanto, como não tinha vontade nem de ver nem de ouvir nada, foi embora tão logo a noite caiu bruscamente e seguiu vagando pelas ruas. Comeu um sanduíche condimentado demais que o fez pensar na possibilidade de outra úlcera. Depois entrou num cinema de seções contínuas e adormeceu na poltrona. Quando saiu, era por volta de uma da manhã. Com certeza, na pensão da Bertita já não havia ninguém acordado. Só então decidiu voltar.

No corredor, foi recebido pelo cheiro de papel queimado, que se sobrepunha ao cheiro de fritura de todas as sextas-feiras — acelga refogada — sem conseguir apagá-lo. Havia um silêncio muito grande no casarão, como se ninguém jamais tivesse morado ali. Chegou ao seu quarto e vestiu um pijama de flanela listrado. Dedicou-se por algum tempo a procurar sem vontade os recortes e ilustrações, os álbuns e envelopes, pelas gavetas, debaixo da cama, em cima do guarda-roupa. Mas sentiu frio e deitou tremendo depois de fazer uns bochechos com toda tranquilidade, pois sabia, já tinha certeza antes mesmo de chegar, que a Bertita tinha destruído tudo. Queimado tudo. Durante o dia, no escritório, repassou cada imagem em sua mente para se despedir. O que mais podia fazer? Qualquer protesto ou reivindicação era impossível. Enquanto evocava as ilustrações, via a si mesmo como uma criança muito pequena e a Bertita de pé ao lado dele, virando as páginas dos álbuns, apontando as ilustrações sem deixá-lo tocar. A presença se intrometia no encanto das bestas e ia esmagando cada uma das imagens, dessangrando-as, reduzindo-as à lembrança das circunstâncias da compra, ao peso dos livros, à dimensão variada das fotografias brilhantes, a papel, a cartolina, a cores de tinta. A essência das feras não se fez mostrar. Era como se Santelices tivesse queimado mentalmente cada uma das ilustrações, uma por uma, numa chama que depois se apagou.

Adquiriu o costume de se levantar ao raiar do sol para evitar a Bertita e don Eusebio. Voltava muito tarde para desabar esgotado em sua cama e deixar um sono pesado e sem imagens se apoderar dele. Alimentava-se de sanduíches, de amendoim, de caramelos, e assim sua digestão, sempre tão delicada, se descompôs. No escritório era o mesmo de sempre: cumpridor, decoroso, organizado. Ninguém notou nenhuma mudança. Como era época de pouco trabalho, tinha tempo de sobra para não fazer nada, sentar ao lado da janela e olhar o céu, jogar migalhas para as pombas que apareciam no parapeito, esquadrinhar os telhados da cidade por um canto aberto do pátio ou se distrair observando a mocinha loira que, no fundo do pátio interno, cinco andares abaixo, parecia estar sempre ocupada com alguma coisa: lavando roupa, regando uma planta malcheirosa, brincando com o gato ou penteando demoradamente os cabelos.

Às vezes, passava em frente a casas com uma plaquinha pendurada que dizia: Alugam-se quartos de pensão. Entrava para examinar o oferecido, cogitando que fosse possível mudar de casa. Conversava um pouco com a senhoria, que ficava encantada com a respeitabilidade tão clara de seu possível pensionista, mas Santelices sempre acabava encontrando algum defeito, a luz do banheiro, a escada muito grande, o teto descascando do dormitório, para ser pretexto de uma negativa. Entretanto, não se enganava: sabia que não era mero pretexto. Sabia que jamais iria embora da casa da Bertita. Era muito difícil começar a fabricar uma nova relação com alguém, com quem quer que fosse. A ideia lhe era dolorosa. Causava-lhe uma apreensão muito bem definida. Além disso, já tinha idade suficiente para se dar ao direito de apreciar a comodidade e pagar um preço alto por ela. Bem ou mal, saber que podia jogar todas as noites umas partidas de canastra sem os dentes postiços, ter certeza de que jamais faltariam botões em suas camisas, que seus sapatos estariam limpos pela manhã, que respeitavam suas irregularidades estomacais, seus gostos, suas pequenas manias, era algo tão sólido que para ele seria uma tragédia abandonar tudo.

Mas ainda não conseguia juntar determinação suficiente para voltar para casa num horário que forçasse um encontro e o obrigasse a tomar posição definida sobre as ilustrações perdidas. Afinal, ele de fato havia estragado a parede. Tinham direito a uma represália. Sempre que se lembrava disso, sentia algo quente cavoucar em suas tripas... estavam queimadas. Mas preferia qualquer coisa a um enfrentamento com a Bertita — não podia estender a mão e pedir a ela o que era seu. Não podia dizer, porém, que não tinha vontade de voltar, de retomar o eixo de sua existência ordenada. Pensava em tudo isso enquanto numerava expedientes ou sentava-se junto à janela do escritório. Na janela em frente haviam pintado um novo letreiro: Irmãos Leiva. Quem seriam? Lá embaixo, no fundo do pátio interno, a mocinha costurava. Era uma pena não poder ver seu rosto, que deveria ser de extraordinária ternura ao brincar com a gatinha; era fêmea, ele sabia porque tinha dado cria e agora eram cinco, talvez seis animaizinhos circundando a mocinha, e ela dava leite e acariciava a todos.

Talvez tenha sido o enternecimento provocado pelo nascimento dos gatinhos o responsável por fazê-lo esquecer os próprios medos. Naquela tarde, foi direto para casa depois do trabalho, como se nada tivesse acontecido, com a intenção de apagar com sua naturalidade qualquer exigência de sua parte e anular qualquer reprimenda da parte da Bertita. Implicava, assim, a inexistência de qualquer episódio desagradável entre eles. Além do mais, como cedo ou tarde precisaria levantar a bandeira branca, mais valia fazer isso agora, antes que sua digestão ficasse definitivamente ressentida e seus pés arrebentassem de tanto caminhar pelas ruas.

Entrou em casa assoviando. Reparou em como, ao escutá-lo, a Bertita interrompeu de repente o poderoso jorro de água do banheiro para vir ao seu encontro. Santelices subiu a escada sem olhar para ela, e quando chegou no patamar fixou o olhar nela, que o encarava lá de baixo, pasma, secando os braços com uma toalha.

— Opa, Bertita... — exclamou Santelices. — Boa tarde...

E continuou subindo sem escutar o que ela dizia.

Quando chegou no quarto, deitou na cama sorrindo. Era um prazer imenso contar com aquele quarto amplo, embora um pouco escuro; uma nova vida sem sequer a ameaça do papel impresso, sem o convite atormentador que há tantos anos ele oferecia a si mesmo, dia após dia, noite após noite, participando apenas de ecos longínquos e inofensivos. Havia dormitado um pouco quando escutou um chamado muito suave em sua porta.

— Santelices?

— Bertita? Pode entrar...

Santelices sentiu a mão da Bertita largar bruscamente a maçaneta ao ouvir o convite...

— Não, não, obrigada. Não quero incomodá-lo. Você tem suas coisas para fazer...

Santelices não respondeu, para ver o que acontecia. Depois de alguns segundos, a Bertita prosseguiu:

— ... é só para avisar que a comida fica pronta em uns quinze minutos, então...

Houve uma pausa, um espaço que Santelices não preencheu.

— ... fiz o guisado de frango de que você gosta...

— Qual? — perguntou ele.

A mão ansiosa da Bertita voltou a pousar na maçaneta.

— Aquele que vimos um tempo atrás numa revista argentina, lembra? Preparei no aniversário do meu pai para provar...

— Ah, sim, daqui a pouquinho eu desço...

— Maravilha, então; mas não se apresse. Vai uns quinze minutos...

Teve a sensação de que a Bertita continuou ao lado da porta por um minuto, não, por um segundo além da conta antes de voltar pelo corredor cantarolando alguma coisa. Esperou um pouco, molhou o rosto na pia, jogou a água fora no balde florido, ajeitou a gravata e desceu.

O frango estava saborosíssimo. Era preciso admitir, a Bertita tinha mão muito boa para a cozinha quando se dispunha a preparar alguma coisa. Pareceu inebriada pelo elogio de Santelices:

— Você tem uma mão divina, Bertita, divina. Sorte dos mortais que passam a vida perto de você...

Serviu-se três colheradas.

Ligaram o rádio, no programa "Noches de España", que don Eusebio celebrou com entusiasmo suspeitamente exagerado, como se obedecesse a instruções. A Bertita o fitou, severa, e quando o velho começou a contar piadas andaluzes de teor muito intenso, a filha o interrompeu propondo uma partida de canastra. Todos consideraram a ideia brilhante, e foram buscar o baralho. As partidas daquela noite foram amenas, risonhas, rápidas. Santelices ganhou com facilidade, sem que Bertita ou don Eusebio protestassem.

— Veja, sinta como sua bolsinha está cheia, Santelices. Está rico, hein?

— Guarda para mim, por favor?

— Claro, eu cuido...

Ao fim da semana, o saquinho de Santelices estava cheio, e os outros dois, esquálidos. Don Eusebio pareceu um pouco incomodado de pagar o cinema naquele domingo e falou pouco, enfiando-se na página hípica do jornal até a filha arrancá-lo dali. Santelices escolheu o filme Vulcão de paixões, em homenagem à Bertita, que tinha passado a semana inteira falando sobre a vontade de vê-lo, pois a mesma pensionista que havia lhe vendido a camisola de nylon contrabandeada contou se tratar da história de uma mulher linda que parecia má, mas no fundo era boa. Mimaram tanto Santelices naquela semana que ele encontrou forças para pedir emprestado a don Eusebio o binóculo que este usava no hipódromo antes da Bertita recriminá-lo por esse vício que tantas lágrimas lhe custaram. Santelices explicou que o usaria para se distrair olhando pela janela de seu escritório durante o período de pouco trabalho. O binóculo era, de fato, para olhar pela janela. Especificamente para olhar a mocinha brincando com os gatos no pátio o dia todo, todos os dias.

Quando chegou ao escritório foi direto para a janela, mas teve dificuldade para encontrar o foco exato. A ansiedade travava suas mãos e o fazia pensar que sempre podia haver um foco melhor. Por fim se deu por satisfeito. Era uma mocinha de uns dezesseis anos, de cabelos loiros e lisos, delicada, e um traço fatal de melancolia em seu rosto parecia dizer que não pertencia a nada nem ninguém. Santelices ficou comovido. Ao redor da mocinha brincavam os oito ou nove gatos malhados, pintados, avermelhados, filhos da gata imensa que dormia em seu colo. Examinou o pátio com o binóculo. Mas não havia outro gato, muito grande, encolhido na sombra da amassadeira? E o que eram aquelas sombras se movendo atrás das árvores? Conforme a tarde avançava, Santelices viu por cima dos tapumes, nos parapeitos, desprendendo-se dos galhos de uma árvore na qual não tinha reparado antes, a chegada ao pátio de diversos outros gatos, que a mocinha acariciava sorridente. O que acontecia naquele pátio quando era noite e todos os escritórios do edifício fechavam? Bem se sabe que os felinos são traiçoeiros à noite, algo acontece com eles, enchendo-os de uma ferocidade amainada pelo raiar do sol. Será que a mocinha permanecia sempre ali, rodeada pelos felinos indolentes?

Com os mimos prolongados recebidos em casa, ele esquecia com facilidade os sobressaltos causados pela mocinha. Além do mais, e esse era seu segredo, se as delicadezas da Bertita com ele cessassem, como temia sempre a cada ato dela, sempre restaria o consolo da amizade à distância com a mocinha loira que vivia no pátio de luz. Ficou tão seguro com essa certeza que uma noite, ao saber que havia ensopado de carne-seca para o jantar, Santelices disse:

— Não gosto de carne-seca, quero frango.

— Frango duas vezes por semana, nem se fosse investidor da bolsa... olhem só, quem ele pensa que é... — respondeu Bertita.

— Pois é, mas estou com vontade de comer frango.

A Bertita se irritou:

— Escute, olhe só, você já está passando do ponto com as exigências, Santelices; tudo porque sabe que nós...

Algo foi se revelando nos olhos de Bertita, ameaçadoramente expostos outra vez, após tantos meses. Enquanto arregaçava as mangas do avental floreado, não piscou nenhuma vez, e depois se serviu um copo enorme de granadina. Santelices disse rápido, antes que o olhar extinguisse sua ousadia:

— Escute, Bertita, me conte uma coisa. Lembra de uns desenhinhos meus, uns quadrinhos que um tempo atrás coloquei na parede de meu quarto e depois não achei mais? Sabe que fim levaram?

A Bertita quase deixou o copo cair. Seus olhos duros se dissolveram ao desviar do olhar de Santelices:

— Ai, meu Deus, você e seus desenhinhos, que droga, né? Por que resolveu falar disso a essa altura, depois de quase dois meses? Não tem vergonha de se preocupar com brinquedos de criança pequena? Depois de... bem, disso, andei falando com meu pai, e como parece que você pensa em ficar com o quarto em definitivo...

Ele a derrotou dizendo:

— Hmm, pode ser...

Os olhos de Bertita se fixaram nele e não o deixaram mais.

— ... decidimos que não valia a pena botar papel novo nem cobrar nada. Não se preocupe...

— Claro, vocês são sempre tão solícitos...

Esperou a Bertita esboçar um suspiro de alívio para interrompê-lo, insistindo:

— Mas e as ilustrações.

— Ai, ora, Santelices, meu Deus; deixe de bobagem. E eu vou saber o que meu pai fez com elas? Só sei que entreguei a ele. Claro que... não sei se você vai achar isso ruim, mas veja bem, fiquei com uma colorida, achei que você não se importaria, e coloquei na moldurinha do espelho azul que a pensionista do 8 deixou quando foi embora. Quer passar no meu quarto para ver? Ficou um amor; vou mostrar como destaca o animal, em meio às folhas tão grandes e às flores tão raras. Uma vez vi num filme...

Santelices saiu sem se despedir.

Naquela tarde, ficou no escritório até depois de todos os outros irem embora. À medida que a noite avançava, na ala da frente, todas as luzes foram se apagando, uma por uma, até o edifício de cimento ganhar uma ressonância própria, de imensa caixa vazia. Uma baforada de ar carregada de espessas insinuações entrou pela janela aberta. Ficaram somente ele e a mocinha incauta entre os gatos, cinco andares abaixo. As sombras se fundiram, caindo de bloco em bloco no pátio exíguo, iluminado pelo fulgor de olhos verdes, dourados, vermelhos, piscando. Santelices mal divisava as formas a que pertenciam com auxílio do binóculo. Eram dezenas de animais circulando ao redor da mocinha: ela não era senão uma mancha pálida em meio àqueles olhos que se acendiam ao olhá-la, gananciosos. Santelices foi gritar um alerta para ela e se inclinou sobre a janela; mas, à sua frente, a janela dos "Irmãos Leiva" clareou de repente, abrindo com um rangido, e a vivacidade de um riso vulgar atravessou de um lado a outro o silêncio do edifício. Santelices procurou o chapéu na penumbra e foi embora.

Naquela noite, não foi jantar em casa. No dia seguinte, contudo, voltou direto do escritório, procurou a Bertita e disse que, como havia encontrado outro lugar para morar, pretendia se mudar no mês seguinte, e ela podia dispor a peça a partir daquela data.

— Mas Santelices, por quê? O que te fizemos? — balbuciou.

— Nada...

— Então, não entendo...

— Uma colega viúva do escritório vai me ceder um cômodo em seu apartamento, ela não tem filhos, e o apartamento é lindo, de luxo, precisa ver só como é moderno. Eu seria o único inquilino.

Imagine só a praticidade, até porque é uma senhora muito simpática. Até toca violão...

Pálida, a Bertita ofegava como se algo fizesse pressão dentro dela, enchendo-a, até que explodiu:

— Vocês... sempre vão aonde o sol é mais quente, mal-agradecidos. Vá, se é isso que quer... por mim, que diferença faz? Mal-agradecido, depois do tratamento que teve nesta casa. Que me importa? Você é um porco, como todos os homens, só pensam na mesma coisa... porco, porco...

À medida que repetia as palavras, começou a gemer, a se desfazer, chorando desesperada. Um muro levantado dentro de Santelices o impediu de se comover. Não a odiava, nem sequer a queria mal, nem sequer tinha planos de ir a outra pensão. Mas entendeu que desejava ver aquilo com os próprios olhos havia muito tempo: a Bertita desolada, chorando inconsolável por sua causa. Antes que as ondas de sua compaixão aumentassem e derrubassem o muro, deixou o cômodo. Lá fora, já não se importava com nada, absolutamente nada. Foi dormir.

Deitou-se na cama sem tirar a roupa. Alguém roncava no quarto contíguo. No da frente, uma criança acordou e disse à mãe que queria fazer pipi. Alguns atrasados entravam em seus quartos na ponta dos pés, despertando as velhas tábuas adormecidas do piso. Contemplou as paredes onde pouco tempo atrás campearam certa noite suas feras obedientes, destruídas por Bertita. Nada lhe importava, pois agora a selva crescia dentro dele, com seus rugidos e calores, com a efusão da morte e da vida. Mas havia uma coisa, sim, uma coisa ainda era importante para ele. No fundo de sua imaginação, como no fundo de um pátio muito escuro, foi surgindo uma mancha pálida, crescendo aterrorizada diante da ameaça que a rondava. Ela pensava que eram simples gatos, como o da tampa da caixa de bombons com a fitinha azul-celeste. Mas não, ele precisava alertá-la, gritar para salvá-la de ser devorada. Não conseguiu dormir porque sentia a mocinha implorando para ele, só para ele. Revolvia-se na cama, vestido, seus esforços incapazes de exorcizar os animais perigosos. Levantou-se, fez alguns bochechos porque estava com um gosto amargo na boca e se dispôs a sair. Desceu as escadas sem se importar se acordava a pensão inteira com seus passos. Tinha pressa. Ao passar diante do quarto da Bertita, a luz se acendeu e ele ouviu:

— Santelices?

Ficou parado sem responder.

— Santelices! Aonde vai a essa hora, pelo amor do santo Deus?

Depois de alguns segundos de silêncio, respondeu:

— Preciso sair.

Ao fechar a porta, ouviu um gemido animalesco cortando a noite:

— Papai!

Lá fora, o ar gelado recortou sua silhueta, separando-o de maneira definitiva de todas as coisas. Apesar do frio tranquilo, sem vento nem umidade, tirou o chapéu e sentiu o ar acariciando sua nuca e a cabeça calva, a testa e o pescoço, afastando-o, salvando-o de qualquer preocupação exceto com a mocinha prestes a ser devorada.

Subiu os cinco andares de um salto. Sem saber como, abriu portas e mais portas até chegar ao escritório. Na escuridão, acercou-se da janela e abriu; imensa janela que desvelou sobre sua cabeça toda a escuridão de um céu descolorido, onde a lua quente, vermelha, de bordas imprecisas, como um abcesso, parecia prestes a estourar sobre as copas das árvores gigantescas. Sufocou um grito de horror: o pátio era um viscoso viveiro de feras, de onde todos os olhos — amarelos, grená, dourados, verdes — olhavam para ele. Levou as mãos aos ouvidos para que a maré de rugidos não destruísse seus tímpanos. Onde estava a mocinha? Onde estava sua forma afundada naquela vegetação quente, naquele ar impuro? Cada vez mais tigres de olhos iluminados saltavam do muro para o pátio. Os ocelos, os pumas famintos, arranhavam os retalhos de escuridão em meio às folhas violeta. As onças destroçavam os linces, as panteras trepavam nas árvores que quase,

quase chegavam até a janela de onde Santelices esquadrinhava o pátio em busca da mocinha sem poder encontrá-la. Tudo chiava, rugia, trepidava de insetos enlouquecidos pelo perigo no ar venenoso e turvo da selva. De um galho muito próximo, um jaguar tentou morder a mão de Santelices, mas só conseguiu tomar dele o binóculo. Uma pantera enfurecida, de olhos cor de brasa multifacetados, rugiu na sua cara.

Santelices não sentia medo. Havia uma necessidade, um imperativo, que era como o reencontro de sua coragem num triunfo possível, a definição mais rica e ambiciosa, mas a única, por ser a mais difícil. Os galhos se desanuviaram lá embaixo, no fundo mais distante. Santelices conteve a respiração: era ela; sim, ela pedia que ele a resgatasse desse viveiro pavoroso. Animais cujos nomes ignorava se arrastavam trepando pelos galhos estremecidos, e os pássaros agitavam suas plumagens maravilhosas em meio às samambaias monstruosas. Com as mãos apavoradas espantava os insetos quentes de umidade que se chocavam em seu rosto. Toda a noite era de olhos fulgurantes; acima, no céu, através dos galhos gigantes que o sufocavam, e lá embaixo, na borrasca de feras se destroçando mutuamente. O ar espesso da noite, iluminada apenas por uma lua opaca — ou era um sol desconhecido? —, chegava repleto de ganidos aprisionados em sua densidade. Lá estava a mocinha à sua espera; talvez gemesse; não conseguia ouvir sua voz em meio ao trovão de alaridos, rugidos, gritos, mas precisava salvá-la. Santelices trepou no parapeito. Sim, estava lá embaixo. Com um grito espantou uma fera do galho vizinho e, para descer por ele, deu um salto feroz para alcançá-lo.

Nota da editora

A edição original deste livro, publicada em 2023 pela Alfaguara Chile sob o título Contos reunidos, partiu do primeiro livro publicado por Donoso, Veraneo y otros cuentos (Editorial Universitaria, 1955) e de outro título publicado pelo próprio autor no mesmo ano, Dos cuentos, composto por "O homenzinho" e "Ana María", posteriormente incluídos em *El charlestón* (Editorial Nascimento, 1960), seu último livro de contos.

Em 1966, os dois livros e outros dois contos ("China" e "Santelices") foram reunidos em Los mejores cuentos de José Donoso (Zig-Zag). São estes os contos presentes nesta edição. Não foram incluídos os primeiros contos do autor, escritos em inglês e publicados na revista MSS da Universidade de Princeton, "The Blue Woman" (1950) e "The Poisoned Pastries" (1951); e "Pasos en la noche" (1959), publicado na revista Américas e transcrito a partir de seus cadernos em *Diarios tempranos. Donoso in progress 1950-1965* (Ediciones UDP, 2016). Segundo a editora chilena, respeitou-se a decisão do autor de mantê-los à margem de sua produção narrativa em todas as edições dos contos que realizou em vida.

O livro é dedicado a Teresa Vergara, *nana* (como os chilenos chamam suas babás e empregadas domésticas) de Donoso durante a primeira infância, que não sabia ler nem escrever, mas tinha uma imaginação prodigiosa para contar histórias e inspirou diversas personagens do autor.

Tipologia Abril
Papel Pólen Natural 70g
Impresso pela Loyola para a Mundaréu
São Paulo, outubro de 2025